VICTORIA BATH

The AUSTEN ACADEMY

Victoria Bath est un pseudonyme derrière lequel se dissimulent deux femmes.
Virginie Lominet, agent littéraire indépendante, passionnée de littérature classique, contemporaine et, bien sûr, de Jane Austen d'aussi loin qu'elle se souvienne.
Depuis ses débuts dans l'édition, elle est accompagnée par Suzon Brûlon. Elle-même éditrice, globe-trotteuse à ses heures et fervente lectrice de Jane Austen.

VICTORIA BATH

The AUSTEN ACADEMY

J'AI LU

La (presque) Angleterre de Jane Austen

Maison
Bingley
Parc de
Meryton
Les galeries
de Meryton
Maison
Darcy
BAR
CAFE
Meryton
Planning
familial
Librairie de
Mr Bennet
Chez Highbury
Pemberley
Academy
Maison
Bennet
Longbourn

Prologue

De : Ms Austen, Principale
À : Tous les élèves de Pemberley
Date : Le 28 avril 2025, 11:00 a.m.
Objet : Annonce importante – Mixité à Pemberley dès la rentrée et accueil du cursus d'excellence pré-universitaire.

Aux élèves et futur·e·s étudiant·e·s de Pemberley,

J'espère que vous profitez pleinement de vos vacances de printemps.

Je vous écris aujourd'hui pour vous annoncer un changement majeur qui prendra effet dès la rentrée 2025. Après quelques évocations, mûre réflexion et de nombreuses consultations avec le conseil d'administration, les enseignants et les représentants des parents d'élèves, nous avons pris la décision historique de faire de Pemberley une académie mixte en fusionnant avec le lycée de Netherfield. Cette décision s'inscrit dans notre objectif d'offrir, année après année, une éducation d'excellence, et de préparer nos pupilles à évoluer dans un monde diversifié et en constante évolution.

Nous sommes convaincus que cette mixité enrichira considérablement votre expérience éducative et sociale au sein de notre établissement.

Concrètement, cela signifie que :

1. Nous accueillerons des garçons de Netherfield dans toutes nos classes dès la rentrée de septembre.

2. Nos installations seront adaptées pour répondre aux besoins de tou·te·s les élèves.

3. Nos programmes et activités extrascolaires seront profondément repensés pour favoriser l'inclusion et l'égalité des chances.

De plus, à la suite de cette fusion, le cursus pré-universitaire que certaines d'entre vous s'apprêtaient à suivre à Netherfield sera désormais relocalisé à Pemberley. Vous avez sûrement remarqué les travaux en cours ces derniers mois : je vous annonce que l'aile du bâtiment que nous venons de réhabiliter sera à présent destinée aux futurs étudiant·e·s ayant intégré cette prépa. Ils auront leurs propres classes et salle d'étude. Seuls la bibliothèque et le gymnase resteront communs à tous les élèves de Pemberley.

Celles d'entre vous qui ont d'ores et déjà postulé au programme préparatoire recevront sous peu un mail explicatif, comprenant tous les renseignements nécessaires pour s'y préparer.

Bien qu'ayant essayé d'anticiper au mieux cette évolution que nous savons bénéfique pour votre futur, je comprends que ces changements puissent susciter des inquiétudes. C'est pourquoi nous organiserons une réunion d'information en juin, dont la date vous sera communiquée prochainement. Nous comptons sur votre ouverture d'esprit et votre bienveillance pour accueillir les nouveaux venus de façon positive. Cette transition vers la mixité est une opportunité exceptionnelle pour Pemberley de s'affirmer comme une académie d'élite, résolument progressiste et rompant avec une image parfois trop archaïque, tout en cultivant l'esprit des traditions qui ont fait notre histoire.

Je reste à votre disposition, ainsi qu'à celle de vos parents, pour toute question ou préoccupation.

Je vous souhaite une excellente fin de vacances.

Cordialement,

Ms Austen
Directrice de Pemberley

Groupe WhatsApp : Bennet Family Chaos 🎭

Mum

😱 😱 😱 Vous avez vu le mail de votre Ms Austen ?!! Des GARÇONS à Pemberley !! (En vrai, je le savais déjà, mais je voulais garder la surprise 🎉 🎉 🎉)

Lizzie

Maman, calme-toi. Le lycée devient juste mixte. Ce n'est pas un épisode de *Love Is Blind.*

Jane

Moi je trouve que c'est une bonne initiative. Il était temps.

Lydia

Lydia : OMG OMG OMG !!! 🥳 🥳 🥳
Il va y avoir des mecs à Pemberley !!!
Kitty et moi, on est prêtes ! 💃 💃 💃

Kitty

Surtout toi, a priori 😄

Dad

Lizzie et Jane, me voilà rassuré,
vous n'aurez pas à faire
quarante minutes de route tous les jours
pour aller à Netherfield.

Lizzie

Lydia, tu iras au lycée avant tout
pour É-TU-DIER.

Mum

Lizzie, ne sois pas si rabat-joie.
Tu peux étudier tout en ayant un amoureux !

Jane

Lizzie, détends-toi, Je suis sûre
que ça sera bénéfique pour Lydia et Kitty.
Ça les préparera à l'université sûrement
mieux que nous.

Lydia

Oui, Lizzie, ouvre un peu
tes chakras ! 😘 😘 😘

Lizzie

😠

Dad

Et toi, Lydia, referme un peu
les tiens 🤔

Jane

Ça va faire bizarre... Et surtout, j'imagine
la tête des profs quand ils vont devoir
gérer des garçons ! 🤭

Dad

Je plains sincèrement
ces pauvres enseignants…

Mum

Oh, ça suffit ! C'est merveilleux ! Mes filles, préparez-vous à une année exceptionnelle ! Lycéennes comme futures étudiantes

Lizzie

Je sens que ça va être long…
très long…

Chapitre 1

Lundi 1er septembre – 7 h 27

Je suis en plein brainstorming devant ma penderie. L'un des avantages de l'uniforme au lycée était quand même de ne pas avoir à réfléchir de longues minutes pour savoir quoi porter. C'est le premier jour de cours depuis des années où je suis totalement libre de m'habiller comme je veux. Enfin, totalement libre, pas tout à fait. Même si je suis étudiante, je reste dans l'enceinte de Pemberley, une institution d'élite qui ne verra sûrement pas d'un bon œil que je débarque avec un jean troué et des Converse à fleurs. Quel enfer. Je sais déjà que la plupart des anciennes qui rejoignent le cursus vont débarquer avec leurs fringues de créateurs tendance et hors de prix. Je m'en veux d'avoir tellement râlé contre mon uniforme. Il avait l'avantage de cacher nos différences sociales, tout comme notre intérêt pour la mode – ou dans mon cas : mon désintérêt.

Je veux juste ne pas me faire remarquer et je n'arrive pas à trouver la tenue passe-partout qui sauvera ma journée. Mes mains tremblent tellement que je manque de faire sauter un bouton de la chemise que je viens d'attraper. Pour tout arranger, le miroir de ma chambre me renvoie une image alarmante, mes cheveux à peine coiffés formant déjà une sorte de nid d'oiseau déstructuré sur ma tête. L'univers est contre moi ce matin. Heureusement, la douce voix de ma sœur Jane résonne depuis le couloir et me sort de ma *pity party*.

— Lizzie, on va être en retard !

— J'arrive ! je crie en retour, mon timbre trahissant un mélange d'excitation et de panique.

Jane apparaît dans l'embrasure de la porte, parfaite comme toujours. Ses longs cheveux blonds dansent sur ses épaules avec une grâce que mes boucles brunes n'auront jamais, même dans mes rêves les plus fous.

— Qu'est-ce qui se passe ? demande Jane avec un sourire rassurant.

Elle observe ma main en train de triturer allègrement le joli bracelet qu'elle m'a offert, geste qui me trahit systématiquement en cas de stress.

— Tu as l'air nerveuse, essaie de te détendre un peu.

— C'est juste que… J'ai validé mes examens avec mention, j'ai réussi à intégrer l'une des meilleures prépas du pays, je semble donc globalement fonctionnelle, et pourtant… pourtant je suis parfaitement incapable de savoir comment m'habiller pour la rentrée. Et ne crois pas que je m'y prends à la dernière minute. Ça fait des jours que je contemple vainement toutes mes affaires, mais tu me connais… La mode et moi, c'est comme... Trump et le féminisme, Mercredi Addams et les couleurs pastel, Greta Thunberg dans un SUV... Enfin, tu vois quoi.

À bout de souffle – et de comparaisons improbables –, je reprends enfin ma respiration face à une Jane perplexe, et je capitule :

— Je t'en prie, aide-moi. Je veux seulement une tenue simple qui ne me fera pas remarquer, mais qui colle avec le standing de Pemberley.

Jane attrape délicatement mon poignet, sauvant le précieux bracelet de mes assauts répétés, et m'attire à elle dans une étreinte réconfortante. L'odeur familière de son shampoing à la vanille m'apaise aussitôt.

— Oh, ma Lizzie, si j'avais su que tu te prenais autant la tête... OK, laisse-moi regarder, répond-elle doucement en glissant avec grâce vers l'armoire, dont les étagères dégoulinant de tissus froissés témoignent parfaitement de la bataille que je viens de mener et, sans l'ombre d'un doute, de perdre.

Elle saisit instinctivement un pantalon gris chiné, une chemise blanche et un pull col en V d'un vert profond. Elle me tend ensuite mes Docs noires et cherche dans son tiroir un foulard assorti qu'elle me tend.

Bon sang, mais comment fait-elle ça ? Cela ne lui a pas pris plus d'une minute, alors que je me torture depuis des jours.

Elle remarque mon air abasourdi et me sourit.

— Le foulard, c'est pour nouer sur ton sac, hein, pas pour ton cou. Allez, dépêche-toi, on part dans un quart d'heure. Et si tu es sage, je te laisserai peut-être conduire, me taquine-t-elle.

Je hoche la tête en m'exécutant. C'est vraiment la *queen*. Tout ce qu'elle fait semble facile. Ses gestes ont toujours l'air fluides, comme si elle dansait sur la vie telle une ballerine délicate. Elle mélange quelques œufs et de la farine, et hop, il sort du four le plus beau des gâteaux, moelleux et parfaitement doré, quand le mien ressemble à une expérience scientifique ratée. On lui tend une raquette, un ballon, une planche de surf, qu'importe l'instrument de torture choisi, et instantanément ses mouvements s'accordent avec un naturel incroyable à la situation. Je pourrais vraiment être envieuse, mais mon admiration et mon amour pour elle l'emportent sans hésitation.

Retour sur mon reflet dans le miroir pour faire le point. Bon, si on part du principe que la « déstructuration capillaire » est à la mode, ma tenue est parfaite pour Pemberley. J'attrape mon sac à dos d'une main tout en essayant de dompter un peu mes cheveux de l'autre. Ce qui se solde par un double échec. Un dernier coup d'œil à mon téléphone me fait lever les yeux au ciel.

@LydiaBennetOfficiel

Premier jour en tant que senior ! Trop hâte de voir les garçons !!! #Pemberleymevoilà

— Non, mais tu as vu la story de Lydia ? je demande à Jane en lui montrant l'écran. On devrait lui rappeler que c'est l'année prochaine qu'elle sera senior.

Elle hoche la tête, un sourire amusé aux lèvres.

— Elle est… contente.

— Elle est obsédée, tu veux dire, je corrige. J'espère simplement qu'elle ne va pas faire n'importe quoi.

Lorsque Jane quitte ma chambre, je me sens submergée par un mélange d'émotions contradictoires. La mixité à Pemberley pour nos petites sœurs et notre entrée à Jane et moi dans cette classe prépa, ça fait beaucoup de changements. Peut-être que je n'aurais pas eu le même sentiment si les cours avaient eu lieu à Netherfield, mais là, tous ces bouleversements vont se dérouler chez moi, dans mon école, dans cette institution que j'aime tant et qui m'a vue grandir. Oui, parce que quand je me suis inscrite en janvier dernier et que j'ai brillamment passé le concours d'entrée en prépa – dans le but d'intégrer le meilleur cursus de journalisme d'Angleterre, voire du monde entier (je ne suis pas encore bien fixée là-dessus) –, elle se trouvait encore à Netherfield. Et même si ce n'est pas très loin, et que je n'aurais pas eu à déménager sur un campus, cet éloignement était censé marquer le début de ma vie d'adulte.

Alors que là, je retourne à Pemberley et, même si j'ai essayé de me faire à l'idée tout l'été, quelque chose bloque dans mon esprit. Moi, Lizzie, adulte et sans uniforme, mais une nouvelle fois à Pemberley… Il n'y a rien à faire, je n'imprime pas.

Tout comme je n'imprime pas que mes petites sœurs s'y retrouveront entourées de garçons. Cette école, d'une certaine façon, c'était mon cocon, une *safe place* dans les tourments de ma vie adolescente. J'ai toujours été à l'aise dans cet environnement féminin, où je pouvais être moi-même sans me soucier de l'avis non sollicité du sexe opposé.

D'ailleurs, j'espère que ce dernier point ne changera pas. Je ne veux pas devenir une de ces filles obsédées par leur apparence, ou qui gloussent dès qu'un mec passe. Ce n'est pas moi. Non. Moi, je suis Lizzie, la mordue de journalisme qui a réussi à intégrer un cursus d'élite pour poursuivre son rêve professionnel, celle qui préfère un bon livre à une séance de shopping. Je veux vivre pleinement cette première année de vie étudiante, mais pas au prix de mon identité. Je refuse de tempérer mon sens de l'humour ou de trahir ma passion pour l'écriture uniquement pour m'intégrer. Et j'aimerais aussi que mes petites sœurs, même si, elles, ont l'air ravies, ne perdent pas de vue ce qui compte vraiment : étudier. Parce que pour moi, étudier, c'est la seule façon de m'émanciper, de m'accomplir et de découvrir vraiment qui je veux être.

*

Dans la cuisine, c'est le chaos total. Ma mère s'affaire, préparant le petit déjeuner pour Lydia et Kitty, mes sœurs jumelles qui entrent en première cette année. Ma mère a arrêté de travailler à la naissance des jumelles. Mais avec un foyer de quatre enfants à tenir, elle ne manque pas d'occupations. Elle peut passer des heures à repasser le linge de tout ce petit monde en binge-watchant des séries turques à l'eau de rose sur Netflix. Ce qui lui vaut beaucoup de moqueries de notre part quand, le soir au dîner, elle s'évertue à vouloir nous convertir à ses bleuettes.

Je l'observe, ses cheveux en bataille et son tablier de travers, et un élan d'affection teinté d'exaspération me traverse. Malgré ses défauts et son obsession pour les histoires de cœur – qu'elle a malheureusement transmise à Lydia –, ma mère reste le cœur chaleureux – quoique souvent chaotique – de notre maison.

L'odeur de pancakes flotte dans l'air, me faisant remarquer que mon estomac est trop noué pour avaler quoi que ce soit. Papa, lui, se cache derrière son journal, probablement pour échapper à l'excitation générale. S'il pouvait vivre reclus dans notre bibliothèque, quand il n'est pas dans sa librairie, il signerait dans la seconde. Non pas qu'il ne nous aime pas. Il nous adore, c'est certain, mais en tant que seul homme sous ce toit, il se sent parfois dépassé par notre supériorité numérique. Quoique les cartes auraient pu être rebattues lorsque Kitty a cru s'identifier non binaire, mais ma mère n'a rien voulu entendre. Je crois surtout qu'elle ne pouvait pas la comprendre. Alors Kitty s'est faite discrète à ce sujet, déjà parce qu'elle n'est pas du genre – sans mauvais jeu de mots – à partir au front, mais aussi parce qu'elle-même ne sait pas encore qui elle est vraiment. Ce n'est pas le cas de Lydia, qui, elle, sait beaucoup trop à mon goût qui elle est depuis qu'elle a fêté ses seize ans, à savoir : une fille prête à tout pour percer sur TikTok, sortir avec des garçons et aller à des soirées.

— Elizabeth, ma chérie, dit ma mère en me tendant une assiette, les yeux irradiant d'un enthousiasme suspect. N'oublie pas de sourire aujourd'hui. Qui sait, tu pourrais très bien te trouver un amoureux !

Je grogne, sentant mes joues s'empourprer malgré moi.

— Maman, je vais en cours. C'est une année super importante si je veux avoir la chance d'intégrer Oxbridge[1] et poursuivre une carrière de journaliste.

— Oh, ne sois pas si sérieuse, tu peux tout à fait étudier et tomber amoureuse. C'est pendant nos études que l'on s'est rencontrés, avec papa. Et tu vois ce que cela a donné : vingt-cinq ans d'amour et quatre merveilleuses jeunes femmes. Qui sait ce qu'il peut se passer pour toi cette année ?

— Probablement rien d'aussi excitant que dans ton imagination débordante, maman, je marmonne alors qu'elle est déjà repartie vers ses fourneaux en fredonnant joyeusement.

Le trajet jusqu'à Pemberley est un mélange de silence nerveux, de chansons pop massacrées par Lydia et Kitty entre deux bavardages excités, et d'une Jane rayonnante et tranquille au volant de la petite voiture que l'on s'est achetée après avoir travaillé tout l'été, moi à la librairie de papa et Jane au Starbucks de Meryton.

---

1. Terme désignant l'ensemble formé par Oxford et Cambridge, les deux plus anciennes facultés du Royaume-Uni.

On a commencé à économiser quand on pensait encore que l'on devrait aller à Netherfield tous les jours. Mais même si Pemberley n'est qu'à cinq kilomètres de la maison, on a décidé de s'offrir notre indépendance (surtout pour éviter le bus aux heures de pointe, vraie zone de non-droit accaparée par les lycéens survoltés), et cette dernière prend la forme d'une Ford Fiesta d'un bleu parfait pour passer inaperçues, malgré ses grincements intempestifs.

Dire que je nous imaginais déjà, Jane et moi, taillant la route à la *Thelma et Louise*, ivres de liberté et de nouveaux horizons (sans la fin tragique bien sûr). Au lieu de ça, j'ai bien peur que ma mère n'ait décidé de faire de nous les chauffeuses attitrées de nos petites sœurs. Et je jure sur ma vie que si elles sont aussi bruyantes tous les matins, elles vont assez vite reprendre le bus, comme elles le faisaient l'année dernière.

J'observe le paysage défiler par la fenêtre. C'est étrange de voir les mêmes maisons et les mêmes rues, ces lieux si familiers finalement, mais d'un tout nouveau point de vue. Dans ma – notre – voiture, sans uniforme et roulant vers l'inconnu. Les arbres commencent à changer de couleur, annonçant l'arrivée de l'automne. Comme un rappel que le changement est inévitable, que je le veuille ou non.

*

Quand nous arrivons devant les imposants bâtiments en briques rouges de Pemberley, le parking est un champ de bataille d'émulations adolescentes : des filles qui crient de joie en se retrouvant et, surtout, des garçons qui essaient de paraître cool en traînant des pieds. Et ma mère, fidèle à elle-même, qui décide de commencer sa persécution sur WhatsApp :

Mes chéries, n'oubliez pas la réunion
de rentrée cet après-midi, hein !
Bisou bisou mes bébés !

À peine sortie de la voiture, Lydia glousse comme une dinde rescapée de Thanksgiving en voyant la gent masculine qui s'agite autour de nous. Il ne faut pas trente secondes pour qu'elle dégaine son smartphone et commence à vlogger son arrivée, faisant de grands signes à un groupe d'amies qu'elle a repéré, tout en cadrant avec une dextérité incroyable les retrouvailles. Kitty la rejoint tranquillement, plus discrète et bien plus circonspecte.

J'accélère le pas, me frayant un chemin entre les nouveaux venus et sans vraiment m'attarder sur d'éventuelles connaissances. Ma priorité est de fuir le parking bondé et ma sœur surexcitée avant qu'elle attire l'attention sur nous ; Jane, sur mes talons, semble tendre vers le même but.

Dès que je franchis les portes, une vague de nostalgie m'envahit. Les portraits d'anciennes élèves accrochés aux murs semblent nous observer avec amusement, tandis que l'odeur familière de vieux livres et la couleur réconfortante des boiseries centenaires me rappellent aussitôt pourquoi j'aime tant cet endroit. C'est bizarre de me retrouver dans ce hall sans mon uniforme.

J'ai l'impression d'avoir pris la mauvaise entrée par habitude. C'est encore plus étrange de voir une population différente de celle qui envahit normalement ces lieux. Les rires et voix qui résonnent sont un mélange de soprano, mezzo et baryton. Une nouvelle symphonie se joue dans les couloirs, et je m'habitue doucement… prudemment à sa mélodie. Cette dernière me présage que je suis sur le point de vivre quelque chose de nouveau.

— Alors, Lizzie ? me lance Jane, taquine. Toi qui es une fine observatrice, ton analyse de la situation nous annonce-t-elle une bonne année ?

Je hausse les épaules, essayant d'adopter un ton léger malgré mon appréhension :

— Ma chère sœur, il n'est que 8 h 52. Le jury délibère encore. Mais je dirais… potentiellement intéressant, possiblement catastrophique.

— Catastrophique ? Tu plaisantes ?! éclate la voix surexcitée de Lydia derrière nous. Ça va être ÉPIQUE ! Vous avez vu tous ces garçons ? Je vous parie que je serai la première à avoir un mec !

Mais comment mes petites sœurs ont-elles pu venir se recoller à nous aussi vite ? J'étais persuadée qu'on les avait semées.

J'échange un regard exaspéré avec Jane.

— Lydia, on n'est pas dans une téléréalité. Tu es au lycée. Sérieusement…

— Sérieusement quoi ? intervient Kitty. C'est pas parce que, toi, tu n'as pas connu le lycée mixte que ça ne peut pas être sympa. Même si je ne parierais pas toute ma tirelire là-dessus, se ravise-t-elle, elle-même surprise par son enthousiasme peu habituel.

Je souris, touchée par leur naïveté.

— OK, tu as raison, Kitty. Ça se passera bien, qui sait ?

Je plonge le nez dans mon téléphone afin d'entreprendre une étude minutieuse de mon emploi du temps, quand mon épaule heurte violemment quelqu'un.

— Oh, je suis désol…

Les mots meurent sur mes lèvres quand je lève les yeux et le vois. Grand, sombre, l'air aussi accueillant qu'un orage en plein été. Mais un garçon si beau que j'en oublie presque comment respirer. Le brouhaha du couloir s'estompe soudain, comme si quelqu'un avait baissé le volume du monde. Nos regards se croisent et mon cœur rate un battement. C'est cliché, je sais, mais c'est exactement ce que ça fait.

Dans la collision, un objet tombe à nos pieds. Instinctivement, nous nous baissons en même temps pour le ramasser. C'est un poche à la couverture cornée. *Tess d'Urberville*[1], MON livre préféré. Nos mains s'effleurent sur le papier glacé légèrement corné, et un frisson électrique remonte le long de mon bras. Je retire ma main comme si je m'étais brûlée, et sens mes joues s'embraser. Je me relève, le visage empreint de confusion, ce qui se traduit sûrement par un froncement de sourcils. Avant que je puisse articuler une excuse cohérente, sa voix grave me coupe net dans mon élan :

---

1. De Thomas Hardy, 1891. Tess, jeune paysanne innocente, est séduite puis abandonnée par Alec d'Urberville, son jeune maître, l'entraînant dans une descente aux enfers.

— Tu pourrais faire attention, lâche-t-il en se relevant d'un geste brusque.

Je cligne des paupières, abasourdie par son ton cassant. Son impolitesse chasse instantanément le trouble qui m'avait envahie.

Pour qui se prend-il ? Impossible qu'un crétin pareil ait bon goût en littérature… À tous les coups, ce n'est pas son livre.

— Pardon ? Je crois que « faire attention » est un concept qui s'applique à deux personnes dans ce genre de situation, je réplique d'un ton acerbe.

Il hausse un sourcil, visiblement peu habitué à ce qu'on lui tienne tête.

— Peut-être que si tu levais le nez de ton téléphone de temps en temps, ce genre d'incident n'arriverait pas.

— Oh, pardonne-moi d'avoir osé consulter mon emploi du temps. La prochaine fois, je m'assurerai d'arriver en retard afin de ne pas incommoder *Sa Majesté*, je rétorque, dégoulinante de sarcasme. Quant à toi, fais plus attention à tes livres, les chefs-d'œuvre ne traversent pas les siècles pour finir froissés comme de vieux mouchoirs.

Et c'est une fille de libraire qui le dit.

— Si tu savais…

Un air de défi – peut-être même d'amusement – brille dans son regard, mais il est rapidement remplacé par une expression froide et hautaine. Sans un mot de plus, il me contourne et s'éclipse, me laissant plantée là, perplexe.

Mais pour qui se prend-il ?

Ce n'est que lorsqu'il disparaît au détour du couloir que je prends conscience que l'endroit où sa peau a touché la mienne me brûle toujours. Cette décharge électrique... Je n'avais jamais rien ressenti de tel. Et pourtant, dès qu'il a ouvert la bouche, toute cette magie s'est envolée. Comment ai-je pu être aussi bête ? Lizzie Bennet, jour 1, 9 h 03... Bravo les résolutions. Au moins, ça m'apprendra. Me laisser troubler par le premier beau gosse que je croise, moi qui me targue toujours de ne pas me laisser avoir par les apparences. Mais le pire, c'est que malgré son attitude détestable, une partie de moi ne peut s'empêcher d'être intriguée. *Tess d'Urberville...*

Je soupire, frustrée par mes propres contradictions. Ce n'est qu'un garçon après tout, pas vrai ? Un garçon très désagréable, en plus. Je devrais écouter mon corps ; l'électricité, c'est un signe qu'il m'envoie pour me dire : « Attention *red flag* ! »

Et bien sûr, il ne porte pas d'uniforme, ce qui veut dire qu'il doit être en prépa, comme moi, et que je le retrouverai forcément en cours. Joie.

— Qui était-ce ? souffle Kitty, les yeux écarquillés.

— Aucune idée, je réponds. Sûrement le futur roi des snobs.

Lydia ne peut s'empêcher d'ajouter son grain de sel :

— Il est plutôt pas mal. Bien joué le coup de la collision avec le canon, Lizzie ! Tu nous cachais tes talents.

— N'importe quoi ! je proteste, me sentant rougir à nouveau.

Lydia éclate de rire.

— Mais oui, bien sûr ! C'est pour ça que tu as l'air gênée de ouf… Et écarlate.

Je tente d'ignorer la remarque de ma sœur et remets le nez dans mon emploi du temps.

Chapitre 2

William Darcy

1er septembre 2025 – 8 h 45

Le bâtiment de briques rouges de Pemberley se dresse devant moi, imposant et inévitable. Mon établissement pour l'année à venir. Un mélange d'appréhension et de résignation m'envahit alors que je pénètre dans l'arène. Ça change d'Eton, c'est sûr. Pas que je me considère au-dessus de tout ça, mais… Si, peut-être un peu. Cette prépa en province… Si ce n'était pas pour me rapprocher de Georgie, j'y aurais sûrement renoncé. En ai-je vraiment besoin d'ailleurs ?

Argh, la foule m'a toujours mis mal à l'aise, et là, c'est une véritable marée humaine qui se déverse par les portes principales. Leurs rires, leurs cris, leur exubérance…

Je réajuste machinalement le col de ma chemise, cherchant un peu de réconfort dans la familiarité du geste. Mon regard s'attarde sur ma montre, un cadeau de mon père. Je me demande ce qu'il dirait s'il me voyait maintenant.

Probablement qu'un Darcy devrait se montrer plus confiant.

Heureusement, Charles sera là. Sa présence est rassurante. Mon point d'ancrage dans ce chaos. Son enthousiasme rayonne comme toujours, et contraste avec ma réserve. Il a toujours eu ce don pour me rendre les situations sociales moins... pénibles.

Je prends une grande inspiration et redresse les épaules. Peut-être que ce ne sera pas si terrible après tout. Peut-être que cette année sera l'occasion de sortir un peu de ma zone de confort.

Les mots de Georgiana me reviennent : « Un peu de changement ne fait pas de mal, Will. » Elle a certainement raison.

Et qui sait ? Après tout, je suis William Darcy. Je pourrais surprendre tout le monde.

Moi le premier.

Alors que la cloche sonne, annonçant le début des cours, je suis toujours sous le coup de la colère et ne parviens pas à chasser ce garçon de mon esprit. Le livre, sa voix... Et ses yeux, surtout. Moqueurs et provocants, mais avec une étincelle d'intelligence. Je secoue la tête pour me remettre les idées en place. Non mais, c'est bon, on la connaît par cœur l'histoire du beau brun ténébreux. Aucune chance que je me fasse avoir. Je ne suis pas Lydia et j'ai d'autres projets ! Je joue mon avenir.

La voix de Jane me tire de mes divagations débiles.

— Lizzie, viens, on doit rejoindre la nouvelle aile. Lydia, Kitty, ça va aller ?

— Oui, oui, répondent-elles à l'unisson comme des jumelles maléfiques en s'éloignant.

Jane et moi nous dirigeons vers le bâtiment des prépas. Jane a un an de plus que moi, nous n'avons donc jamais été dans la même classe, mais après son année de césure, où elle s'est concentrée à 100 % sur ses compétitions d'athlétisme et ses entraînements en semi-pro, nous nous retrouvons enfin ensemble, et j'en suis folle de joie. J'ai dû la pousser un peu pour passer le concours. Après son échec aux sélections nationales d'athlé et une blessure à la cheville, son coach lui a fait comprendre que, même si elle était douée et travaillait dur, elle devait être lucide et revoir ses ambitions à la baisse. Cela a été un coup de massue, elle s'est vraiment effondrée. Elle ne voulait plus entendre parler de sport et s'était mis en tête de s'inscrire en langues à l'université de Meryton. J'ai passé des heures et des heures à lui dire que, même si elle ne pouvait pas devenir l'athlète qu'elle s'était imaginée, elle était assez brillante pour tenter de suivre une formation dans le management du sport ou autre, et qu'elle avait tout intérêt à suivre la classe d'excellence pour se laisser un maximum de portes ouvertes. Je l'ai traînée au concours d'entrée et elle a été prise – de justesse, mais prise. Et cette réussite lui a redonné la confiance en elle qui lui manquait pour repenser plus sereinement son orientation.

À Pemberley, sa douceur et sa patience lui ont valu le surnom d'« ange du lycée ». OK, c'est un peu cucul, mais il faut admettre qu'elle a ce truc céleste – et qu'elle soit blonde aux yeux bleus dans notre famille de bruns aux yeux noisette relève autant du comble que du miracle. Elle entre dans une pièce, et pouf ! l'ambiance s'apaise comme par magie. Elle vous jette un regard, et hop, vous vous sentez mieux. Ça relève presque du paranormal. Tout ange qu'elle soit, elle n'est pas d'acier et je la connais trop bien pour ne pas déceler quand son armure se fend. Si Lydia et Kitty sont jumelles, Jane est pour moi bien plus que mon aînée. C'est une sorte d'âme sœur. J'ai bien conscience que, puisqu'elle prépare un cursus de sport pro, nous risquons d'avoir peu de cours ensemble cette année, les siens se déroulant principalement à l'extérieur, mais sa présence est rassurante.

Et comme pour me donner raison, elle m'indique qu'on se retrouvera en amphi avant de rejoindre un petit groupe clairement estampillé « sportifs » qui l'accueille avec le même enthousiasme que le sien.

En me dirigeant vers notre aile, je remarque à quel point Pemberley a déjà changé. Les couloirs autrefois calmes et ordonnés sont maintenant un mélange chaotique d'uniformes bleus et gris et de gens habillés en « civil » comme nous. Cette vision est vraiment lunaire. Des groupes de filles gloussent en regardant passer les nouveaux arrivants, tandis que les garçons tentent maladroitement de paraître à l'aise.

Alors que nous arrivons devant l'amphithéâtre flambant neuf, une voix familière m'interpelle :

— Lizzie ! Par ici !

Je me retourne pour voir Charlotte, ma meilleure amie depuis la sixième, se frayer un chemin à travers la foule. Ses cheveux bruns sont coiffés en une tresse complexe que je ne serais bien incapable de reproduire, et ses yeux pétillent derrière ses lunettes à monture d'écaille.

À la voir dans sa salopette en velours marron et son haut à fleurs, je me dis que Charlotte semble avoir eu autant de mal que moi à s'habiller ce matin. Au moins, elle n'a pas cédé à la tentation de revêtir un de ses sweats *oversize* habituels, dans lesquels elle se sent si bien mais disparaît complètement. On ne lâche pas dans un monde sans uniforme des intellos aux penchants geek, qui pensent que les plus grandes maisons de couture sont juste des marques de parfums chez Sephora. On fera des progrès. C'est sûr !

— Charlotte ! je m'exclame en la serrant dans mes bras. Mon phare dans la nuit.

Elle me rend mon étreinte avant de reculer, un sourire malicieux aux lèvres.

— Et dans la journée aussi *a priori*. Alors, prête pour cette année d'abnégation et de dur labeur censée nous ouvrir les portes des plus prestigieuses universités à travers le monde ?

Je n'ai pas le temps de répondre qu'elle enchaîne :

— J'ai déjà repéré trois spécimens intéressants.

Je lève les yeux au ciel, amusée. Je sais très bien qu'elle parle de « spécimens » au sens littéral.

— Tu ne perds pas de temps ! Laisse-moi deviner, je parie que tu as déjà fait des recherches sur tous les élèves de la prépa ?

— Évidemment, répond-elle en sortant son téléphone. Tiens, j'ai même créé un tableau comparatif avec leurs antécédents scolaires, leurs activités extrascolaires et leurs réseaux sociaux.

Je jette un coup d'œil à l'écran, impressionnée malgré moi par la quantité d'informations qu'elle a réussi à rassembler.

— Tu sais que c'est un peu flippant, n'est-ce pas ?

Charlotte hausse les épaules.

— Ce n'est pas du tout du stalking, c'est de la « recherche approfondie sur la concurrence potentielle ». Car l'information, c'est le pouvoir, ma chère, et je ne veux laisser personne me voler la place que je mérite. Déjà que la plupart ici ont l'argent et le carnet d'adresses qui va avec...

Je ne peux pas m'empêcher de rire.

— Tu es impossible. Mais c'est pour ça que je t'aime.

— Et moi qui pensais que c'était pour mon sens de l'humour affûté et ma beauté ravageuse, réplique-t-elle d'un ton faussement vexé.

— Ça aussi, bien sûr, j'acquiesce solennellement.

Charlotte glisse son bras sous le mien tandis que nous passons enfin la porte de l'amphithéâtre.

— Allez, raconte-moi tout. Comment s'est passée la discussion avec ton père ? As-tu réussi à le convaincre d'organiser une séance de dédicace avec l'autrice dont tu me parlais à la librairie ?

Alors que je commence à lui raconter mes dernières aventures familiales, mon attention est attirée vers un coin de la salle. Il est là, assis au fond. Le fan de Hardy malpoli que j'ai bousculé dans le hall. Les mains jointes sous le menton, arborant un air distant et un peu snob, il semble analyser d'un regard qui me transperce chaque détail autour de lui, et son expression traduit clairement qu'il se pense trop bien pour être ici. À côté de lui, un charmant et chaleureux garçon roux – qui semble être son parfait opposé – joue distraitement avec une balle de tennis, mettant un point d'honneur à accueillir chaque nouvel élève avec un sourire.

Je tourne un instant la tête afin de trouver Jane qui nous a devancées et nous fait signe de la rejoindre en nous indiquant deux places libres près d'elle. L'amphi est spacieux, avec de hauts plafonds et de grandes fenêtres qui offrent une vue imprenable sur le parc de l'école. Je me dis que c'est une bonne chose que cette partie du bâtiment ait été réhabilitée et ouverte, car c'est vraiment impressionnant, mais je ne peux m'empêcher de regarder de nouveau vers la rangée du fond.

— Qui est-ce ? je demande à Charlotte – élue nouvelle encyclopédie ambulante des élèves de prépa – en désignant M. Trop-bien-pour-être-ici.

Elle jette un coup d'œil furtif par-dessus son épaule avant de se retourner vers moi, visiblement satisfaite d'avoir bien fait ses devoirs.

— William Darcy. Nouveau dans la région. Riche. Diplômé du lycée d'Eton. Il vit chez sa tante, Catherine de Bourgh.

Évidemment, il faut que ce soit *ce genre* de garçon. DAR-CY. Même son nom est prétentieux. C'est étonnant qu'un élève d'Eton, qui a la prépa la plus prestigieuse d'Angleterre, soit venu jusqu'à Pemberley, qui n'est que troisième sur la liste. Je me retourne une dernière fois vers lui et note l'étrangeté de ce détail dans un coin de ma tête, avant de revenir sur Charlotte.

Non, mais sérieusement, comment peut-elle savoir tout ça ? C'est un agent secret de la Couronne ou quoi ? Je mets de côté mes interrogations lorsque arrive un nouveau professeur, venu lui aussi de Netherfield, et qui sera notre directeur de cursus.

*

La matinée se déroule dans un brouillard de nouveaux visages, de programmes interminables et de promesses d'une année « exceptionnelle » de la part de ce monsieur beaucoup trop enthousiaste à mon goût. Moi, ce que j'ai vu pour l'instant, ce sont surtout des élèves arborant des signes ostentatoires de richesse – sérieusement, qui trimbale son Mac dans un Birkin ?! – et des airs de maître du monde qui me paraissent un peu prématurés pour des gens qui, jusqu'à présent, n'ont rien fait à part terminer le lycée. Mais je mesure la chance que c'est pour une fille de la classe moyenne de faire partie d'un cursus aussi prestigieux. Si notre père n'avait pas travaillé comme un acharné et joué de sa réputation afin de nous donner la possibilité d'étudier à Pemberley, je ne suis pas sûre que nous aurions pu décrocher une place pour ce genre de prépa, encore moins nous la payer sans bourse – que j'ai obtenue au mérite, major de ma promo ! Je vais juste tout donner cette année pour décrocher la formation de mes rêves, je n'ai pas le droit à l'erreur, et je lui dois bien ça.

En route vers notre nouvelle cafétéria, en laquelle nous plaçons beaucoup d'espoir, nous passons, Charlotte, Jane et moi, par nos casiers pour déposer les brochures de cours récoltées ce matin. Celui de Jane refuse de s'ouvrir. Elle tire sur le cadenas de toutes ses forces – et en tant qu'athlète elle en a –, mais le compartiment reste obstinément fermé.

— Allez, s'il te plaît, murmure-t-elle, comme si la porte métallique pouvait l'entendre et décider de coopérer.

Une voix chaleureuse se fait alors entendre derrière elle :

— On dirait que ce casier a décidé de faire grève aujourd'hui. Tu veux un coup de main ?

Jane se retourne pour découvrir le garçon à la balle de tennis, celui qui était assis à côté du fameux Darcy-trop-bien-pour-être-ici. Elle hoche la tête, reconnaissante.

— Oui, merci.

— Pas de problème, assure-t-il en s'approchant. J'ai un certain talent avec les objets récalcitrants. Regarde ça.

Avec une concentration comique, il commence à manipuler le cadenas, en écoutant attentivement les mécanismes internes, comme le font les braqueurs de coffre-fort dans les films. Je suis sur le point de me moquer lorsque, après quelques secondes, un « clic » satisfaisant se fait entendre.

— Et voilà ! s'exclame-t-il joyeusement. Aucune serrure ne me résiste.

La pensée : *Sûrement comme le cœur des filles* pope spontanément dans mon esprit.

Le rire de Jane s'élève, mélodieux.

— Merci beaucoup. Je m'appelle Jane, Jane Bennet, se présente-t-elle en lui tendant la main.

Il la saisit doucement.

— Charles Bingley. Enchanté de te rencontrer, Jane.

Bingley ? Ce nom me ramène à la réalité. Ah, mais oui, évidemment ! C'est sûrement le petit frère de Caroline. Je me rappelle les mots de Charlotte à notre *pyjama party* de prérentrée la semaine dernière :

— Tu vois qui est Caroline Bingley ? m'avait-elle demandé.

— Comment ne pas voir, j'avais répondu.

— Eh bien, elle va intégrer la prépa pour tenter de faire son droit à Cambridge, donc elle sera avec nous à la rentrée, et son petit frère aussi. Il paraît que c'est une étoile montante du tennis. Genre, potentiel futur champion et tout. En plus d'être super populaire et de ressembler à un mannequin, bien entendu. Tu verrais ses photos sur Insta ! avait-elle conclu, particulièrement fière.

J'observe à nouveau Charles. Et effectivement, avec sa silhouette athlétique et son sourire charmeur, je peux facilement l'imaginer en couverture d'un magazine sportif.

C'est alors que je la repère. Caroline Bingley en personne, qui observe la scène avec un intérêt non dissimulé. Elle se tient aux côtés d'un Darcy morose.

Grrr... Je vais donc me coltiner Caroline Bingley une année supplémentaire. Quel enfer ! Avec son physique de bombe et ses relations, elle se croit tout permis. Au lycée, elle régnait déjà sur sa cour d'admirateurs, comme dans les pires *teen movies* américains.

Je souris à l'idée que Caroline s'imagine pouvoir entrer à Cambridge alors qu'elle a redoublé sa dernière année de lycée. C'est aussi drôle que la vidéo d'un chaton qui pense pouvoir sauter du canapé sur la table basse. En moins mignon bien sûr. D'ailleurs, je ne vois pas comment elle a pu être acceptée en prépa. Ou alors je préfère l'ignorer, parce que cela réveillerait mon irritation face aux inégalités et mon peu de confiance en ce qu'ils appellent la méritocratie.

Bref.

Je vois bien qu'elle bout face à la scène qui se déroule. Et comme pour confirmer mes soupçons, elle lance d'une voix impatiente :

— Charles, on y va ? On va finir par être en retard.

Quant à Darcy, il a l'air plus blasé que pressé, et plonge la tête dans son casier. Visiblement, nous ne méritons même pas son attention.

Charles détourne à peine le regard de ma sœur pour agiter la main et lui faire comprendre qu'il a entendu. Puis, avec un clin d'œil espiègle, il lance à Jane :

— Si jamais tu as encore besoin d'aide pour amadouer des casiers rebelles, ou pour quoi que ce soit d'autre, n'hésite pas à me faire signe.

Je peux voir un léger rose venir doucement poudrer les joues de ma sœur.

— Je m'en souviendrai, répond-elle avec un sourire timide, mais sincère.

Alors que Charles s'éloigne avec l'insupportable Caroline et le prétentieux Darcy, Jane se tourne vers nous, les yeux brillants. Charlotte et moi échangeons un regard complice, retenant à grand-peine nos sourires malicieux.

— Eh bien, je dis en haussant un sourcil, on dirait que certains casiers ont un super service client.

Jane rit doucement.

— Oh, arrête. Il était juste... gentil.

— Gentil, hein ? rétorque Charlotte, moqueuse. C'est comme ça qu'on appelle ça maintenant ?

Nous éclatons de rire toutes les trois, attirant quelques regards curieux dans le couloir.

L'atmosphère s'allège soudain, comme si la rencontre de Jane et Charles avait dissipé une partie de la tension accumulée depuis le matin.

*

En fin de journée, on se retrouve tous entassés, lycéens et étudiants, sur les gradins du gymnase pour la réunion d'information. C'est le bâtiment le plus surprenant de Pemberley. Avec ses murs de verre et d'acier, il détonne complètement au milieu de nos vieux bâtiments en briques rouges. C'est comme si quelqu'un avait posé un vaisseau spatial au cœur d'un village médiéval. Un peu comme la pyramide du Louvre en fait.

Ms Austen, la principale, prend le micro. Elle a ce sourire encourageant qui dit : « Je sais que vous préféreriez être n'importe où ailleurs, mais faites semblant d'être intéressés. »

— Mes chers élèves, commence-t-elle, bienvenue dans cette nouvelle ère de Pemberley !

Je lève les yeux au ciel. Nouvelle ère ? Sérieusement ?

— Nous sommes ravis de voir tant d'enthousiasme pour cette nouvelle année, déclare Ms Austen. Comme vous le savez, cette rentrée marque un tournant pour notre établissement. La fusion de notre lycée avec celui des garçons de Netherfield a été actée pour plusieurs raisons : optimiser les ressources...

C'est à ce moment-là que mon cerveau décroche. Franchement, qui s'intéresse aux « ressources optimisées » quand on a dix-huit ans ? Bon, d'accord, j'adore jouer les intellos et faire croire que tout me passionne. Surtout depuis que j'ai décidé de devenir la prochaine Christiane Amanpour[1]. Mais cette journée a épuisé toutes mes capacités d'attention.

Charlotte semble fascinée par le discours et ne manque pas de prendre chaque mot en note dans un carnet. Dans quel but ? Elle seule le sait. Elle en fera sûrement un tableur Excel.

---

1. Journaliste britannico-iranienne qui compte parmi les plus reconnues et récompensées de la télévision américaine.

En me tournant vers ma sœur, je la surprends à fixer un point qui capte toute son attention à l'opposé de notre chère directrice. Sentant que je l'observe, Jane se reprend instantanément dans un mouvement digne d'un cartoon qui chatouille ma curiosité. Suivant la trajectoire de son regard, je repère trois rangs plus bas sur notre droite ce cher Charles, écoutant religieusement notre principale. J'ai du mal à retenir un gloussement.

Oh, Jane, un ange si facilement corrompu.

— Et pour finir, Pemberley aura son propre journal. Une tradition héritée de la classe préparatoire de Netherfield. Ce sont donc naturellement les élèves de la classe d'excellence qui se chargeront de poursuivre les parutions, mais il n'est pas interdit aux lycéens de postuler comme pigistes. Alors, si l'un ou l'une d'entre vous se sent l'âme d'une Nellie Bly[1], n'hésitez pas à vous manifester auprès de William Collins, le rédacteur en chef, et de vous inscrire sur la liste.

À ces mots, mes oreilles se dressent comme celles d'un chat devant une boîte de thon et je suis de nouveau tout ouïe. Un journal à Pemberley ? Voilà enfin une nouvelle excitante !

Mes yeux parcourent la foule, à la recherche de Collins. Je le connais vaguement, vestige d'un bref passage chez les scouts de Meryton quand j'avais onze ans. Une tentative ratée de me prouver que j'étais une aventurière dans

1. Elizabeth Jane Cochrane (1864-1922), dite Nellie Bly, est la pionnière du reportage d'investigation sous couverture, et de l'émancipation feminine.

l'âme. Alors que je scrute les gradins, mon regard croise celui de Darcy. En un battement de cils, il détourne les yeux, comme s'il contemplait distraitement l'horizon plutôt que moi.

Je l'observe malgré moi un instant. Son expression est toujours maussade et renfrognée. À côté de lui, Charles arbore toujours son sourire, l'air curieux et intéressé par tout ce qui l'entoure. Ces deux-là, c'est vraiment le soleil et la pluie.

— Pour les lycéens, n'oubliez pas que vos activités extrascolaires compteront dans vos dossiers universitaires, et pour les élèves du cursus d'excellence, gardez en tête que cette année peut influencer tout votre avenir. Vous aurez accès à des cours d'un niveau extrêmement exigeant. Restez concentrés sur vos objectifs. Cette classe est la chance de votre vie, finit Ms Austen, me ramenant pour de bon à la réalité.

Charlotte me donne un coup de coude.

— Hé, Lizzie ! Je parie que tu vas vouloir rejoindre le journal avec moi, pas vrai ?

Je souris. Charlotte et moi dans un journal ? Pemberley n'est pas prêt pour ça.

— Tu parles que je veux ! j'acquiesce.

Charlotte m'attrape par le bras pour m'emmener nous inscrire sur la liste.

— Lizzie, tu te rends compte ? On va pouvoir découvrir tous les secrets de Pemberley, enquêter, faire de vrais papiers détaillés sur la façon dont est géré le lycée, la prépa, le budget, sur la géopolitique interclasse, sur la recette du fameux « laxacake » de la cafétéria, et tout, et tout ! s'exclame-t-elle, les yeux brillants.

Je pouffe de rire.

— Je croyais que tu voulais faire du journalisme sérieux pour impressionner les facs, miss Pulitzer.

Elle hausse les épaules avec un sourire malicieux.

— Qui a dit que la vie d'un établissement comme Pemberley n'était pas sérieuse ? D'ailleurs, j'ai déjà une idée pour notre premier article.

Son ton de conspiratrice m'interpelle.

— Ah oui ?

— Tu sais, le beau Charles qui a volé au secours de ta sœur ? J'ai déjà un peu enquêté, comme tu le sais, précise-t-elle. C'est vraiment un prodige de la raquette. Il s'entraîne tous les matins avant les cours, et finira peut-être un jour à Wimbledon. « Un champion à Pemberley », ça ferait un bon papier, non ?

— Oui, tu as raison.

— On pourrait aussi en faire un sur le Darcy venu de Londres. Je t'ai dit qu'il était à Eton : plus huppé tu meurs.

À ces mots, mes dents grincent. Mais Charlotte poursuit :

— Mes recherches de cet été prouvent qu'il cache un truc...

— On ne va pas commencer notre carrière en colportant des ragots sur les nouveaux élèves !

— Relax, Lizzie ! Je plaisante... Enfin, en partie. Mais avoue que je t'ai donné envie de creuser tout ça.

Je fais semblant de prendre quelques secondes de réflexion et lui lance :

— On va dire que c'est le stress de la rentrée qui parle, d'accord ? Sinon, je vais devoir sérieusement reconsidérer notre amitié et probablement toutes mes décisions de vie jusqu'à présent. Et franchement, je n'ai plus l'énergie pour une crise existentielle aujourd'hui.

La sonnerie retentit et une marée d'élèves déferle hors du gymnase. Je dois éviter les coups d'épaule des garçons qui évoluent dans les couloirs comme s'ils étaient seuls au monde. Notre petit cocon féminin s'est métamorphosé en une ruche bourdonnante de testostérone.

Je repense à ce Darcy-trop-bien-pour-être-ici. Non pas que je m'intéresse à lui, loin de là ! Mais il y avait quelque chose dans son regard qui... *Lizzie, arrête ça tout de suite !*

Je secoue la tête, tentant de le chasser de mes pensées. Je préfère me concentrer sur le journal ou sur l'image de Charles illuminant le visage de Jane d'un sourire que je ne lui avais pas vu depuis très longtemps. Ça, ce sont de bonnes choses.

La voix de Charlotte me tire de mes réflexions :

— Lizzie ! Tu viens ?

Chapitre 3

Lydia Bennet

1er septembre – 18 h 20

OMG, OMG, OMG ! Cette journée était juste INCROYABLE ! Des garçons ! Des garçons partout ! Et pas n'importe lesquels. Les canons de l'élite. C'est comme si Noël était arrivé en avance !

Il y a ce type en première... Mon Dieu, il est à tomber ! Ses yeux verts, son sourire en coin... Il m'a fait un clin d'œil dans le couloir et j'ai cru que j'allais m'évanouir. Kitty dit que je m'invente des histoires, mais elle est juste jalouse.

Bref ! L'important c'est que cette année s'annonce I-CO-NIQUE !

J'ai déjà repéré trois soirées pour ce week-end. Il faut absolument que je persuade papa de me laisser y aller. Peut-être que si je promets de ranger ma chambre... Ou mieux, si je demande à Jane d'intervenir ! Personne ne lui refuse jamais rien.

Oh, et il faut absolument que je convainque maman de me laisser raccourcir ma jupe. Celles des autres filles sont plus courtes que la mienne, c'est pas juste !

En tout cas, une chose est sûre : cette année, je vais marquer les esprits à Pemberley !

Après le dîner, je ferai une vidéo Do/Don't *pour booster sa popularité au lycée.*

Il existe de nombreux chemins pour rentrer à la maison, chacun promettant son lot de frustrations et de découvertes. Aujourd'hui, mon chemin de croix prend la forme de notre petite Ford.

Ça commence bien. Après une journée plus qu'éprouvante, me voilà chauffeuse pour deux lycéennes dont la plus bruyante a profité de l'absence de Jane, partie en bus à son entraînement, pour s'asseoir à l'avant.

Dans le rétroviseur, j'aperçois Kitty qui s'est réfugiée dans sa bulle. Absorbée par les façades familières qui défilent de l'autre côté de la vitre, elle a son casque audio vissé sur la tête, qui forme une barrière impénétrable. Elle semble ainsi jouir pleinement de la bande-son de ce moment de vie personnel qu'elle se crée.

À ma droite, Lydia incarne l'exact opposé. Sa voix, un flot intarissable de commentaires et d'exclamations sur les garçons, ne cesse de repartir de plus belle chaque fois qu'elle trouve le profil d'un nouvel élève sur son portable.

— Et vous avez vu ce grand brun en terminale ? Trop canon !

Sa voix aiguë résonne dans le petit habitacle comme un écho dans le Grand Canyon. Elle semble bien déterminée à éplucher le trombinoscope de Netherfield avant que nous arrivions à destination.

Prise en sandwich entre ces deux extrêmes, je me sens comme une île en proie aux caprices des océans. Et chaque virage, chaque feu rouge, chaque arrêt semblent étirer le temps comme un chewing-gum et transforme ce simple trajet en une expédition interminable au cœur de l'adolescence et de ses contradictions.

Je soupire intérieurement. Si seulement j'avais pensé à allumer l'autoradio avant que Lydia commence sa tirade…

En réalité, je suis rassurée que cette rentrée n'ait finalement pas rebattu toutes les cartes. Je suis à présent étudiante, mais ça ne change pas grand-chose. Certes, c'était étrange de croiser tous ces nouveaux visages et se faire surprendre par des voix graves demandant « où est la salle de Mrs Smith », mais, en soi, rien de révolutionnaire pour l'instant. À part que je vais déjà devoir penser à ce que je vais porter demain. Et que cela me fatigue par avance. Peut-être faut-il un peu plus de temps pour qu'une nouvelle dynamique se développe ? Nous sommes tous en repérage, ce n'est que le premier jour. En revanche, je peux déjà proclamer Lydia « lady Whistledown de Pemberley ». Au moins, elle ne saura pas ce qu'il se passe chez les prépas. Enfin, je crois.

À peine franchissons-nous le seuil de la maison que maman surgit comme un diable de sa boîte et nous assaille de questions. Ses yeux brillent d'une excitation qui traduit ce que je sais déjà : à travers nous, elle revit sa jeunesse par procuration.

— Alors, les filles ? Comment c'était ? Les garçons sont sympas ?

Je soupire, posant mon sac comme on dépose les armes.

— Maman, c'était le premier jour. On était plus occupées à écouter les profs...

Mais c'est comme essayer d'arrêter une avalanche avec un parapluie. Lydia est déjà lancée, déversant un flot de potins digne des meilleurs *threads* people, alors que Kitty – déterminée à prolonger ce moment dans sa bulle – fuit immédiatement vers l'escalier pour rejoindre sa chambre.

J'aperçois papa du coin de l'œil. Il est assis bien confortablement dans le canapé du salon. Le lundi, sa librairie est fermée, alors il peut rester à la maison. Levant le nez de son livre, il arbore ce sourire en coin qui annonce toujours une remarque gênante.

— Et toi, Lizzie ? Pas de garçon mystérieux qui aurait mérité ton attention ?

Je grimace et sens aussitôt mes joues se réchauffer quand le visage de Darcy surgit dans mon esprit comme un pop-up indésirable qu'on ne peut fermer.

— Non, papa, je rétorque d'une voix qui trahit sûrement mon demi-mensonge. Mais j'ai rejoint le journal de Pemberley avec Charlotte ! Il sera dirigé par les prépas et je suis super excitée par ce projet, j'enchaîne rapidement, ravie de voir une lueur de fierté illuminer son regard.

Il hoche la tête, visiblement satisfait, avant de replonger dans sa lecture.

Si ma mère est un ouragan de mièvreries et de dramas, mon père, lui, a l'énergie d'un lac calme qui ne se laisse pas submerger par une tempête. Cela équilibre énormément la dynamique familiale, mais il est vrai que parfois je crains qu'un incendie ne se déclare sans qu'il en soit le moins du monde inquiété, même si je sais qu'il nous protégera. Notre relation est spéciale, car il se soucie toujours plus de mon avis que de celui de mes sœurs. C'est ce lien précieux qui me donne le sentiment d'être comprise par au moins un membre de ma famille.

Le roman de mon père doit être mille fois plus passionnant que les exclamations hystériques de maman et de Lydia en arrière-plan.

Je me masse les tempes, sentant poindre un mal de tête.

Premier jour de cours : 1 – Lizzie : 0.

*

Le dîner bat son plein, ressemblant plus à une séance de brainstorming pour une sitcom qu'à un repas de famille, quand, entre deux bouchées de lasagnes, Lydia balance :

— Oh mon Dieu ! J'ai entendu un truc incr' aujourd'hui !

Maman s'agrippe à ses couverts, son intérêt aussi palpable que la tension avant l'annonce du gagnant d'un jeu télévisé.

— Raconte-nous, ma chérie !

— Il y a un garçon en prépa avec Jane et Lizzie qui s'appelle Charles Bingley. Apparemment, il est déjà champion de tennis de haut niveau.

On le verra peut-être bientôt à Wimbledon ou Roland-Garros !

Jane reste silencieuse, le visage impassible comme celui d'une statue de marbre, mais je sais qu'elle ne perd pas une miette de l'échange.

Maman s'agite tout de suite.

— Un champion de tennis dans votre cursus, mes chéries. Ça, c'est chic !

— Oui, hein ! trépigne Lydia. Et il est arrivé avec son meilleur ami, renvoyé d'Eton l'année dernière, mais qui a quand même eu son diplôme. Et Lizzie lui est rentrée dedans, ce matin dans le grand hall ! Je suis dégoûtée. J'ai hâte d'avoir fini le lycée, de ne plus porter cet uniforme débile et d'être avec des vrais garçons. À seize ans, ils sont teubé, je vous jure.

Darcy ? Mais pourquoi faut-il qu'il soit le sujet de prédilection de la gent féminine de la région ?

— Bah alors, Lizzie, pourquoi tu ne m'en as pas parlé ? Un mauvais garçon, glousse maman. C'est excitant, non ?

— Ou inquiétant, se moque Kitty.

Je prends une grande inspiration, tentant de garder mon calme.

— Maman, je ne l'ai pas mentionné parce qu'il n'y a rien à en dire. Je l'ai bousculé sans faire exprès. Point. C'est tout. Et ne t'emballe pas sur le côté mauvais garçon, il était à Eton, le lycée privé le plus sélect de tout le pays et sûrement le plus strict. Je ne pense pas qu'il ait commis un crime.

Je reprends mon souffle et tente de dissimuler mon irritation ; voilà que je me retrouve à défendre ce snob. Mais je sens que si je ne tempère pas la discussion, Lydia et ma mère vont se monter le bourrichon. Elles sont bien capables d'en faire un événement local qui fera trembler chaque foyer de Meryton, et de créer la terrible légende du « garçon renvoyé d'Eton ».

— Pitié, Lydia, je la supplie, ne commence pas à colporter toutes les rumeurs que tu entends.

Mais c'est trop tard, ma sœur est lancée.

— Non, non, c'est vrai ! Je l'ai entendu de la bouche de la petite sœur d'une des amies de Caroline Bingley avec qui je suis copine. Elle a dit que Darcy avait été impliqué dans un énorme scandale. Personne ne sait exactement ce qu'il s'est passé, mais il a dû quitter Eton avant la fin de l'année !

Papa, qui jusqu'à présent écoutait en silence comme s'il assistait à une pièce de théâtre particulièrement absurde, intervient :

— Et as-tu pensé à vérifier si ce que disait cette fille était exact ?

Lydia hausse les épaules avec une nonchalance propre à l'adolescence.

— Pourquoi Caroline lui aurait-elle menti ? C'est la sœur de Charles et elle est très proche de Darcy. Et, oui, j'ai creusé ! Je l'ai cherché sur tous les réseaux sociaux, mais Darcy n'en a aucun, ce qui n'est pas normal en 2025. Je vous le dis, il cache un truc ce gars.

— Peut-être que sa mère lui a confisqué son téléphone après son renvoi, je rétorque avec un sarcasme à la hauteur du foin que Lydia est en train de faire de ce non-événement.

— Quoi qu'il en soit, plaide doucement Jane, on ne doit pas juger quelqu'un sur des ouï-dire. Il y a sûrement une explication.

Maman, cependant, semble fascinée.

— Un scandale, tu dis ?

Je secoue la tête, agacée par la frivolité de ma mère et l'empressement de Lydia à propager des ragots. Pourtant, je ne peux pas nier que cette information a piqué ma curiosité. D'abord Charlotte, maintenant ça...

Le reste du dîner est ponctué de spéculations et de théories farfelues sur la nature du prétendu scandale, chacune y allant de son hypothèse plus absurde que la précédente. Je reste silencieuse, perdue dans mes propres réflexions, me demandant si Darcy est vraiment le *bad boy* mystérieux que tout le monde semble voir, ou si cela cache une tout autre histoire.

Plus tard, pendant la vaisselle – une activité qui, selon moi, devrait être catégorisée comme forme de torture par la Convention de Genève –, je remarque l'air toujours rêveur de Jane.

— Alors ? je la taquine. La raison pour laquelle tu essuies cette assiette sèche depuis cinq minutes serait-elle liée à un certain Charles ?

Elle rougit comme si elle venait de monter quatre à quatre l'escalier de la maison.

— C'est si évident ?

— Seulement pour moi, t'inquiète. Tu l'as revu ?

— C'est improbable... Quand j'attendais le bus, Charles est passé en voiture. Il m'a demandé où j'allais, et figure-toi qu'il s'entraîne pas très loin du club d'athlé ! Il m'a donc proposé de m'emmener.

Je décèle dans sa voix un ravissement qui ne trompe personne.

— Comment ça s'est passé ? Et n'oublie aucun détail.

Jane hésite, comme si elle pesait chaque mot sur une balance de précision.

— Il est… différent, Lizzie. Tellement gentil et attentionné. Nous avons discuté un peu, et c'était comme si nous nous connaissions depuis toujours. Et il est sportif, comme moi ! Même s'il ne m'a pas dit qu'il avait un tel niveau.

— Modeste en plus. Et… ? je l'encourage.

— Il m'a proposé de… de faire ce chemin à l'occasion, avoue-t-elle, les yeux brillants d'excitation.

— C'est génial ! je m'exclame, ravie pour elle, car elle mérite clairement un peu de bonheur hollywoodien.

— Il est content d'être à Pemberley cette année, poursuit Jane, avant de se faire hésitante. Lizzie, je me demandais, penses-tu qu'on pourrait s'asseoir à sa table, au self, un midi ?

Je lève les yeux de l'évier un instant. Mince, ça doit être sérieux.

— Pour que je tienne la chandelle ? je me moque un peu en essayant de cerner l'importance de la situation.

— Arrête, non, je veux dire pour… Enfin…

Je la regarde se débattre avec ses pensées et bégayer au fur et à mesure qu'elle s'empourpre. Je commence à m'en vouloir – Jane est si discrète sur ses sentiments, ça a dû lui demander tout le courage qu'elle possède pour oser me poser cette question. Surtout que je n'ai pas vu cette expression de bonheur depuis le départ de

Harry, le premier amour de ma sœur, le seul, parti étudier aux États-Unis. Leur histoire a duré de leurs quinze ans jusqu'à la fin du lycée, rien que ça. Et depuis, rien. Car Jane n'est pas du genre à avoir des crushs. Non, quand elle s'amourache, elle ne le fait pas à moitié. J'aimerais être aussi romantique parfois. J'ai vu à quel point elle s'est investie dans son histoire avec Harry, la façon dont elle a réussi à créer une petite bulle impénétrable autour d'eux.

Une bulle que même moi je n'ai pas réussi à pénétrer. J'ai bien essayé de la cuisiner plusieurs fois après qu'elle a « découché », mais Jane est toujours restée très pudique sur sa relation. Comme si elle protégeait une chose très précieuse qui disparaîtrait si elle en parlait.

En ce qui me concerne, mon expérience avec les garçons se résume à un flirt maladroit à Bath l'été dernier. Un moment qui aurait pu être mémorable si ma mère n'avait pas écourté sa promenade sur la plage. Dans la panique, j'ai failli amputer ce pauvre garçon de quelques doigts quand j'ai précipitamment remonté ma… Disons simplement qu'il s'est enfui par la baie vitrée comme s'il avait vu la mort de près. Cinq minutes plus tard, je racontais cette catastrophe à Jane sur Snap, pendant que ma mère me croyait endormie. Et voilà toute l'étendue de mes aventures jusqu'à présent. Pas de quoi concurrencer *Euphoria*, ou écrire un roman d'amour…

Quoi qu'il en soit, si Jane est prête à ouvrir son cœur de nouveau, j'espère que ce n'est pas pour qu'il finisse en mille morceaux.

Je lui souris tendrement.

— Je plaisante, bien sûr, j'ai toujours rêvé de rencontrer un futur champion du Tournoi des Six Nations.

Jane me jette un regard faussement vexé, mais cela la rend seulement encore plus attendrissante.

— Lizzie, les Six Nations, c'est du rugby, me répond-elle un peu navrée, et puis il n'y aura pas de chandelle à tenir, car Darcy sera sûrement là aussi.

— Oh, je ne sais pas, Jane. Darcy et moi, on n'a pas vraiment… cliqué.

Elle me sourit avec douceur.

— Justement. Peut-être que ce sera l'occasion de mieux le connaître ? De voir au-delà des apparences, comme m'a dit Charles lorsqu'il m'a parlé du fameux Darcy. Figure-toi qu'ils sont amis depuis l'enfance. Et je lui ai raconté votre « rencontre » de ce matin. Charles avait l'air gêné par son attitude, mais il m'a confié qu'il ne fallait pas se fier à son comportement un peu froid. Selon lui, il est très réservé, mais c'est l'une des personnes les plus bienveillantes qu'il connaisse. Rien à voir avec les théories de Lydia. Je pense qu'il sait mieux que quiconque de quoi il retourne.

Mon cerveau s'embrouille sous une vague d'émotions contradictoires, mais je lutte pour garder une expression neutre.

— Ah oui ? je réponds, essayant de paraître détachée.

— Oui, confirme Jane d'un air compatissant. Je pense que les gens comme Lydia sont prêts à croire cette rumeur, parce que Darcy ne semble pas très chaleureux vu comme ça, mais c'est peut-être juste une façade. Charles m'a expliqué qu'il avait passé de sales moments récemment.

Cette information éveille en moi un sentiment inattendu d'empathie.

Je réfléchis un moment, essayant de faire le tri dans mes pensées, mais finalement, face à l'optimisme contagieux de Jane et à son regard plein d'espoir, je cède, non sans une pointe d'appréhension.

— D'accord, je concède. Mais ne t'attends pas à des miracles. Mes premières impressions sont souvent justes.

Une pile d'assiettes lavées plus tard et une fois allongée dans mon lit, je ne peux m'empêcher de repenser à Darcy. Une partie de moi veut le détester pour son arrogance, mais une autre est... intriguée. Les mots de Jane résonnent dans ma tête. *Il ne faut pas se fier aux apparences.* Cette pensée me met mal à l'aise, comme si j'avais enfilé mon pyjama à l'envers.

Agitée par les événements de la journée et les mystères entourant M. Trop-bien-pour-être-ici, je n'arrive pas à fermer l'œil. Et je dois admettre que ça me soûle qu'il n'ait pas de compte Instagram ou TikTok à stalker.

Je fixe mon plafond, comptant les étoiles phosphorescentes que j'ai collées là il y a quelques années. J'atteins la soixante-treizième quand ma main reprend mon téléphone posé sur ma table de nuit. J'ouvre Google et je tape, non sans honte : « William Darcy Eton ».

Mes doigts hésitent un instant au-dessus de l'écran. Je sais que c'est une mauvaise idée, mais ma curiosité l'emporte avec la force d'un raz-de-marée.

J'appuie sur « Rechercher ». Que je le regrette ou non, une chose est sûre : l'énigmatique Darcy a réveillé les réflexes de la journaliste en devenir que je suis. Mon instinct me souffle qu'il y a là une histoire à déterrer, et j'ai bien envie de creuser.

Les résultats déferlent sur mon écran. Des photos de Darcy lors de concours de rhétorique, des articles sur ses succès académiques, et même des photos à la garden-party du roi.

— Évidemment, je murmure pour moi-même. Sa famille prend le thé avec le roi pendant que la mienne se bat pour la dernière part de pizza le vendredi soir.

Les clichés continuent de défiler sous mes yeux comme un catalogue des soirées les plus huppées de Londres. Darcy en smoking, Darcy en queue-de-pie, Darcy trinquant avec des gens dont les noms figurent probablement dans un classement *Forbes*.

En tout cas, voir des portraits de lui ainsi engoncé dans des costumes valant plus que toutes nos garde-robes réunies me fait comprendre à quel point nos mondes sont éloignés. Je ne suis pas dupe. Malgré tous les efforts mis en œuvre à Pemberley, un plafond de verre subsiste et je viens de m'y cogner violemment la tête. Je suis à deux doigts de fermer la page lorsqu'une image capte mon attention, arrêtant net mon scrollage. C'est une photo de lui avec une jeune fille gracieuse. La légende dit simplement : *William Darcy et sa sœur, Georgiana.*

Je zoome sur l'image, scrutant leurs visages. Darcy sourit. Un sourire qui vaut mille mots, et chacun d'eux me chuchotent que peut-être, juste peut-être, il y a plus chez lui que ce masque d'arrogance qu'il m'a montré aujourd'hui.

Super, maintenant je me fais des films devant une photo. *Pathétique, Lizzie.*

Navrée de ma propre réaction, je continue à faire défiler les résultats. Et c'est là que je tombe sur un article qui date du mois de mai et qui me fait instantanément me redresser. Le titre s'étale en gros caractères :

WILLIAM DARCY RENVOYÉ DE SON LYCÉE ?

Je m'empresse de cliquer sur le lien en retenant mon souffle. L'article se charge, évidemment super doucement, et révèle... rien. Ou du moins, pas grand-chose. Juste des rumeurs et des spéculations vagues dans les commentaires. Apparemment, Darcy a quitté son ancien lycée assez précipitamment et avant la fin de l'année, mais personne ne semble savoir exactement pourquoi.

Je pousse un soupir, mélange de soulagement et de déception. Je ne suis pas plus avancée, je n'en sais toujours pas davantage sur ce garçon qui déchaîne les passions de mes proches et apparaît dans les rubriques mondaines des magazines people du pays.

Mais je suis satisfaite d'avoir parfaitement cerné le côté snob du personnage.

Chapitre 4

Charlotte Lucas

5 septembre – 7 h 47

Mince, le bus arrive dans cinq minutes et je n'ai pas fait mon point du matin.

Alors, addendum émotionnel :

- *Légère anxiété ce matin : 3/10 sur l'échelle de stress.*
- *Curiosité pour la journée à venir : 7/10.*
- *Sentiment de connexion avec Lizzie : 8/10 (en hausse par rapport à hier).*
- *Confusion face aux interactions sociales : constante à 6/10.*

Objectif pour la journée :

- *Essayer d'initier une conversation qui ne soit pas liée aux cours.*
- *Ne pas focus sur la canine gauche de Mrs Smith. Elle est légèrement désalignée. Je me demande si ça la gêne.*
- *Prendre en compte les dispositions des tables de la nouvelle cafétéria. Avec 6 % d'augmentation*

d'espace entre les tables, c'est plus efficace pour la circulation mais beaucoup moins pour capter les informations croustillantes.

- *Au journal, écouter plus que parler et essayer de ne pas suranalyser chaque interaction. (Note : probabilité de réussite - 23 %.)*

J'aimerais parfois être plus comme Lizzie ou Jane. Leurs interactions sociales semblent si naturelles, si fluides. Mais d'un autre côté, être moi a aussi ses avantages. Je peux me délecter de choses que les autres ne remarquent pas. Les détails. Les schémas cachés. C'est comme si tout le monde admirait un tableau impressionniste, et que moi seule pouvais voir les coups de pinceau individuels.

Les jours qui suivent sont un véritable marathon émotionnel. Entre l'excitation des cours – notamment celui de littérature qui promet d'être passionnant – et l'angoisse de ne pas trouver ma place dans cette nouvelle configuration, j'ai l'impression de vivre quatre mois en quatre jours. Comme je le redoutais, il n'aura pas fallu longtemps pour que les conversations se concentrent sur des sujets... comment dire... d'importance, somme toute, relative ? Sans compter que la plupart incluent Darcy, son duo avec Charles n'ayant laissé personne indifférent.

Ce n'est pas parce que l'on a quitté le lycée que l'on devient instantanément mature, et toutes les étudiantes de la prépa – la plupart issue de Pemberley – sont en pâmoison devant eux. Non que ce soient les seuls garçons du cursus, car il y en a au moins une cinquantaine, mais ce sont incontestablement les plus sexy, si l'on en croit les sondages officieux qui circulent sur les groupes WhatsApp des anciennes lycéennes de Pemberley. Et les rumeurs sur Charles se sont propagées plus vite qu'un mème.

Désormais, tout le monde est au courant qu'il est peut-être le prochain Federer et lui pose des questions sur ses entraînements quotidiens, ses matchs et son régime... Même les profs lui témoignent une certaine indulgence lorsqu'il somnole en classe.

Tout ça pour dire que j'essaie d'éviter ces discussions, mais c'est mission quasi impossible. Et dès que j'entends le nom de Darcy, qui suit inexorablement les anecdotes de notre cher tennisman, mon corps se tend d'agacement. Il n'est pas en reste question gossip et conjectures. *A priori*, il est un mystère pour toute la gent féminine et même Lydia n'a rien déterré de plus à son sujet (ouf). De mon côté, tout ce qu'il suscite, c'est un mélange de lassitude et de curiosité pathologique que je n'arrive pas à expliquer. Rien d'incroyable, mais j'aimerais que mon cerveau se recentre sur des choses plus importantes plutôt que se laisser polluer par ces rumeurs incessantes.

Heureusement que j'adore apprendre ! Ça m'aide à rester concentrée... la plupart du temps.

Ce matin, je pousse la porte du club de journalisme pour la première fois. Mon cerveau de *nerd* fait des pirouettes d'excitation. L'air vibre d'une énergie que je ressens jusque dans mes os. Le brouhaha des voix et le cliquetis des claviers m'enveloppent tel un plaid tout doux.

La salle n'est pas très grande, juste ce qu'il faut pour la quinzaine d'étudiants qui ont pris place autour des tables. Je repère direct ma *partner in crime*. Charlotte et moi avons déjà commencé à réfléchir à nos premiers articles, nos idées fusant comme des feux d'artifice lors de nos dernières pauses déj.

Mes yeux parcourent la pièce et s'attardent sur chaque visage. Certains me sont familiers – évoquant des souvenirs doux-amers de l'année passée –, d'autres, parfaitement inconnus, me rappellent que Pemberley n'est plus tout à fait ce cocon dans lequel j'évoluais avec insouciance. Je vais devoir faire mes preuves. Mon regard s'arrête sur une connaissance, un garçon dont l'attitude crie : « Remarquez-moi. » Sa voix nasillarde et ses gestes ampoulés me font grimacer intérieurement.

— Charlotte, je murmure, reconnaissante de la présence rassurante de ma *bestie*. Tu as rencontré Collins, j'imagine ?

La réponse de Charlotte, teintée d'ironie, fait naître un sourire sur mes lèvres.

— William Collins. Oui. Plutôt médiocre, mais totalement convaincu de sa supériorité, c'est ça ?

— Contente de voir que ton sens de l'observation est aussi aiguisé que ton sens de l'humour. J'espérais qu'il avait changé depuis nos douze ans chez les scouts, mais apparemment non. À l'époque, c'était une véritable sangsue émotionnelle. Une conversation avec lui et tu avais besoin d'une sieste de trois jours pour récupérer, je marmonne, en observant Collins se pavaner dans la pièce comme un paon en pleine parade nuptiale.

C'est alors que, comme si quelqu'un venait soudainement d'augmenter la luminosité, *elle* entre dans la pièce. Emma Woodhouse. Ses cheveux brillants ondulent sous les néons, et son sourire pourrait faire pâlir un panneau publicitaire. Nos regards se croisent, et je sens un mélange étrange d'admiration et d'agacement monter en moi. Elle a cette aura qui chantonne : « Je suis née pour briller. » Et je veux désespérément la détester pour ça. Mais d'un autre côté... eh bien, disons simplement que je ne peux que comprendre pourquoi tout le monde gravite autour d'elle.

— Ah oui, j'ai oublié de te prévenir, murmure Charlotte, crispée. Emma Woodhouse a aussi décidé de nous honorer de sa présence au journal.

Je hoche la tête, digérant l'information qui semble l'irriter bien plus que moi. Il faut dire que Charlotte est très carrée et qu'Emma rime plutôt avec *frivolité*.

Emma Woodhouse, la reine incontestée du lycée, celle dont le nom était sur toutes les lèvres et qui n'aurait pu se retrouver ailleurs que dans ce cursus. Et la voilà dans notre club, rayonnante, comme à son habitude.

Je suis perdue dans mes pensées, tentant de me remémorer nos rares interactions ces dernières années, quand la voix stridente de Collins me ramène brutalement à la réalité :

— Bon, tout le monde est là ? Installez-vous où vous pouvez. Je vais vous faire un topo sur l'histoire de la presse écrite, il est important que vous saisissiez quelle est notre mission.

Mince, j'aurais dû arriver en retard. Je lance un coup d'œil inquiet à Charlotte qui hausse les épaules en réponse. Effectivement, se faire mansplainer le journalisme en bonne et due forme est une formalité à laquelle nous aurions dû nous préparer. Et Collins ne déçoit pas. De l'histoire du *Times* jusqu'aux reporters de guerre, il déblatère vingt bonnes minutes sur la mission divine qu'induit la passion de l'information. Je vois presque une aura se former autour de lui, ou c'est une hallucination provoquée par mes paupières qui brouille ma vision. Je remarque que même nos pairs mâles sont en train de piquer du nez ou sont absorbés par leurs téléphones. *Allons, Collins, fais un effort et rends-toi compte que tu perds ton audience ; par pitié, délivre-nous de ce calvaire.* Comme en réponse à ma supplique muette, Collins enchaîne :

— À présent, je voudrais discuter de vos idées d'articles, mais ne vous emballez pas trop vite. Les nouveaux, vous n'êtes pas sûrs d'être publiés du premier coup, jette-t-il avec un air suffisant.

C'en est trop, l'ennui et cette dernière remarque ont raison de ma patience :

— Oh, dommage, moi qui avais une super idée de chronique hebdo avec des recettes de cuisine pour jeunes femmes accomplies, je lance.

— Tiens donc ? rebondit Collins, le second degré lui passant visiblement au-dessus de la tête. C'est vrai que nous n'avions pas ça dans notre ancien lycée. Mais tu as raison, la mixité apporte du changement. Va pour tes recettes de cuisine, ça devrait effectivement plaire au lectorat féminin.

Je suis à deux doigts de lui faire ravaler ses clichés sexistes quand il enchaîne, l'air perdu dans ses pensées :

— Au fait, saviez-vous que la plupart des pommes de terre portent des noms de femme ? On pourrait croire que c'est parce que c'est un mot féminin dans la plupart des langues, or il se trouve en réalité que cela viendrait d'une tradition qu'avaient les agriculteurs. En effet, l'explication historique voudrait qu'ils nommassent les légumes d'après le nom de leurs plus jolies filles. Fascinant, non ?

C'est à cet instant que je prends conscience que je ne peux pas en vouloir à Collins. Ce n'est pas vraiment sa faute s'il a la conscience sociale d'une petite cuillère, s'il confond culture et accumulation de faits insignifiants, et s'il se croit brillant alors qu'il est juste... Collins. Sa première victime, c'est lui-même.

Ayant senti mon irritation, Charlotte me chuchote :

— Laisse tomber, Lizzie. Allons changer le monde du journalisme toutes les deux.

Je sors mon ordinateur portable. L'écran s'allume, le logo remplaçant le reflet de mon visage tendu. Je prends une profonde inspiration, tentant de me recentrer sur les tâches à accomplir.

— Alors, quel sujet veux-tu aborder pour notre premier article ? me demande Charlotte.

J'ouvre la bouche pour répondre, mais une voix inattendue – et particulièrement déconcertante – m'en empêche :

— Elizabeth, c'est bien ça ?

Je frissonne en entendant mon prénom complet.

Je me retourne pour faire face à Darcy, assis derrière nous, l'expression indéchiffrable comme toujours. Une décharge électrique traverse mon corps. Depuis quand est-il là ?

— Oui, j'acquiesce, m'efforçant de conserver un air neutre. Que puis-je faire pour toi ?

Il hésite un instant, scrutant mon visage d'une manière qui me met mal à l'aise.

— Rien. Je voulais simplement te souhaiter la bienvenue dans l'équipe du journal. J'espère que nous pourrons collaborer de manière... productive.

Je sens une vague de confusion m'envahir. Pourquoi me dit-il ça ? Qu'entend-il par « productive » ? Je me maudis intérieurement de ne pas parvenir à le cerner. Y a-t-il un sous-entendu que je n'ai pas saisi ? Est-ce une mise en garde ? Et quelle est la malédiction qui fait que je dois aussi me retrouver avec lui ici ? Entre Collins et M. Trop-bien-pour-être-ici, le club de journalisme n'est pas le havre de paix qu'il promettait d'être.

— Merci, je bredouille, un peu trop sur la défensive.

Du coin de l'œil, j'aperçois Collins qui se dirige vers nous, son sourire mielleux visible à des kilomètres. Super. La cerise sur le gâteau de mon malaise. Je ne me sens pas la force de devoir les gérer en même temps.

Mais Darcy a dû le repérer aussi, car son visage passe de « Je suis mystérieux » à « Au secours » en un temps record.

— Je dois filer, lâche-t-il précipitamment. La salle est un peu trop bruyante pour que je puisse me concentrer.

Et pouf ! Il s'évapore, me laissant plantée là, bouche bée, avec la désagréable impression d'avoir raté un épisode. Ou peut-être une saison entière.

Alors qu'il s'éloigne à grands pas, j'échange un regard avec Charlotte. Ses yeux disent : « Qu'est-ce que c'était que ça ? » Les miens répondent : « Si tu trouves, fais-moi signe. » Mes interactions avec Darcy sont comme des énigmes dont je n'ai pas la clé.

Je secoue la tête pour reprendre mes esprits. Je ne peux pas laisser Darcy, Collins ou quiconque me distraire de mon objectif. Je suis ici pour écrire, pour faire entendre ma voix. Et c'est exactement ce que je vais faire.

Enfin, c'est exactement ce que je ferais si Collins ne m'interrompait pas encore.

— Darcy est parti très vite, dis donc. C'est dommage, j'aurais bien aimé lui parler. J'espère que ce n'est pas toi qui l'as fait fuir, Lizzie ? tente-t-il vainement de plaisanter.

J'ai furieusement envie de lui ouvrir les yeux sur ce qu'il vient réellement de se passer, mais même s'il est lourd, je ne me sens pas d'être cruelle avec Collins. Ça serait comme tirer sur une ambulance. Je me tais.

— Alors, les filles, en dehors de la popote, avez-vous déjà des idées d'articles sérieux à me soumettre, ou avez-vous besoin de conseils ?

Je pointe mentalement un flingue sur l'ambulance qui me fait face, mais le regard de Charlotte me transperce, comme si elle lisait dans mes pensées. Un regard qui murmure : « Respire, Lizzie, il n'en vaut pas la peine. »

Je hoche la tête, reconnaissante pour son soutien. Charlotte a toujours eu le talent de me désamorcer quand je suis sur le point d'exploser.

Je me tourne vers Collins :

— En fait, je pense qu'on pourrait aborder les changements dans le système éducatif cette année. Tu sais, toutes ces nouvelles réformes, les enjeux pour Pemberley, la fermeture de Netherfield, la question de la mixité..., je m'emballe, de plus en plus assurée.

Collins ouvre la bouche, probablement pour m'expliquer pourquoi mon idée est nulle, quand une voix féminine, aussi sucrée qu'un bonbon acidulé, nous interrompt :

— Oh non, c'est tellement... sérieux, commente Emma Woodhouse, qui s'est approchée sans que je m'en aperçoive. On devrait écrire sur quelque chose de plus... captivant. Quelque chose qui ferait parler les gens.

Une étrange sensation me prend au ventre. De quel droit se permet-elle de critiquer mon idée ? Toute reine du lycée qu'elle ait été, elle n'est pas la rédactrice en chef.

— Et que suggères-tu ? je demande, m'efforçant de conserver un ton poli.

Mon sourcil droit se lève tout seul, comme pour souligner mon scepticisme.

Emma m'offre un sourire malicieux qui n'atteint pas tout à fait ses yeux.

— Pourquoi pas un article sur les relations ? Les couples, les ruptures, les drames… C'est ce qui intéresse vraiment les élèves, non ?

Je réprime un soupir si puissant qu'il aurait pu faire s'envoler ma pseudo-frange. J'ai d'autres ambitions pour faire entendre ma voix que de transformer notre journal en version papier de *Gossip Girl*.

— Tu as sûrement raison, mais je ne pense pas que ce soit notre rôle, je contre, plus tranchante que je ne l'aurais voulu. Nous sommes là pour informer, faire réfléchir, débattre.

Emma hausse les épaules, un peu déçue. Son expression me rappelle celle de ma petite sœur quand on lui refuse une sortie.

— Comme tu veux. Mais je suis convaincue que cela amuserait plus les lecteurs.

Collins, qui semble se délecter de cette discussion « féminine », finit par intervenir :

— Tu as raison, Emma. À quoi bon écrire si personne ne nous lit ?

Dans mon esprit, je tire une rafale sur l'ambulance qui prend feu… Non, elle n'est plus seulement en flammes, elle explose dans un feu d'artifice d'indignation. Je sens presque l'odeur du métal brûlé et du caoutchouc fondu.

Il poursuit :

— Lizzie, j'ai le sujet qu'il te faut. En tant que journal, nous sommes aussi le relais entre la direction et les élèves. Et Ms Austen m'a confié à l'instant par mail une mission de la plus haute importance...

Je dois me retenir de lever les yeux au ciel. Comment Collins arrive-t-il à être aussi pénible quand il parle ? On dirait un politicien en campagne, mais en version blanc-bec et charisme zéro.

— Nous devons écrire un article pour annoncer la soirée d'intégration et son thème : Black Tie. Nous le posterons sur le site et nos réseaux sociaux, explique-t-il, me tendant son smartphone comme s'il s'agissait du téléphone rouge nous délivrant un message du Pentagone.

Mon cerveau met quelques secondes à traiter l'information. Je cligne des paupières, certaine d'avoir mal entendu ou d'être tombée dans une dimension parallèle.

— Une soirée d'intégration ? je répète, incrédule. Ici, à Pemberley, le royaume de l'ennui et des uniformes trop serrés ?

Charlotte – qui a arraché l'appareil des mains de Collins avec une rapidité que je ne lui connaissais pas – hoche la tête avec un enthousiasme déroutant.

— Apparemment, c'est pour favoriser la cohésion entre les anciens et les nouveaux élèves, explique-t-elle, en parcourant rapidement le mail.

Je vois la posture d'Emma changer.

— Voilà, c'est exactement ce que je vous disais. Ça, ça va intéresser tout le monde. C'est parfait ! s'exclame-t-elle, me faisant sursauter comme si quelqu'un venait de faire éclater un ballon près de mon oreille. On va écrire une chronique là-dessus !

J'échange un regard avec Charlotte, signifiant : « Est-ce qu'elle est sérieuse ? » Je sens une boule se former dans mon estomac. L'enthousiasme d'Emma est comme un tsunami qui menace de balayer tous mes plans pour le journal.

— Tu veux écrire une chronique... sur une soirée qui n'a pas encore eu lieu ? je la questionne, dubitative.

Emma balaie mon scepticisme d'un geste de la main.

— Pas juste sur la soirée, Lizzie. Sur tout ce qui l'entoure ! Les préparatifs, les attentes, les espoirs et les craintes des élèves. Ce sera une plongée dans la psyché adolescente face à cet événement social majeur !

Je lève un sourcil.

— Tu as conscience que tu parles d'une *soirée d'intégration*, pas d'un sommet international, n'est-ce pas ?

Mais Emma est déjà lancée. On dirait un mix entre Carrie Bradshaw et Lois Lane, prête à décortiquer les drames adolescents avec la ferveur d'une enquêtrice du Watergate. Son esprit bouillonne. Elle parle d'interviews, d'observation, peut-être même d'infiltrer le comité d'organisation.

— Tu vois, Lizzie, ça, c'est de l'aventure journalistique ! conclut-elle.

Et sur ces mots, elle bondit de sa chaise et disparaît, nous laissant, Charlotte, Collins et moi, perplexes.

En attendant de pouvoir me faire entendre sur des sujets de société comme l'écologie, je fais ce que mon rédacteur en chef – et selon lui, l'ensemble de l'administration – attend de moi, et je rédige mon premier post pour le *Pemberley Chronicles* (le nouveau nom du journal, même si j'aurais préféré le *Pemberley Weekly News*), que j'envoie par mail et poste sur nos tout nouveaux réseaux sociaux.

🎭 SOIRÉE D'INTÉGRATION BLACK TIE 🎭

Cher·ère·s Pembies,

Préparez-vous à vivre une soirée inoubliable ! Le conseil des élèves et l'administration de Pemberley sont ravis d'annoncer notre toute première soirée d'intégration !

📅 Date : vendredi 12 septembre

🕐 Horaires : De 19 heures à 23 heures

👔 Dress code : Tenue de soirée

Que vous soyez un·e nouvel·le élève cherchant ses marques ou un·e vétéran·e de Pemberley, lycéen·e·s ou étudiant·e·s de la classe d'excellence, voici l'occasion parfaite pour briser la glace, passer le flambeau ou tisser des liens… et peut-être même découvrir que vos professeurs savent danser.

Au programme :

- Buffet gourmet (pas de panique, ce ne sera pas la cuisine de la cantine)
- Musique *live* avec l'orchestre de l'établissement
- Photobooth pour immortaliser vos moments les plus glamours (ou les plus gênants)
- Et bien d'autres surprises !

N'oubliez pas, c'est Black Tie. Alors c'est le moment de sortir votre smoking du placard ou de transformer votre uniforme en robe de bal !

Rendez-vous le 12 septembre pour une soirée qui promet d'être aussi mémorable qu'un cours de chimie qui tourne mal.

Pour plus d'informations, contactez le comité d'organisation ou guettez les affiches dans les couloirs (oui, celles que vous ignorez d'habitude).

On compte sur vous pour faire de cet événement un moment inoubliable !

Lizzie BENNET
Pour le *Pemberley Chronicles*

Chapitre 5

William Collins

8 septembre 2025 – 12 h 23

[Charmant·e·s lecteur·ice·s, l'autrice comprend que le court passage suivant peut être d'un ennui mortel. Si vous voulez vous l'épargner, elle vous donne rendez-vous page 75.]

Moi, William Collins, rédacteur en chef du prestigieux Pemberley Chronicles, *je m'installe confortablement dans mon fauteuil de bureau. Ah, quel délice d'être à la tête d'une si noble institution ! Je jette un coup d'œil à ma montre – une Jaeger-LeCoultre – et constate avec satisfaction que j'ai exactement trente-sept minutes avant la prochaine réunion. Parfait pour une petite pause méditation.*

Que de chemin parcouru depuis ma nomination ! Grâce à mon talent inné et mon charisme naturel, j'ai su convaincre Ms Austen que le club de journalisme ne saurait être sacrifié dans cette fusion. Certes, certains esprits mesquins oseraient prétendre que ce sont les relations de mes parents qui m'ont aidé, mais que savent-ils des subtilités du monde de la presse ?

L'arrivée des filles dans l'équipe est vraiment plaisante. Elles apportent une touche de... sensibilité, dirons-nous. Particulièrement Lizzie. Un manque flagrant de professionnalisme, mais je lui pardonne. Après tout, elle débute. Et j'ai l'impression que ma présence l'impressionne. J'ai d'ailleurs remarqué qu'elle m'observait souvent. La façon dont elle fronce les sourcils lorsqu'elle me fixe, n'est-ce pas là le signe d'une passion refoulée ?

Mais ma plus grande réussite, c'est d'avoir convaincu Darcy de nous rejoindre, rien que ça ! Bien sûr, il ne parle à personne et ses propositions d'articles sont d'un ennui mortel, mais peu importe. Sa lignée et sa précédente expérience à Eton suffisent à donner du prestige à notre journal. Et qui sait, peut-être qu'un jour il parlera de moi à ses relations royales ? Je me vois déjà rédacteur en chef de la Couronne !

Plus tard dans la journée, je consulte la page du *Pemberley Chronicles* et manque de m'étouffer avec mon thé. Le nombre de *likes* et de commentaires sous mon annonce donne le vertige. Au moins, je suis lue. C'est déjà ça, non ? En tout cas, je vais m'y raccrocher pour l'instant.

Alors que je suis en train de pouffer devant certains commentaires particulièrement créatifs, mon téléphone vibre. Une notification de notre groupe WhatsApp familial me ramène brutalement à ma triste réalité :

Mum

Lizzie, bravo ma chérie
pour ton premier article ! 🎉 C'est moi qui avais soumis l'idée de cette soirée lorsqu'on a su pour la mixité au printemps. Ne me remerciez pas 😊 En tant que vice-présidente du comité des parents d'élèves, je vais aider à tout organiser. Et surtout, je serai chaperon à la soirée, avec papa ! N'est-ce pas formidable ?

Un frisson me parcourt l'échine. Je fixe l'écran, horrifiée, tandis que les messages s'enchaînent :

Lydia

Woop Woop ! Une soirée 🎉 🎉 🎉

Jane

Chouette nouvelle 🥰

Kitty

C'est quoi Black Tie ?

Dad

Oh non, je voulais regarder le match, t'abuses ! 😡

Lizzie

Qui n'a jamais rêvé d'aller à une soirée chaperonnée par ses parents 🙁

Mum

Lizzie, tu survivras. En attendant, toutes les 4, mercredi, session shopping 🛍

Dad

Ben voyons...

Mum

Il est hors de question que mes filles ne soient pas les plus belles !

Lydia

Je serai la plus belle 😎 👄 💅

Je range mon téléphone dans mon sac comme s'il m'avait brûlée. Mes parents. Chaperons. Ma vie sociale vient officiellement de prendre fin avant même d'avoir commencé. Au moins, on a échappé de justesse à une sortie un vendredi 13.

À la fin des cours, les affiches de la soirée d'intégration sont déjà placardées sur tous les murs de Pemberley. Emma n'a pas chômé. J'ai l'impression que l'établissement va exploser, et pas d'une manière cool. Non, plutôt comme un volcan en éruption, crachant des nuées ardentes de cris aigus et de conversations surexcitées. La classe prépa n'est malheureusement pas en reste.

Moi ? J'ai plutôt envie de me terrer dans mon casier jusqu'à la fin des temps. Vraiment, qui a eu cette idée lumineuse de transformer notre soirée d'intégration en avant-première des Oscars, option ado boutonneux ? (Ah oui, j'oubliais : maman.)

— C'est complètement absurde, je marmonne à Charlotte et Jane alors que nous observons le panneau d'affichage, coincées entre deux groupes d'élèves en pleine hystérie collective.

— Oh, moi je trouve que c'est une bonne initiative pour que les gens se rencontrent. Les filles et les garçons restent encore un peu à l'écart, positive Jane, comme à son habitude.

Charlotte me lance un de ses fameux regards : « Arrête de faire ta rabat-joie. »

— Je trouve ça plutôt cool, moi. Ça change des soirées pizza-karaoké où on finit par chanter du Taylor Swift avec une part de quatre fromages dans chaque main.

Elle n'a pas tort. On est vraiment des *nerds*.

Nous commentons l'affiche lorsque Jane se redresse d'un coup et commence à triturer le collier que notre grand-mère lui a offert, un geste qui trahit sa nervosité.

J'aperçois alors l'objet de son trouble : Charles se dirige vers nous avec un grand sourire et un Darcy bien moins lumineux accroché aux basques.

— Salut ! Vous avez vu l'annonce pour la soirée ? Ça promet d'être sympa.

— De mauvais goût, oui, grommelle Darcy.

Incroyable – je suis d'accord avec lui ? Je n'en reviens pas... Mais son ton suffisant me donne envie de lui enfoncer l'affiche dans la gorge. Non, mais, pour qui ce snob se prend, alors qu'il viendra sûrement en costume sur mesure.

— Allez, Darcy, arrête de faire ton rabat-joie, enchaîne Charles en lui donnant un petit coup de coude réprobateur, tout en lançant un clin d'œil charmeur à Jane, qui répond juste d'un sourire timide.

Sa remarque me fait réprimer un sourire bien trop narquois. Mais je compatis au sentiment de Monsieur-trop-bien-pour-ces-trivialités. Je prends une grande inspiration et décide de faire bonne figure pour Jane.

— Une telle soirée peut être synonyme de bonnes surprises après tout, je dis de mon ton le plus enjoué.

Est-ce vraiment lui que j'essaye de convaincre ?

— Ah oui ? Comme quoi, par exemple ? me demande-t-il avec une neutralité glaçante.

— Je ne sais pas. Mais qui sait ? Peut-être que cela nous fera du bien de danser pour une fois ?

— Je ne danse jamais, Elizabeth, tranche-t-il.

Je tressaille. Mais ne me laisse pas démonter :

— Bon, d'élargir un peu son réseau avec les nouveaux élèves, alors ?

— Crois-moi sur parole, mon réseau est bien assez large.

Je déglutis. Il a vidé ma petite batterie d'optimisme, déjà dans le rouge, c'est un naufrage. Je lance un regard désespéré à Charlotte, qui vole instantanément à mon secours.

— Mais oui, mais oui, ça va être bien, hein ! Viens Lizzie, on doit retrouver Emma au club, invente-t-elle.

Elle m'attrape le bras afin de prendre la direction du journal. J'essaie de me ressaisir, mais c'est trop tard, l'échec cuisant de ce face-à-face avec M. Le-snob m'a totalement déstabilisée. Waouh. J'ai fait l'effort d'être sympathique, ouverte et avenante et me suis pris une droite en pleine poitrine. Je capte un regard compatissant de Jane qui, telle que je la connais, doit se sentir coupable d'avoir suggéré que je mette de l'eau dans mon vin. Je lui fais un sourire timide pour lui signifier que ça ira, alors que nous nous éloignons du petit groupe.

*

Si à Pemberley la perspective de la soirée est sur toutes les lèvres, à la maison, c'est l'apocalypse. Les jours suivants sont un tourbillon de préparatifs frénétiques, comme si on organisait le mariage royal du siècle.

Ma petite sœur Lydia s'est métamorphosée en tornade à paillettes, semant le chaos partout dans son sillage. Je jure avoir trouvé des sequins jusque dans mon bol de céréales ce matin. Elle virevolte d'une pièce à l'autre avec une énergie inépuisable alimentée par une excitation pure et une quantité inquiétante de sodas.

— Lizzie ! Tu ne peux pas porter ça ! hurle-t-elle en voyant accrochée à la commode ma robe du bal de fin de lycée que je compte recycler. (Ses yeux sont écarquillés d'horreur comme si je suggérais de porter un sac-poubelle.) C'est une soirée Black Tie, pas un goûter d'anniversaire chez tatie Abigail !

Ma mère, elle, est au bord de la crise de nerfs. Elle court à travers la maison, portable à l'oreille, carnet de notes à la main, tel un général préparant une invasion. Ses cheveux, habituellement impeccables, commencent à friser sous l'effet du stress, ce qui est, je l'avoue, assez amusant.

— Oh mon Dieu, mes filles doivent être les plus belles ! Il faut qu'on ne voie que vous ! déclare-t-elle pour la énième fois, comme si nous allions concourir à Miss Univers.

Elle s'arrête un instant, interpellée dans sa course effrénée par la remarque de Lydia, me scrute de la tête aux pieds, et ajoute :

— Lizzie, chérie, tu es sûre que tu ne veux pas qu'on t'achète une nouvelle robe ? Si, si, on va t'acheter une nouvelle robe ! conclut-elle avant même que j'aie ouvert la bouche.

J'échange un regard désespéré avec Jane. Elle, au moins, garde son calme légendaire. Sur les marches de l'escalier, elle enfile ses baskets pour aller faire son jogging, et ne semble pas le moins du monde déstabilisée par l'effervescence qui règne. Comment fait-elle ? C'est ça qu'on appelle les vertus du sport ? Je suis partagée entre l'envie de l'admirer – à défaut de me mettre au jogging, beurk – et celle de lui jeter un coussin à la figure pour la faire réagir.

— Jane, je gémis, sauve-moi. Ou mieux, assomme-moi. Réveille-moi quand tout ça sera fini.

Elle lève les yeux, un sourire apaisant aux lèvres.

— Ça va bien se passer, Lizzie, tu verras, me dit-elle un sourire apaisant aux lèvres.

C'est sans espoir.

Je monte dans la chambre et m'écroule sur mon lit, épuisée. Mon esprit tourbillonne comme un manège. Je ferme les paupières et soupire profondément. Qui pourrais-je tromper ? Je ne suis pas Jane, avec sa grâce naturelle, ni Lydia avec son enthousiasme débordant. Ou même Kitty. Je suis juste... moi. Lizzie, sarcastique chronique, allergique aux talons hauts et aux conversations superficielles. L'idée de passer une soirée entière à sourire poliment et à faire semblant d'apprécier la compagnie de gens comme Darcy, surtout après l'échec retentissant de ma dernière tentative, me donne envie de m'enfuir au bout du monde.

Mais d'un autre côté... je ne peux m'empêcher de ressentir une pointe d'excitation. Après tout, c'est finalement notre vraie dernière année à Pemberley, et notre première soirée d'intégration mixte. Je ne l'avais jamais avoué mais, une fois surmonté mon dégoût pour les formalités pompeuses qui entourent ce genre d'événement, je dois admettre que le bal de fin de cycle était vraiment émouvant, et une partie de moi est reconnaissante de pouvoir revivre une telle expérience. Et cette petite voix, celle que j'essaie désespérément d'ignorer, me chuchote : « Et si... ? » Et si cette soirée changeait tout ? Et si je découvrais une nouvelle facette de moi-même ? Et si...

Je secoue la tête, chassant ces pensées ridicules. Non, ça reste juste une soirée d'intégration. Je ne vais pas me transformer en Cendrillon juste parce que je porte une robe, ça s'est bien vu l'année dernière. Mais peut-être... peut-être que je peux essayer de m'amuser un peu. Ne serait-ce que pour avoir des anecdotes embarrassantes à raconter plus tard, quand je serai une vieille dame cynique recluse avec ses dix-sept chats.

Le mercredi après-midi, comme voulu par ma mère, nous partons pour une séance shopping dans la rue commerçante de Meryton. L'air conditionné qui s'échappe des boutiques nous accueille comme une brise fraîche, un soulagement bienvenu après la chaleur de l'extérieur, aussi étouffante qu'étonnante pour un mois de septembre. Ma mère nous arrête à quelques mètres du premier magasin.

— Les filles, parlons peu, parlons bien. Je vous ai forwardé à toutes les moodboards thématiques qu'on a concoctés avec Lydia et les magasins référencés avec les *dupes* associés. Avec ça, impossible de revenir bredouilles !

Alors ça... même si je n'ouvrirai certainement jamais le lien, je dois avouer que la ténacité de ma mère et de ma sœur est redoutable et force l'admiration.

Puis elle reprend, toujours avec un air militaire qui ne colle décidément pas du tout à son mètre cinquante-six et ses joues cramoisies de blush :

— Bennet 1, Bennet 2, vous êtes grandes, je vous laisse gérer et on se retrouve à 16 h 30. Bennet 3 et 3bis, avec moi. Pas de temps à perdre.

Elle tourne les talons aussi sec, mes petites sœurs au pas de course derrière elle. Je ne peux me retenir et lance mon plus beau « Salut ! garde à vous » en les observant s'éloigner je ne sais où. Je croise les yeux amusés de Jane – pardon, Bennet 1 –, et nous partons dans un fou rire complice.

Arrivées dans la première boutique de la rue, nous naviguons mécaniquement entre les portants. Mes doigts effleurent des tissus de toutes les couleurs et de toutes les textures, quand soudain je sens un changement dans l'atmosphère. Comme quand le ciel s'assombrit juste avant la pluie, je ressens cette tension électrique dans l'air qui fait se dresser les poils sur vos bras.

Bingo ! À l'entrée du magasin, Caroline Bingley, entourée de favorites, Louisa et Mary, sortes de clones des Kardashian mixées avec les Totally Spies, apparaît. Si Caroline a pu négocier son entrée en classe d'excellence, ses sbires ont écopé d'une année de plus au lycée. Mais je ne suis pas certaine que ces riches héritières aient vraiment le désir – ou le besoin – d'intégrer une fac. À elles trois, elles forment un trio cauchemardesque. Leurs bras sont chargés de sacs griffés étincelant comme des trophées, proclamant leur statut social. Elle nous aperçoit et je vois ses yeux de garce s'illuminer. Oh oh. Je connais ce regard. C'est celui d'un prédateur qui vient de repérer sa proie.

— Oh, regardez, lance-t-elle, la voix aussi tranchante qu'une lame. Les Bennet font leurs courses dans le rayon… seconde main. Comme c'est touchant.

Son ton rempli de fausse compassion dégouline de condescendance, appuyé par les ricanements des deux harpies qui l'accompagnent. Je sens mes joues s'enflammer. Pas de honte, non. De colère. Je veux riposter, lui balancer une réplique cinglante qui effacerait ce sourire suffisant de son visage trop maquillé. Mais une petite voix dans ma tête – qui ressemble étrangement à celle de Jane –, me dit que c'est exactement ce qu'elle cherche.

Je serre les poings.

Respire, Lizzie. Ne lui donne pas cette satisfaction. Tu vaux mieux que ça.

Soudain, trouver la tenue parfaite pour cette soirée prend une importance inédite. Ce n'est plus juste une robe que je cherche, c'est une armure.

Jane apparaît à mes côtés et pose délicatement, mais fermement sa main sur mon bras. Trop tard.

— Tu as raison, Caroline, je réponds avec un sourire forcé. C'est touchant de prendre conscience qu'on ne peut plus se permettre de toujours acheter du neuf vu l'état de la planète.

Le visage de Caroline se fige, son expression passant de la suffisance à la confusion en un battement de cils. Jane me jette un regard où se mêlent fierté et inquiétude. Je sais qu'elle déteste les confrontations, mais parfois, il faut bien se défendre.

— Oh, Lizzie, minaude Caroline, pleine de fausse sympathie. C'est tellement… noble de ta part de voir les choses ainsi. Et je suis sûre que tu trouveras quelque chose de… tout à fait convenable.

Je serre encore un peu plus les poings, sentant mes ongles s'enfoncer dans mes paumes. Comment peut-on être aussi condescendante ? J'ouvre la bouche pour répliquer, mais Jane me devance, avec une douceur qui me surprend :

— Merci de t'en soucier, Caroline. Nous sommes sûres de trouver exactement ce qu'il peut m'offrir ça, alors peut-être que ça vaut le coup de casser ma tirelire.

— Tu sais quoi ? je dis à Jane, un sourire décidé aux lèvres. Je la prends. Je doubl... triplerai mes heures de baby-sitting sur les six prochains mois.

Jane applaudit, visiblement ravie.

— Je suis sûre que tu ne le regretteras pas.

Ma précieuse acquisition soigneusement emballée dans un sac, nous sortons du magasin, en quête de la prochaine boutique. L'excitation de l'achat m'a donné des ailes, et je me sens prête à affronter n'importe quoi. Même Caroline Bingley et ses conseils de mode non sollicités.

— Jane ! Lizzie ! lance une voix familière derrière nous.

Je me retourne si vite que je manque de me faire un torticolis. Et là, comme sorti tout droit d'une pub pour un parfum, se tient Charles Bingley, assis à la terrasse du café le plus chic de la rue commerçante, arborant un sourire éblouissant.

— Charles ! s'exclame Jane, ses joues virant au rose bonbon en un temps record.

Je dois me mordre l'intérieur de la joue pour ne pas ricaner. Ma grande sœur, d'habitude imperturbable, se transforme en guimauve fondante dès que Charles Bingley pointe le bout de son nez. C'est à la fois adorable et un peu embarrassant, comme regarder un chiot essayer de marcher pour la première fois.

— On dirait que quelqu'un a fait du shopping, remarque-t-il quand nous arrivons à sa hauteur.

— Oui, j'ai trouvé une robe pour la soirée d'intégration, j'annonce en agitant mon sac comme un trophée. Notre mère est en mode « relooking » depuis quelques jours. Elle a confondu soirée d'intégration et *Met Gala*, je crois.

Charles rit, un son chaleureux qui donne envie de se blottir dedans comme dans une couverture douillette.

— Eh bien, dis à ta mère de dormir sur ses deux oreilles. Vous pourriez toutes les quatre arriver en pyjama que vous seriez quand même les plus belles de la soirée.

Je lui réponds d'un sourire sincère. Il a cette faculté à dire les mots les plus doux et les plus bienveillants avec un naturel déconcertant, sans l'ombre d'une arrière-pensée.

Se tournant vers ma sœur, il ajoute :

— Et toi, Jane ? Tu n'as pas encore trouvé la tenue de tes rêves ?

Jane porte inconsciemment la main à son cou et fait défiler les mailles de la chaîne de son collier entre ses doigts, comme si elle préparait soigneusement sa réponse.

— Eh bien, je suis partagée entre une robe jaune pâle et une bleu clair. Le jaune est ma couleur préférée. Mais la bleue… Elle a quelque chose de spécial.

Charles se penche en avant, visiblement intéressé.

— En fait, continue Jane, à la fois surprise et flattée, pour tout te dire, je les ai toutes les deux essayées, mais je n'ai pas réussi à me décider.

— Je suis sûr que tu seras magnifique quelle que soit celle que tu choisis, commente Charles, son regard ne quittant pas Jane. Mais je dois avouer que je serais curieux de te voir dans la bleue, elle irait merveilleusement bien avec tes yeux, je pense.

Le temps se fige. Jane rougit jusqu'aux oreilles. L'air entre eux est tellement chargé d'électricité que j'ai presque l'impression de sentir mes boucles brunes friser encore plus. Charles, semblant se rendre compte de ce qu'il vient de dire, détourne soudain son attention sur sa tasse.

— Je veux dire, bafouille-t-il, son assurance habituelle disparue, c'est juste une observation. Tu seras époustouflante quoi que tu portes, bien sûr.

Je retiens un rire. Charles Bingley, d'habitude si sûr de lui, perd tous ses moyens devant ma sœur. C'est vraiment mignon à regarder.

— Merci, Charles, répond Jane, un sourire timide aux lèvres. Je crois que tu viens de m'aider à faire mon choix.

À ce moment-là, j'ai l'impression d'être de trop. Comme si j'assistais à un moment privé qui ne m'appartient pas. Je m'apprête à m'éclipser quand j'aperçois une silhouette tristement reconnaissable qui se dirige vers nous. Darcy.

— Non, mais quel enfer, ils ont déménagé Pemberley au centre commercial ou quoi ? je marmonne entre mes dents.

Charles suit mon regard et interpelle son ami :

— Eh, Darcy !

— Bonjour, réplique Darcy en arrivant à notre hauteur.

Ses prunelles s'attardent sur moi une fraction de seconde de plus que nécessaire, me faisant baisser les yeux. Il prend place aux côtés de Charles et je remarque alors la présence pourtant évidente d'une deuxième tasse à moitié remplie et de quelques sacs sur la chaise adjacente.

— Darcy, je le salue, avec plus de douceur que je n'en avais l'intention. Je ne t'aurais jamais imaginé faire du shopping.

Il esquisse un sourire, pas son habituel sourire en coin, non, celui-ci semble... timide ? Il aurait presque l'air humain aujourd'hui, comme s'il avait laissé au placard le balai qu'il a habituellement dans le...

— Mais il y a beaucoup de choses que tu ignores à mon sujet, Elizabeth.

Cette manie qu'il a d'utiliser mon prénom complet me fait toujours un drôle d'effet. Personne ne m'appelle ainsi, hormis les papis du quartier ou notre grand-tante Abigail.

— En fait, reprend Charles, Caroline et moi avions quelques emplettes à faire, et j'ai proposé à Darcy de se joindre à nous, car il est urgent qu'il renouvelle sa garde-robe, sous peine de représailles terribles de Georgiana, explique-t-il d'un air taquin alors que le principal intéressé, qui s'est de nouveau raidi, se tourne vers lui, mais pas suffisamment vite pour l'interrompre.

— Georgiana ? demande Jane innocemment. Ta copine ?

— Ma sœur, corrige Darcy dans un soupir gêné. Elle trouve mes costumes un peu trop... « austères ».

Son visage s'adoucit à l'évocation de sa sœur. Cet air me rappelle celui qu'il arborait sur la photo que j'ai trouvée, et je sens quelque chose se réchauffer en moi, une chaleur similaire et tout aussi étonnante que celle que j'ai ressentie lors de ma séance de stalking. Je souris, imaginant Darcy tiré de magasin en magasin par sa petite sœur. C'est une image étrangement invraisemblable, mais attendrissante.

Alors que je suis plongée dans ces pensées inattendues, un tourbillon de bruit et d'énergie s'abat sur nous. Ma mère, Lydia et Kitty apparaissent, les bras chargés de sacs multicolores comme si elles venaient de dévaliser un arc-en-ciel.

— Lizzie, Jane, mes chéries ! s'exclame ma mère, nous avons trouvé plein de choses, et le tout pour une bouchée de pain. Ce magasin outlet est une vraie caverne d'Ali Baba.

Lydia bondit devant nous, surexcitée.

— Oh mon Dieu ! Vous ne devinerez jamais ! J'ai trouvé LA robe parfaite pour mon prochain *haul* TikTok ! Elle est tellement *cute*, j'ai hâte de la montrer à mes followers !

— Et moi j'ai trouvé une super combinaison, renchérit Kitty. Lydia dit qu'on va lancer une *trend* !

Je jette un coup d'œil à Darcy. Son expression s'est transformée en un masque de politesse glaciale. Ses yeux, qui quelques instants plus tôt étaient presque doux, sont maintenant froids et distants.

— Un *haul* TikTok ? demande-t-il d'un ton empreint de dédain à peine voilé.

Sa voix attire l'attention de ma mère, Kitty et Lydia qui n'avaient pas encore remarqué sa présence, ni celle de Charles. Les yeux écarquillés de maman alternent entre l'enseigne dorée du prestigieux café et les deux garçons. Son regard scrutateur passe de Darcy à Charles, puis à Jane et moi, comme si elle essayait de décoder la nature exacte de nos relations.

— Eh bien, Mesdemoiselles, on ne présente pas ses amis à sa mère ? lance-t-elle d'un ton faussement désinvolte.

Je retiens un soupir. Je connais trop bien ce ton. Je me prépare mentalement à l'avalanche de suppositions qui ne manqueront pas de suivre. Avec ma mère, une simple conversation au café peut vite se transformer en un épisode de *Dynastie*.

Lydia, trop excitée pour noter le changement d'atmosphère, ni même la réflexion de ma mère, s'écrie :

— Oh. Mon. Dieu. Ne me dis pas que tu ne connais pas TikTok ?

Darcy se redresse sur sa chaise, comme s'il cherchait à mettre le plus de distance possible entre lui et ma famille.

— Si, évidemment, mais je n'ai pas de compte et ça ne m'intéresse pas, rétorque-t-il sèchement.

— Oh, mais c'est tellement cool ! insiste Lydia. On pourrait même faire une vidéo avec toi ! Je parie que tu deviendrais viral en deux secondes, Darcy ! J'ai une idée, je peux filmer votre brunch ? Cet endroit est super instagrammable ! lance-t-elle tendant ostensiblement son

Sans attendre de réponse, il récupère ses quelques sacs et s'éloigne à grandes enjambées. Dans ma tête, la honte et la colère se disputent. L'une dirigée contre mes sœurs, l'autre contre ce rustre.

Pendant ce temps-là, ma mère – complètement déconnectée, comme souvent – s'extasie sur le « génie créatif » de ses jumelles :

— Oh, regardez-les ! glousse-t-elle, ignorant totalement les œillades mécontentes des badauds qui slaloment autour de Lydia et Kitty, toujours en pleine impro.

Je jette un coup d'œil à Jane, cherchant un peu de soutien dans ce chaos. Nos regards se croisent et je sais instantanément qu'elle ressent la même chose que moi. Un simple haussement de sourcils de ma part suffit pour qu'elle comprenne qu'il faut abréger au plus vite ce moment gênant.

Charles, lui, semble vivre dans un monde parallèle. Il n'a d'yeux que pour Jane et arbore un sourire béat, comme si le petit spectacle impromptu de mes sœurs n'était qu'un léger bruit de fond. Il ne se formalise pas le moins du monde de la situation.

Je me mords la lèvre, coincée entre deux envies : disparaître ou secouer mes sœurs pour leur faire retrouver un semblant de dignité. Mais avant que je puisse faire quoi que ce soit, Jane prend les choses en main :

— Maman, dit-elle doucement mais avec une fermeté inhabituelle, il commence à se faire tard. Peut-être devrions-nous rentrer ?

Je retiens un soupir de soulagement. Jane Bennet, la voix de la raison.

Chapitre 6

Charles Bingley

12 septembre – 18 h 30

Je fixe mon reflet dans le miroir de ma salle de bains, un sourire idiot collé sur le visage. Mon cœur bat la chamade, mais ce n'est pas de la nervosité. C'est de l'exaltation pure. Je vais la voir ce soir.

Je passe une main dans mes cheveux, tentant de leur donner un style un peu plus cool.

— Charles, je murmure à moi-même, tu vas passer la soirée avec la fille de tes rêves.

Sur le court de tennis, je suis habitué à ressentir cette montée d'adrénaline, ce mélange d'excitation et de défi. Mais là, c'est différent. C'est comme si j'avais gagné le tournoi de Wimbledon, remporté la coupe Davis et décroché une médaille olympique, le Grand Chelem en un match.

La façon dont elle m'a regardé quand je lui ai parlé de ma passion pour le tennis... Elle était vraiment intéressée. Pas comme ces filles qui font semblant pour me faire plaisir. Non, je sens qu'elle comprend. Et l'écouter parler de ses compètes d'athlétisme est un régal. Tiens, il ne faut pas que j'oublie de lui donner la recette du shaker protéiné dont on a parlé.

Et ces yeux ! Je ne savais pas qu'on pouvait avoir des yeux aussi expressifs. C'est comme si je pouvais y lire mille histoires. Des histoires que je voudrais connaître. Des histoires dont j'aimerais faire partie.

Je secoue la tête, un peu étourdi par l'intensité de mes émotions. Est-ce que c'est ça, le coup de foudre ? Cette sensation de ressentir à la fois un frisson électrique qui parcourt chaque cellule de mon corps et d'être aussi léger qu'un nuage ?

Je prends une grande inspiration et ajuste ma cravate. Un dernier check *dans le miroir, et je sors retrouver Darcy qui m'attend. Ce soir, je gagnerai le cœur de Jane.*

Le jour de la soirée d'intégration est enfin arrivé, et la maison ressemble à une ruche en effervescence. Ma mère court dans tous les sens, alternant crises de panique et exclamations d'enthousiasme, qui malgré tous mes efforts commencent à m'atteindre.

— Kitty ?! Où as-tu mis mon fer à lisser ?! je crie, fouillant frénétiquement dans le tiroir de la salle de bains.

Ma sœur cadette apparaît dans l'encadrement de la porte.

— Euh… je crois que je l'ai prêté à Lydia.

Je pousse un soupir exaspéré.

— Combien de fois je t'ai dit de remettre mes affaires où tu les as trouvées une fois terminé ?

Elle hausse les épaules, l'air à peine coupable.

— Désolée. Tu sais comment est Lydia…

Oh que oui, je le sais. Lydia ne respecte rien ni personne, ce qui ne l'empêche pas d'obtenir toujours ce qu'elle veut, au grand dam du reste de la famille.

— Les filles ! résonne la voix stridente de ma mère. Dépêchez-vous ! Nous devons être parfaites !

J'échange un regard las avec Kitty. Elle imite notre mère avec une précision qui me fait pouffer de rire.

— Allez, je nous encourage en passant un bras autour de ses épaules. Allons affronter le chaos ensemble.

Nous descendons au salon, où Jane est déjà prête, resplendissante dans sa robe bleu pâle sans fioritures ; le tissu souligne parfaitement la grâce naturelle de sa silhouette, et rappelle en effet le bleu de ses yeux. Papa, engoncé dans un costume élégant, mais plus tout à fait à la mesure de son embonpoint, est assis dans son fauteuil favori, et nous observe avec un mélange d'amusement et de résignation.

— Mes chères filles, nous accueille-t-il avec un sourire en coin, êtes-vous prêtes pour ce que votre mère appelle « la soirée du siècle » ?

— Chéri ! grogne ma mère. Pourquoi tournes-tu toujours mes propos en dérision ?

Je réprime un rire. La scène est si typique des Bennet : ma mère stressée et surexcitée, mon père sarcastique et détaché, Jane calme et rayonnante, Lydia survoltée, Kitty nerveuse et excitée, et moi... eh bien, moi, je ne suis que la spectatrice amusée et cela me va très bien.

— Lizzie, ma chérie, m'interpelle maman en me voyant, tu n'es toujours pas habillée ? La soirée commence dans une heure !

Je soupire.

— Maman, il ne faut pas une heure pour enfiler une robe.

— Mais tes cheveux ?! Et ton maquillage ?! (Elle s'approche de moi, touche une mèche rebelle.) Oh, ma pauvre chérie, qu'allons-nous faire de toi ? se lamente-t-elle.

J'ai l'habitude, je sais qu'elle ne pense pas à mal. La remarque glisse sur moi.

— Je vais l'aider, propose Jane, toujours encline à rassurer notre mère, même lorsque la situation n'est pas aussi dramatique qu'elle ne le pense.

— Oh, Jane, tu es un ange, lance-t-elle avec gratitude.

Nous remontons dans la chambre et, pendant que Jane s'occupe de mes cheveux, Kitty s'assied à côté de moi. Elle semble un peu triste.

— Je vous envie, vous arrivez à vous faire des amis facilement. Moi, avec Lydia qui est tellement plus extravertie, je disparais.

J'ai un pincement au cœur. Je sais ce que c'est que de se sentir invisible, surtout quand on a une sœur aussi belle que Jane.

— Écoute-moi bien, je commence en prenant ses mains dans les miennes. Tu es extraordinaire, Kitty. Et un jour, d'autres personnes le verront aussi clairement que je le vois.

— C'est évident, renchérit Jane.

Elle s'illumine et me serre dans ses bras.

— Merci. J'ai tellement de chances de vous avoir comme sœurs.

— Les filles ! retentit à nouveau la voix de ma mère. On part dans trente minutes ! Dépêchez-vous !

J'échange un regard avec Jane et Kitty, et nous éclatons toutes les trois de rire. Quoi qu'il arrive ce soir, au moins, nous serons ensemble.

Trente minutes plus tard, nous nous entassons tant bien que mal dans la Volvo familiale, essayant de ne pas tacher nos tenues d'huile ou d'autres substances non identifiées. Si notre Ford est d'occasion, la voiture de notre père est une antiquité dont les jours sont comptés. Je sens mon cœur battre plus vite à mesure que nous approchons. Papa est au volant, fredonnant doucement un air de jazz, tandis que maman commente chaque maison que nous croisons.

— Oh, regardez ! Les Johnson ont repeint leur façade. Quel mauvais goût, ce jaune canari ! s'exclame-t-elle, le nez presque collé à la vitre.

Jane me donne un petit coup de coude complice, visiblement aussi amusée que moi. L'air frais d'un soir de septembre, portant une légère odeur de feuilles humides, s'engouffre par les fenêtres entrouvertes de la voiture. Kitty et Lydia, assises derrière, gloussent en se prenant en selfie sous tous les angles.

— Kitty, tu bouges trop ! souffle Lydia.

J'observe Kitty et lui adresse un regard encourageant, quand je remarque sa nervosité.

Lorsque nous arrivons devant Pemberley, mon cerveau bugge. Le gymnase, ancien témoin de mes humiliations en cours de sport, s'est métamorphosé. C'est comme si marraine la bonne fée avait décidé de relooker l'établissement. Des guirlandes lumineuses scintillent dans la nuit, une musique entraînante s'échappe des portes ouvertes, et de nombreux cotillons multicolores pendent aux arbres alentour. Ce lieu si familier et banal est méconnaissable.

— Allez les filles, *showtime* ! lance papa en se garant. (Il ajoute avec un clin d'œil :) Et n'oubliez pas, si un garçon vous embête, appelez-moi. J'ai toujours voulu utiliser ma batte de cricket pour autre chose que frapper des balles.

— Chéri ! s'indigne maman.

Mais je vois le coin de ses lèvres tressaillir, car malgré ses excentricités, elle adore papa et son humour bizarre.

Les talons de Jane résonnent sur le bitume lorsqu'elle s'avance, sa robe bleu pâle flottant autour d'elle comme un nuage. Elle n'a jamais aussi bien porté le titre d'ange de Pemberley. Je prends une profonde inspiration avant de la suivre, lissant nerveusement ma fameuse robe émeraude qui va me valoir je ne sais combien de samedis soir à garder les petits des Gardiner, nos voisins.

Dans sa robe à paillettes – que certains parents considéreraient sûrement comme vulgaire –, Lydia est déjà en train de trépigner, impatiente de rejoindre la fête.

— Attendez les filles, souriez ! lance maman, brandissant son téléphone pour immortaliser le moment.

Je force un sourire, imaginant déjà ces photos embarrassantes circuler sur le groupe WhatsApp familial, et pire… sur son Facebook.

— Allez, on y va ! J'entends ma chanson préférée ! s'exclame Lydia, tirant Kitty par la manche de sa combinaison dorée.

Je grimace intérieurement, espérant que ses exclamations ne parviendront pas jusqu'à l'intérieur.

— Lizzie, tu viens ?

La voix de Jane me tire de mes pensées. Elle se tient déjà près de l'entrée, Kitty et Lydia sautillant d'impatience à ses côtés.

— J'arrive ! je lance, accélérant le pas pour les rejoindre.

Je franchis les portes et cligne des yeux. La salle étincelle, comme si quelqu'un avait saupoudré de la poussière d'étoiles partout. Des voilages argentés flottent depuis le plafond, se mêlant aux petites lumières qui scintillent çà et là. C'est… vraiment réussi, je dois l'admettre.

— Oh mon Dieu, c'est trop cool ! s'égosille Lydia en attrapant la main de Kitty. Viens, on va danser !

Avant que je puisse articuler un « faites attention » maternel, elles disparaissent dans la foule.

— Je vais garder un œil sur elles, affirme-t-elle, ayant noté mon inquiétude.

Je me mets en quête de visages connus dans cette mer d'adolescents survoltés. Soudain, je remarque que beaucoup de regards sont attirés vers les gradins. En suivant leur direction, je comprends tout de suite pourquoi. Devant un rassemblement d'élèves de la classe d'excellence qui rechignent à se mélanger aux lycéens (ce qui est compréhensible) se trouve Charles, qui brille comme un astre joyeux. Son sourire rayonnant illumine l'endroit, tandis qu'il salue tout le monde d'un geste amical de la main. On dirait qu'il est dans son milieu naturel, répandant sa bonne humeur comme un soleil réchauffe tout ce qui l'entoure.

Son sombre inséparable, Darcy, est adossé nonchalamment aux gradins, comme s'il posait pour la couverture d'un magazine. Il scrute la foule, son air renfrogné habituel plaqué sur le visage – pourtant charmant, comme c'est irritant. Et pile au moment où il semble m'apercevoir, je repère ma sauveuse, Charlotte, qui me fait un signe de la main depuis le buffet, à quelques mètres des gradins. Je commence à me frayer un chemin vers elle, slalomant entre les danseurs hésitants et les couples déjà enlacés, mais quand j'arrive à la hauteur de nos deux « idoles » de Pemberley, faisant mine de ne pas les voir, Charles agite le bras. Il me lance un retentissant « Lizzie, coucou ! » que je ne peux pas faire semblant de ne pas avoir entendu, même si je suis encore morte de honte de l'attitude de mes sœurs l'autre jour. Je réponds d'un timide signe de la main, ignorant ostensiblement son voisin, et accélère le pas pour rejoindre Charlotte dans l'espoir de me fondre dans la masse.

Mon amie resplendit dans une jolie robe col Claudine qui souligne avec élégance son air sérieux.

— Eh bien, on dirait que ta mère a vraiment réussi à vous faire mettre toutes les quatre sur votre trente-et-un, me lance-t-elle avec un sourire en coin, en me tendant un gobelet de cocktail sans alcool.

Je grimace en soupirant.

— Tu n'as pas idée. Je ne sais pas de quoi elle aurait été capable si nous ne nous étions pas laissé faire. Au début, Kitty voulait mettre un costume. Ça a été le drame familial de la semaine. Mais maman a fini par céder pour une combi.

Charlotte rit, puis elle fixe un point derrière moi.

— Ça te dit qu'on aille prendre une photo au Photobooth ? Ça commence à être blindé ici.

C'est vrai que le coin buffet et boissons grouille. Peu fan de la foule qui s'épaissit autour de nous, je m'empresse de lui emboîter le pas.

Une fois en sûreté, je risque un coup d'œil alentour, cherchant ma sœur ou d'autres amies, mais je ne vois que Darcy et Charles, toujours sur les gradins, à deux mètres de nous.

Notre tour arrive et nous nous réfugions dans la cabine. Charlotte est affublée d'oreilles de lapin roses et je me suis parée de la plus grotesque paire de lunettes que j'ai trouvée. Quoi qu'elle me rappelle un peu celle de Mrs Smith. Alors que nous prenons une pose dramatique pour le troisième cliché, mon attention est accaparée par une conversation qui nous parvient.

— Allez, Darcy ! (La voix de Bingley porte par-dessus la musique.) Tu ne peux pas rester planté là comme une statue toute la soirée. Essaie de te mélanger un peu.

— Tu sais bien que je déteste ce genre de soirée.

Je me tourne aussitôt vers Charlotte, et nos sourcils se lèvent dans une synchronisation parfaite. Avons-nous capté les mêmes ondes provenant de la conversation de Darcy et Bingley ? Apparemment, oui.

— Oh, allez Darcy ! Il y a plein de gens cool ici, et de jolies filles. Va parler avec Lizzie, elle est adorable.

Je manque de m'étouffer avec mon verre de Virgin Mojito. Moi ? Darcy ? C'est comme suggérer un *tea time* entre un cactus et un ballon de baudruche.

Le silence de Darcy pèse lourdement, et j'imagine bien l'air sérieux et accusateur qu'il doit arborer en ce moment. Je me tends.

— Elizabeth Bennet ? (Il crache presque mon nom.) Non merci. J'avoue qu'elle donne le change dans sa robe verte, mais si je m'approche d'elle, je risque de me retrouver dans une vidéo ridicule que postent ses petites sœurs sur les réseaux. Tu les as vues mercredi ? C'était si gênant. Elles sont plus obsédées par leur nombre de *likes* que par la vraie vie.

Je sens mon visage se tordre de colère. Comment ose-t-il ? J'ouvre le rideau d'un coup sec qui attire l'attention des deux garçons. Le visage de Charles passe de la surprise à un air désolé, tandis que Darcy écarquille les yeux en me voyant apparaître. Charlotte m'attrape le bras, ses ongles s'enfonçant presque dans ma peau.

— Lizzie, ne fais rien de...

J'ouvre la bouche pour laisser échapper en réponse tout le bien que je pense de M. le Goujat-Of-All-Time, mais je suis interrompue par la voix stridente de ma mère qui perce le brouhaha ambiant comme un couteau dans du beurre. Je la repère, agitant frénétiquement les bras au milieu d'un groupe de parents. À ses côtés, mon père arbore son habituelle expression mi-amusée, mi-désespérée.

— Lizzie ! Viens voir par ici, ma chérie ! Mrs Collins voulait justement te féliciter pour ton entrée dans le journal !

Charlotte me lance un regard compatissant.

— On ne peut pas faire semblant de ne pas l'avoir entendue ? murmure-t-elle.

— Crois-moi, j'aimerais bien, je soupire. Mais tu connais ma mère, elle serait capable de monter sur scène et de m'appeler au micro si je ne réponds pas.

Je lève le menton. Darcy-trop-bien-pour-être-ici ne mérite finalement même pas un regard. Résignées, nous nous dirigeons vers mes parents.

— Ah, la voilà, ma future reporter ! s'exclame maman en m'attirant dans une étreinte non sollicitée. Tu te souviens de Mrs Collins ? Elle me dit que c'est son fils, William, qui est le rédacteur en chef, quelle coïncidence ! Vous vous fréquentiez, enfants. Tu te souviens des camps d'été chez les scouts ? Quand tu voulais être Merida, mais que tu finissais toujours par lire plutôt que de construire des cabanes ?

Je hoche poliment la tête, sentant déjà une migraine pointer le bout de son nez à l'évocation de Collins, quand soudain, je sens une présence à mes côtés. Je me retourne pour me retrouver nez à nez... avec lui.

— Lizzie ! Quelle joie de te voir, déclare-t-il d'une voix nasillarde. Tu es vraiment ravissante ce soir. Cette robe met parfaitement en valeur tes... euh... tes formes.

Je sens mes dents grincer.

— Merci, William. C'est très... gentil à toi de le remarquer. Et toi, ton costume est très... viril.

— Oh, mais je t'en prie, poursuit-il, inconscient de mon ton sarcastique. Et merci pour mon costume. Tu sais, mes parents m'ont toujours dit qu'un garçon bien élevé devait...

Alors qu'il se lance dans un interminable monologue sur les vertus prônées par sa précieuse éducation – qui a déjà fait fuir nos parents et Charlotte, qui a prétexté une pause toilettes –, je reporte mon attention sur la foule. Caroline Bingley, dont la robe est si belle et si chère qu'on voudrait l'ignorer, mais dont l'éclat attire inévitablement le regard, semble en grande conversation avec... Darcy. Elle s'accroche à son bras comme une moule à son rocher. Je peux jurer cependant que les yeux de ce dernier reviennent régulièrement dans ma direction, ravivant ma colère. Je préfère leur tourner le dos et me concentrer sur Collins qui me parle de... Qu'importe, je n'en écoute pas un mot.

Au bout de quelques interminables minutes, la musique change, passant d'un rythme effréné à une première série de slows. Les couples se rapprochent sur la piste de danse, et j'aperçois

Jane danser avec Charles. Vraiment, quand on les voit ensemble, on dirait un coup monté tellement leur duo semble tout droit sorti d'un film. Et l'ange de Pemberley a l'air... aux anges !

— ... et c'est pourquoi je pense que ce genre de soirée est une excellente façon de faire se rencontrer des jeunes filles et des garçons, conclut Collins. D'ailleurs, accepterais-tu de danser avec moi ?

Mon cerveau sort immédiatement de son mode veille. J'ouvre la bouche, cherchant une excuse polie pour décliner, quand une voix péniblement familière me devance :

— Je crains qu'Elizabeth ne m'ait déjà promis cette danse, déclare Darcy, d'un ton qui ne souffre aucune contestation.

Il se tient juste à côté de moi et je ne sais pas du tout depuis combien de temps il est là. Son regard est indéchiffrable comme d'habitude, mais je crois y déceler une lueur de complicité. Surprise par son intervention, je reste bouche bée un instant. Darcy qui danse ? Ça, c'est une surprise. Mais Darcy qui vient à mon secours... C'est pour le moins déconcertant.

Quelle que soit la raison de sa présence, je suis toujours furieuse, mais je ne peux pas laisser passer cette porte de sortie :

— En effet, c'est exact. Désolée, William.

Collins paraît déçu, mais m'offre tout de même un sourire forcé.

— Je comprends. Plus tard, peut-être ?

Sur ces mots, il s'éloigne vers un groupe de filles qui semblent tout aussi enthousiastes que moi à l'idée de lui parler.

Dès qu'il est hors de portée de voix, je me tourne vers Darcy. La colère qui couvait explose enfin :

— Merci pour le sauvetage, mais je ne danserai pas avec toi.

Son expression s'assombrit, sa mâchoire se serrant imperceptiblement.

— Pourquoi ? questionne-t-il sèchement.

J'aperçois Charlotte qui revient vers nous et observe avec curiosité la scène.

— Je ne voudrais pas qu'en dansant avec moi, tu te retrouves malencontreusement affiché dans une des vidéos débiles de Lydia...

Il pâlit, ses doigts jouant nerveusement avec le revers de sa veste.

— Elizabeth, commence Darcy, je ne pensais pas que...

— J'avais entendu ? je le coupe, sentant une vague de satisfaction malsaine devant son malaise. Eh bien, si. Mais comme, de mon côté, je n'ai pas envie de finir dans les pires tabloïds du pays, je pense que nous sommes d'accord pour nous éviter désormais, j'ajoute avec sarcasme.

Je m'éloigne, le cœur battant. Un dernier coup d'œil en arrière : Darcy est immobile, l'expression partagée entre surprise et... déception ? Comme s'il en avait le droit.

Charlotte me rattrape.

— Waouh, Lizzie. C'était... intense.

Je laisse échapper un rire nerveux et lâche :

— Je ne sais pas ce qui m'a pris, mais il est tellement orgueilleux !

— C'est vrai, répond Charlotte, mais pour sa défense, avec son physique, sa famille et sa fortune, il a toutes les raisons de l'être.

— Ce n'est pas le sujet. Je lui pardonnerais sans problème son orgueil, s'il n'avait pas piétiné le mien. Mais là...

— Oh mon Dieu, Lizzie ! (Lydia apparaît devant nous, sautillant d'excitation.) C'était épique ! Tu as complètement atomisé Darcy !

Je sens la colère revenir en force.

— Baisse d'un ton, tu veux.

Mais ma petite sœur est lancée, impossible de l'arrêter :

— Non, mais sérieux, tu aurais dû voir sa tête ! Et toi ! Tu étais là, toute... badass et tout.

— Badass ? je répète, sentant ma patience s'effriter. Lydia, si je me suis retrouvée dans cette situation, c'est en grande partie à cause de tes vidéos !

Lydia cligne des paupières, surprise.

— Quoi ? Mes vidéos ?

Charlotte pose une main apaisante sur mon bras, mais je suis trop énervée pour m'arrêter :

— Oui, tes vidéos. C'est à cause de ce genre de comportements que des gens comme Darcy se sentent le droit de nous juger. Tu comprends ça ?

Le sourire de Lydia vacille un instant.

— Oh, allez, Lizzie. Mes vidéos sont cool. J'ai presque cent mille followers maintenant.

Je ferme les yeux, sentant mon mal de tête s'intensifier.

— En tout cas, continue Lydia, c'était génial comment tu l'as remis à sa place.

— S'il te plaît, arrête.

Ma sœur lève les mains en signe de reddition, mais son sourire persiste.

Puis elle disparaît dans la foule aussi vite qu'elle est apparue.

Charlotte me lance un regard compatissant.

— Tu sais comment elle est. Elle ne pense pas à mal.

Je pousse un long soupir.

— Je sais. C'est bien ça le problème. Elle ne pense pas du tout.

— En tout cas, reprend Charlotte, on dirait qu'au moins une d'entre vous passe une soirée d'anthologie.

Je me tourne pour apercevoir Jane et Bingley qui continuent à danser, serrés l'un contre l'autre. Ils forment un joli couple, leurs mouvements sont parfaitement synchronisés, et leurs sourires lumineux éclairent la piste de danse.

— Ouais, ils ont l'air bien ensemble, je réponds, partagée entre une joie sincère pour ma sœur et une inquiétude sourde qui me noue l'estomac.

Charlotte me donne un petit coup de coude.

— C'est une fête, Lizzie, pas les *Hunger Games*. Arrête de surveiller tout le monde comme si ta vie en dépendait.

Je secoue la tête, comme pour chasser mes pensées parasites.

— Tu as raison. Allons danser avant que mon cerveau fonde à force de réfléchir.

Chapitre 7

Jane Bennet

13 septembre – 10 heures

Hier soir, j'ai dansé avec Charles. C'était magique...

Charles est... eh bien, c'est Charles Bingley quand même. Champion de tennis, fils d'une grande famille, et probablement déjà l'un des garçons les plus populaires de Pemberley. Et moi ? Je me demande ce qu'il trouve à la fille discrète qui aime l'athlétisme et les animaux.

Il a été tellement gentil. Pas de cette fausse gentillesse qu'on voit souvent, non. Il a une vraie bonté qui émane de lui. Mais je ne devrais pas trop y penser, n'est-ce pas ? Pour lui, c'était sûrement juste une danse parmi tant d'autres.

Soyons réalistes. Un garçon comme Charles... Il pourrait avoir n'importe quelle fille. Pourquoi s'intéresserait-il à moi ? Je n'ai rien d'exceptionnel. Je ne suis pas une star du sport, je ne viens pas d'une famille célèbre. Je suis juste... ordinaire.

D'autres filles ont-elles vécu cela avant moi ? Combien ont cru pendant un bref instant qu'elles pourraient avoir une chance avec ce garçon tellement incroyable ?

Et pourtant, la façon dont il me regardait... Non, j'imagine des choses. C'est ce que je fais toujours.

Charles est probablement poli et amical avec tout le monde. C'est tout. Et c'est bien comme ça. Je dois me contenter de ce beau souvenir et ne pas en attendre plus.

Le lendemain de la soirée, j'émerge de ma chambre avec difficulté. Mes yeux mi-clos et mes cheveux ébouriffés racontent l'histoire d'une nuit mouvementée. Oh, rien d'incroyablement subversif, non... Juste cinq heures passées à me triturer les méninges en rejouant chaque scène de la soirée et en décortiquant chaque détail pour être sûre que je n'aurais pas dû agir différemment. Un plaisir. Mais je sens que cette longue rumination intérieure n'a en rien apaisé ma colère. Ni mes multiples roulages de tête dans les oreillers à me rappeler son ton arrogant, ou à tenter de chasser de ma mémoire ce regard de déception qu'il m'a lancé... Il avait presque l'air... triste ? *Non, Lizzie.* Il était sûrement dégoûté que je l'affiche devant autant de monde. Je dois garder cela à l'esprit : Darcy est un goujat. Une nuit à ressasser ma colère est bien trop d'attention pour ce snob. À partir d'aujourd'hui, je refuse que toute interaction avec ce type ait un quelconque effet sur moi. J'ai déjà bien assez honte de lui avoir sacrifié mon sommeil, ça suffit. Mes premières impressions étaient les bonnes, et son attitude me confirme que nos mondes ne peuvent coexister. Un rapide coup d'œil dans le miroir me fait grimacer… J'ai connu des réveils plus glorieux.

Notre maison, habituellement impeccable grâce à la maniaquerie de Maman, est dans un désordre inhabituel. Des vêtements et des accessoires jonchent le sol, et témoignent de la frénésie qui a précédé la soirée. L'air est chargé d'un mélange de parfums et de produits capillaires, et pour descendre l'escalier, je dois enjamber un truc en plumes qui ressemble à un boa abandonné. Note pour plus tard : demander à Lydia si elle compte auditionner pour un remake low cost de *Moulin Rouge*.

Arrivée dans la cuisine, je suis accueillie par un spectacle à la fois familier et terrifiant : ma mère en pleine séance de débriefing post-soirée. Elle est assise à la table, ses cheveux en désordre, agitant sa tasse de café comme si elle tentait d'invoquer les esprits du gossip.

— Ah, Lizzie, tu es enfin réveillée ! s'exclame-t-elle en me voyant. Viens t'asseoir, nous parlions justement d'hier soir.

Je retiens un soupir. Connaissant ma mère, ce n'est pas une simple discussion, mais un examen minutieux de chaque détail. Je m'installe à table, prête à passer à la barre, après m'être servi une tasse de café remplie à ras bord pour tenir l'interrogatoire.

Jane, assise en face de moi, m'adresse un sourire compatissant. Comme toujours, elle est déjà parfaitement présentable, fraîche, pimpante, et elle a même déjà fait son jogging matinal. Qui a dit que la génétique était équitable ?

— Comme je le disais, reprend ma mère avec enthousiasme, Jane a fait forte impression ! Le charmant petit roux semblait hypnotisé. N'est-ce pas, ma chérie ?

Jane rougit légèrement, baissant les yeux sur son bol de céréales comme si elle espérait y trouver une échappatoire.

— Maman, ce n'était rien de spécial. Charles est simplement... gentil.

— Gentil ? On est encore là-dessus ? je ricane, incapable de me retenir. Jane, il te suivait partout comme un bébé labrador.

Ma mère pousse un cri de joie tellement strident que je crois un instant que nos tasses vont se briser. Et comme si une sentence honteuse venait de s'abattre sur elle, Jane se prend le visage dans les mains. Je regrette instantanément ma remarque et me demande s'il est trop tard pour retourner hiberner dans ma chambre.

— Oh, c'est merveilleux ! s'exclame maman, les yeux brillants d'une lueur que je ne connais que trop bien. (Puis, elle se tourne vers moi, un sourire malicieux aux lèvres.) Et toi, Lizzie ? J'ai vu ce fameux Darcy te regarder à plusieurs reprises.

Je manque de m'étouffer avec mon café, dans une quinte de toux peu gracieuse. J'aperçois les yeux de Jane entre ses doigts, son regard à présent malicieux semblant me dire : « *Cheh.* » C'est de bonne guerre. Aussi fermes soient mes résolutions, force est de constater que je vais devoir subir le sujet « Darcy » encore quelque temps.

— Me regarder ? je croasse quand je peux de nouveau respirer. Plutôt me toiser. Darcy me déteste, et c'est réciproque. Il a probablement passé la soirée à répertorier mes défauts.

Ma mère agite la main comme pour chasser mes paroles.

— Oh, ma chérie, tu exagères. Je suis sûre qu'il était simplement intimidé par ton charme.

Fatiguée, je masse mes tempes. Darcy, intimidé ? Par moi ? C'est aussi probable que de voir Collins raconter quelque chose d'intéressant.

Le week-end passe dans un brouillard de devoirs négligés et de siestes improvisées, et avant que je m'en rende compte, le lundi matin arrive, aussi bienvenu qu'une invasion de guêpes sur un pique-nique.

Je me traîne dans les couloirs, mes pieds semblant avoir été remplacés par des blocs de béton pendant la nuit.

— Eh, Lizzie ! crie Charlotte en agitant la main depuis le hall principal.

Elle tente de me rejoindre, mais est stoppée par un groupe de premières années qui passent en trombe, leurs sacs à dos énormes les faisant ressembler à une équipe de tortues ninjas maladroites.

Je réussis à atteindre mon casier, jonglant avec mes livres et mon café encore chaud comme si j'étais une contorsionniste. Bien sûr, c'est à ce moment précis que mon téléphone décide de sonner, me faisant presque renverser mon précieux breuvage sur ma veste. Merci, monde cruel, pour ce moment de grâce matinale.

— Maman, je t'ai déjà dit de ne pas m'appeler pendant les heures de cours, je soupire en décrochant, prête à entendre la dernière urgence familiale.

— Oh, Lizzie chérie, désolée ! Je n'arrive pas à joindre tes sœurs, elles ne décrochent pas. Peux-tu leur rappeler que c'est ce soir qu'elles ont leur première leçon au centre artistique ? Lydia a danse à 16 h 15 et Kitty dessin à 16 h 30.

— OK, maman, je vais essayer de les trouver à leur pause déj. Mais pourquoi tu n'envoies pas un rappel sur le groupe WhatsApp ?

— Non ! Ton père dit que je passe mon temps sur mon téléphone et je ne veux pas lui donner le plaisir d'avoir raison. En plus, il râle, car il trouve que ça lui fait trop de notifications.

— Maman, tu connais papa, il râle pour le plaisir de râler, mais il adore lire nos conversations. On est toutes les cinq sa sitcom préférée, son *Modern Family* version série B. En plus, techniquement, m'appeler, c'est être sur ton téléphone, non ?

Le silence de l'autre côté me fait comprendre que mon argument a fait mouche.

— Le prof arrive, faut que je te laisse. Bisous.

Je raccroche.

Charlotte, qui m'a enfin rejointe, l'air aussi fraîche que moi, s'interroge :

— Bien sûr, ta mère va trouver ça tout à fait normal que le prof arrive à 8 h 47 ?

— T'inquiète, elle est sur une mission WhatsApp et smileys, y en a bien pour dix minutes, là. Elle ne fera pas gaffe à l'heure.

Elle est trop occupée à choisir entre l'émoji cœur rouge ou l'émoji cœur rose.

— Tu es affreuse, ricane Charlotte.

— Pas affreuse, non, mais pas prête à devoir gérer l'agenda familial. J'ai bien assez de ma vie et de mes problèmes, genre le TD de ce matin. T'es au point, toi ?

— Oui, je pense que ça va aller. Pas toi ?

— Bah, je suis plus branchée Emily Brontë que Pythagore…

— Si tu galères, tu n'auras qu'à jeter un coup d'œil à mes réponses.

— Tu me pousses au crime, Charlotte Lucas ? Tu devrais avoir honte de toi ! Quelle déchéance morale, je suis choquée !

— Non, mais tu m'as bien aidée, toi, à rédiger tous mes exposés au lycée.

— T'inquiète, je vais me débrouiller. Faut que j'arrive à décrocher la moyenne. Mon avenir en dépend, enfin, d'après ce qu'on dit.

Alors que je viens à peine de finir mon café, savourant la dernière goutte, la fameuse notification pope sur mon téléphone :

Mum

Lydia, tu as ton cours de danse 💃 ce soir à 16 h 15. Et toi, Kitty, ton cours de dessin ✍ à 16 h 30. Je viendrai vous récupérer au centre artistique à 17 h 45 en voiture 🚗

Dad

Il n'est même pas 9 h ! Trop tôt pour le bla-bla 🙄

Je tends mon téléphone à Charlotte, qui explose de rire.

— Tu vois, je te l'avais bien dit, je dis en l'entraînant avec moi vers la salle de cours.

*

Deux heures plus tard et un examen de statistiques médiocrement réussi derrière moi, je me réjouis de retrouver Mrs Smith et son cours de littérature, qui est un véritable baume pour mon âme. Ce cours est peut-être le seul endroit où je me sente vraiment moi-même, où mes pensées et mes émotions peuvent s'exprimer librement à travers les mots des autres. C'est comme une thérapie, mais en mieux : pas besoin de parler de soi, juste de personnages fictifs qui, étrangement, semblent souvent plus réels que les gens qui m'entourent. Et cette prof est vraiment passionnante, et sarcastique comme j'aime.

Quand elle franchit le seuil de la classe, son regard perçant balayant la salle comme un laser, le brouhaha ambiant s'estompe.

— Mesdemoiselles, messieurs, commence Mrs Smith d'une voix tranchante comme un couperet, j'ai une annonce qui devrait pimenter votre petite vie étudiante.

Un silence attentif s'installe. Même Caroline a arrêté de glousser avec Mary et Louisa au fond de la classe.

— La classe préparatoire de Netherfield organisait chaque année un concours d'éloquence. Jusqu'à présent, le ou la gagnante lisait le discours gagnant lors de la soirée de Noël devant les parents d'élèves, le conseil d'administration et les donateurs. C'est une tradition vieille de plus d'un siècle. Dans la volonté de la faire perdurer au sein de Pemberley, cette année, le thème du discours est d'actualité puisqu'il s'agit de « La mixité et l'égalité des chances », mais il y a du nouveau dans l'organisation du concours, poursuit-elle, un sourire énigmatique aux lèvres. Cette année, ce n'est pas un élève, mais un binôme mixte qui aura l'honneur – ou le fardeau, selon votre éloquence – de prononcer son discours devant les invités, ajoute Mrs Smith, savourant l'effet de ses paroles.

Charlotte me tire par la manche.

— Tu m'avais caché tes dons de voyance... C'est exactement ce que tu avais proposé à Collins !

— Je dois t'avouer que je ne pensais pas avoir le nez si fin.

— Tu devrais le mettre dans ton dossier pour les facs de journalisme, madame Irma...

Mrs Smith poursuit :

— Dernière nouveauté, et pas des moindres : les gagnants du concours se verront proposer un stage d'été au sein de la modeste mais non moins prestigieuse rédaction du *Meryton Daily News*. Autant dire que c'est votre chance de briller... Et bien entendu, vous pouvez considérer cet exercice comme comptant dans votre moyenne du semestre, que vous gagniez ou pas.

Une légère agitation parcourt la salle.

Je jette un coup d'œil à Charlotte, qui me renvoie un sourire excité.

— Maintenant, reprend-elle, vous allez former les binômes. Et comme je l'ai précisé, je vous invite à vous trouver un partenaire du sexe opposé, car cela n'aurait aucun sens de faire un discours sur la mixité autrement. Je vous laisse dix minutes pour vous organiser. Que le meilleur duo gagne… et que les autres apprennent à gérer la défaite avec grâce.

La classe s'anime aussitôt, les chaises raclent le sol et les voix s'élèvent dans un joyeux chaos. Charlotte et moi nous lançons un regard déçu de ne pas pouvoir travailler ensemble, mais tout de même amusées du manège autour de nous.

Derrière nous, Caroline Bingley se précipite sur Darcy comme un missile à tête chercheuse.

— Darcy, roucoule-t-elle, nous ferions une équipe formidable, tu ne crois pas ? Avec ton intelligence et mon… charisme, on sera imbattables.

Darcy, visiblement mal à l'aise, se raidit.

— Euh, Caroline, je…

Je ne peux retenir un sourire devant son air paniqué. Pour une fois, le grand Darcy semble avoir perdu de sa superbe.

Mais soudain, comme si le karma était instantané, une odeur d'eau de Cologne entêtante envahit mes narines. Je n'ai même pas besoin de lever les yeux pour savoir qui vient de s'approcher. Collins. Je retiens un soupir.

— Lizzie ! m'interpelle-t-il d'une voix un peu trop aiguë et un peu trop enthousiaste, ses cheveux plaqués sur le crâne luisant sous les néons de la classe. Quel honneur ce serait pour moi d'être ton partenaire pour ce projet, me lance-t-il, ne remarquant pas (ou ignorant) mon manque d'enthousiasme. Avec mon éloquence et ta… euh… ta présence gracieuse, je suis sûr que nous pourrions gagner !

Ma présence gracieuse ? Sérieusement ? J'ai envie de lui demander s'il est conscient qu'on est en 2025, pas en 1813, mais je ne dis rien.

À la place, je scanne désespérément la salle, cherchant une échappatoire, n'importe quoi…

Et c'est là que je la vois. Jane. Charles se tient près de son bureau – évidemment. Elle me fait un petit signe de la main, l'air de dire : « Viens par ici ! »

Jane, ma sauveuse.

— Désolée, Collins, je marmonne, me levant si vite que ma chaise manque de tomber. J'ai vu avec Jane que… euh… tu sais. Trucs de sœurs.

J'adresse un regard désolé, mais pressé à Charlotte, qui hoche la tête en signe de compréhension, et m'éloigne avant qu'il puisse répondre, me frayant un chemin entre les tables jusqu'à Jane et Charles. Ce n'est qu'en arrivant que je me rends compte que Darcy les a également rejoints.

Super. De Charybde en Scylla.

Charles, avec son éternel sourire de golden retriever, me lance :

— Eh, Lizzie ! Jane et moi on pensait que ce serait génial si on travaillait tous les quatre. Enfin, si toi et Darcy vous vous mettiez en binôme, on pourrait travailler tous les quatre, quoi !

Darcy et moi échangeons un regard. Si les yeux pouvaient grimacer, ce serait exactement ce genre d'expression que nous afficherions.

— Mais Darcy est déjà en binôme avec Caroline, non ? je demande, me sentant d'humeur taquine.

Je vois Darcy se raidir.

— Euh… non, répond-il plus vite que l'éclair, la panique se lisant dans ses yeux.

— Et tu penses que tu supporteras de travailler avec une fille dont la petite sœur rêve de devenir influenceuse ? je ne peux pas m'empêcher de lancer, mon sarcasme s'étant mis en mode automatique.

Touché.

Il prend une profonde inspiration, comme s'il essayait de se calmer. Puis, d'une voix qui se veut neutre mais qui trahit une pointe de gêne, il commence :

— Elizabeth, j'aurais sûrement dû mieux choisir mes mots. Je ne voulais pas te blesser. Je regrette. Mais… pour ma défense, j'ai quand même l'impression que c'est la deuxième fois en quelques jours que je peux t'éviter quelque chose… (Il fait un signe de tête vers Collins.)… ou quelqu'un de pénible.

Aïe. Coulé.

Voyant sûrement qu'il a fait mouche, il continue, avec un air de défi :

— En ce qui me concerne, je ne vois pas d'inconvénient à bosser ensemble, tant que tu es à la hauteur.

J'hésite un moment. Travailler avec M. Trop-bien-pour-être-ici ? L'idée me donne des frissons, et pas dans le bon sens. Mais quand je vois le regard plein d'espoir que me lance Collins, de Jane pour qui l'occasion est inespérée, mais qui a besoin de soutien pour vaincre sa timidité…

— D'accord, j'accepte. Mais ne crois pas que je vais te laisser tout diriger. Et si tu fais une seule remarque condescendante, je me barre.

Darcy hoche la tête, l'ombre d'un sourire sur les lèvres.

— Ça me va.

Je l'observe attentivement, essayant de déchiffrer ce qui se cache derrière son masque de nonchalance. Est-ce qu'il regrette déjà d'avoir accepté ce partenariat ? Ou peut-être se demande-t-il comment me faire payer l'humiliation de la soirée. Connaissant Darcy, il doit probablement être en train de dresser mentalement une liste de tous les défauts qu'il m'attribue. Numéro un : trop sarcastique. Numéro deux : pas assez sophistiquée. Numéro trois : sa petite sœur veut devenir influenceuse. Je soupire en sentant mon cerveau dérailler à nouveau.

Mais il y a quelque chose d'autre dans ses prunelles, une sorte de... curiosité ? Comme s'il était lui aussi en train d'essayer de me déchiffrer. Ça me perturbe un peu. Je suis habituée au Darcy hautain et blasé, pas à ce Darcy... intrigué.

Je jette un coup d'œil discret et... oups. Caroline nous fusille du regard. Le sourire en coin de Darcy s'élargit légèrement. Je parie qu'il est soulagé d'avoir échappé à ses griffes manucurées.

Jane, qui rayonne de bonheur, s'exclame :

— C'est parfait ! On pourrait se retrouver à la bibliothèque après les cours ?

J'acquiesce, tout en observant Darcy. Il a l'air satisfait.

— Très bien, acquiesce-t-il, reprenant son air de statue grecque habituel. 16 heures là-bas ?

— Et si vous veniez plutôt travailler à la maison samedi aprèm ? Ce serait plus sympa qu'à la bibliothèque où on ne pourra pas se dire un mot, propose Charles. T'en penses quoi, Jane ?

— En effet, ça a l'air plus sympa, sourit Jane. Hein, Lizzie ?

— OK, je réponds sans grande conviction. Mais essaie de laisser ton ego surdimensionné à la porte, Darcy. On risque de manquer de place pour les livres sinon.

— Seulement si tu fais de même avec ton sarcasme, rétorque-t-il sans même tourner la tête.

— Mon sarcasme et moi sommes indissociables, Darcy. C'est à prendre ou à laisser.

Il hausse un sourcil, mais ne peut dissimuler un sourire naissant qui le trahit.

— Je prends le risque.

Nous nous mettons donc tous d'accord pour nous retrouver chez Charles à 15 heures. Jane est sur son petit nuage et moi, j'ai la curieuse sensation d'être tombée dans un guet-apens.

Je suis sur le point d'aller me plaindre de mon sort à Charlotte quand j'apprends que c'est elle qui a hérité de Collins.

Je ne dis rien le reste du cours, me sentant responsable de ce qu'il vient d'arriver à ma meilleure amie. Je joue nerveusement avec mon bracelet, essayant de calmer cette étrange sensation de picotement dans mon estomac. C'est probablement juste le stress de ce projet qui me tombe dessus, pas vrai ? Ça n'a rien à voir avec le début de sourire sincère que j'ai aperçu sur le visage de Darcy. Absolument rien.

Oh, tu fais pitié Lizzie ! je me réprimande mentalement. *C'est Darcy. Le même Darcy arrogant et insupportable que tu as rembarré ce week-end. Le fait qu'il ait un visage stupidement photogénique ne change rien. Concentre-toi sur le travail, pas sur ses fossettes.*

À la sortie du cours, après avoir demandé quelques précisions à Mrs Smith, je me précipite dans le couloir, déterminée à trouver Charlotte. Je la repère près de son casier, en train de fourrer des livres dans son sac.

— Charlotte ! je l'appelle en zigzaguant entre les autres élèves. Je suis vraiment désolée…

Elle se tourne vers moi, un sourire amusé aux lèvres.

— Je me doutais que tu allais flipper. Lizzie, je vois déjà les rouages tourner dans ta tête. Calme-toi, OK ?

Je fronce les sourcils.

— Comment peux-tu être si… détendue ? C'est de Collins dont on parle. Collins !

Charlotte ferme son casier et me regarde droit dans les yeux.

— Écoute, je sais que ça a l'air d'une catastrophe pour toi, mais ça va bien se passer.

— Vraiment ? je demande, sceptique. Tu as oublié l'autre jour, où il a passé une heure à disserter sur les vertus des chaussettes en laine ?

Elle rit.

— Non, je n'ai pas oublié. Mais tu sais quoi ? Collins est peut-être… particulier, mais il est motivé. Et franchement, c'est tout ce dont j'ai besoin pour ce concours.

Je la fixe, sidérée.

— Tu es sérieuse ?

— Totalement, affirme-t-elle. En plus, je pense que ça pourrait être une bonne expérience. Tu sais, apprendre à travailler avec des personnes différentes et tout ça.

Je secoue la tête, incrédule.

— Tu es soit complètement maso, soit incroyablement mature. Je n'arrive pas à décider.

Charlotte passe son bras autour de mes épaules.

— Peut-être un peu des deux. Allez, fais-moi confiance. Ça va bien se passer, répète-t-elle.

Je capitule, sentant ma contrariété s'évaporer face à l'assurance de Charlotte.

— D'accord, d'accord. Mais promets-moi une chose...

— Quoi donc ?

— Si à un moment, il devient insupportable, ou s'il essaie de te faire porter un pull en laine assorti au sien, tu me le dis immédiatement.

Charlotte éclate de rire.

— Promis, Lizzie. Tu seras la première au courant s'il tente de me faire rentrer dans la secte Mérinos.

Le soir venu, je suis affalée sur mon lit, fixant le plafond comme s'il allait me révéler les secrets de l'univers. Jane, elle, est assise à son bureau, tentant de se concentrer sur ses révisions.

— Jane, je dis, brisant le silence confortable qui s'était installé entre nous. Tu te rends compte que samedi, tu vas passer l'après-midi chez Charles ?

Jane lève le nez de son cahier, un léger sourire aux lèvres.

— Oui, et toi aussi. Encore merci d'avoir accepté, je crois que je n'aurais pas réussi à y aller seule. C'est gentil de sa part de nous avoir invitées chez lui.

Je roule sur le ventre, appuyant mon menton sur mes mains.

— Gentil ? Il faut vraiment que tu arrêtes, Jane, ce garçon est complètement fou de toi. Il aurait probablement inventé un projet sur l'élevage des lamas s'il pensait que ça te ferait venir chez lui.

Jane rougit, secouant la tête.

— Lizzie, arrête. Charles est juste... sympa.

— Ouais, tu parles, je réplique en riant. Sérieusement, Jane, toi, qu'est-ce que tu ressens pour lui ? Il te plaît ?

Jane pose son stylo et tourne sa chaise pour me faire face. Elle parvient à peine à contenir son excitation.

— Je... je ne sais pas exactement. Il est tellement gentil, drôle, et... Quand je suis avec lui, j'ai l'impression que tout est plus... « waouh », tu vois ?

— Oh mon Dieu, je gémis, enfouissant mon visage dans les couvertures. Ma sœur est officiellement devenue un cliché de comédie romantique.

Jane me lance un coussin que j'esquive de justesse.

— Tais-toi ! râle-t-elle, avant d'ajouter comme pour se venger : Et toi alors ? Comment tu te sens à l'idée de passer l'après-midi avec Darcy ? Ça va aller après la soirée ?

Je grimace.

— Comme si j'allais subir une séance d'acupuncture avec des aiguilles rouillées. Ou peut-être comme si je devais écouter Collins réciter de la poésie pendant trois heures d'affilée.

Jane éclate de rire.

— Tu exagères toujours quand on parle de Darcy.

— Pas du tout, je proteste. C'est lui qui exagère avec son attitude de snob, là.

— Lizzie, me gronde Jane, même si je peux voir qu'elle essaie de ne pas sourire. Essaie au moins de ne pas le tuer samedi, OK ? Ça gâcherait un peu l'ambiance.

— Je ferai de mon mieux. Mais je ne promets rien s'il commence à critiquer ma façon de respirer ou je ne sais quoi.

Jane secoue la tête, amusée.

— Tu sais, parfois je me demande si toute cette tension entre vous ne cache pas autre chose.

Je manque de m'étouffer avec ma propre salive.

— Quoi ? Pas toi, Jane ! Maman et Lydia t'ont pourri le cerveau avec leurs romcoms ? Je t'interdis de te faire des films.

Elle hausse les épaules, un sourire malicieux aux lèvres.

— On verra bien.

Je grogne, enfouissant à nouveau mon visage dans les oreillers.

— Tu m'énerves.

— Je sais, répond-elle doucement, avant que le silence retombe dans la chambre, nous laissant toutes les deux songeuses.

Chapitre 8

Caroline Bingley

15 septembre – 17 h 05

Je ne comprends pas. Vraiment pas. Darcy a choisi de se mettre en binôme avec Lizzie Bennet. LIZZIE Bennet ! Cette fille qui ne fait pas la différence entre un Birkin et une sacoche Lacoste ?

Et maintenant, j'apprends que non seulement Lizzie, mais aussi sa sœur Jane, vont venir chez nous. Avec Charles et Darcy. Dans NOTRE maison.

C'est comme si le monde était soudainement devenu fou. Darcy, qui d'habitude ne daigne même pas regarder la plupart des gens, a délibérément accepté de travailler avec Lizzie. Et Charles… Mon propre frère ! Il est tellement obnubilé par Jane qu'il fonce tête baissée.

Qu'est-ce qu'elles ont, ces filles Bennet ? Elles ne sont ni riches, ni particulièrement belles, ni même intéressantes. Lizzie est juste… crispante, à toujours tout savoir mieux que tout le monde. Et Jane, je n'ai jamais compris cette histoire d'ange, elle est tellement… ordinaire. Jolie et gentille, oui, mais c'est vraiment tout ce qu'elle a pour elle.

À présent, je vais devoir les supporter chez moi. Sourire et faire semblant d'être ravie de les accueillir. Quel enfer !

Franchement, je préférerais mille fois me faire arracher une dent sans anesthésie. Ou pire, écouter ma mère me parler de ses années de jeunesse pendant des heures. Mais je suis là, devant cette imposante demeure victorienne, à me demander si je ne devrais pas faire demi-tour et prétendre avoir attrapé le Covid.

— Allez, Lizzie, m'encourage une Jane tout sourire. Ce n'est que pour quelques heures. Tu peux le faire.

— Oui, de toute façon, j'ai mon baby-sitting à 18 heures chez les Gardiner.

— Ha ha, oui, je sais, ça fait mille fois que tu me le répètes, se moque Jane. Tu ne penses qu'à t'enfuir alors qu'on n'est même pas entrées.

— Tu pourras rester, toi.

— Oui, Charles m'a proposé de me donner une mini-leçon de tennis quand on aura fini de travailler, dit-elle en attrapant son collier. Ils ont un court dans le fond du jardin.

— À côté des écuries ? je demande, sarcastique.

— Lizzie, tu m'as promis…

— Désolée…

Nous franchissons le seuil de la maison des Bingley et ma respiration se coupe. Pas à cause du décor de magazine – bon, OK, peut-être un peu –, mais surtout parce que je ne me sens pas du tout à ma place. Un majordome – un vrai de vrai, pas une blague – nous accueille. J'ai envie de lui demander s'il s'appelle Alfred. Néanmoins, je me retiens, me contentant d'un sourire crispé. Mon regard est attiré par un écran plat géant subtilement intégré au mur du salon. Avec un tel appareil, ça ne sert plus à rien d'aller au ciné.

Je me tourne vers Jane, cherchant du réconfort. Elle semble parfaitement à l'aise, comme si elle était née pour évoluer dans ce genre d'endroit. Moi, j'ai l'impression que mes Converse vont laisser des traces sur le parquet brillant et que mon jean de seconde main va salir le canapé.

Une fois de plus, mon radar défectueux l'aperçoit en premier. Darcy, une main posée nonchalamment contre le chambranle d'une porte, l'autre qui s'affaire sur son portable. C'est étrange de le voir habillé de façon décontractée. Il porte un tee-shirt blanc qui épouse parfaitement ses épaules – non pas que je remarque ce genre de détails – et un jean foncé qui… Bon, disons simplement qu'il lui rend justice. Ses cheveux sont légèrement ébouriffés, comme s'il venait de passer sa main dedans. C'est… déstabilisant, mais ça ne le change pas pour autant : il lève les yeux un instant et me salue avec une expression toujours aussi insupportablement neutre.

Je retiens mon souffle en entendant Caroline Bingley arriver, ses talons claquant sur le parquet comme un métronome. Elle était rangée tellement loin dans mon cerveau avec tout ce qui ne m'intéresse pas dans le monde que j'avais complètement oublié que je pourrais la croiser ici. Chez elle.

Elle nous adresse un demi-sourire.

— Les soeurs Bennet. C'est sympa de vous voir ici, dit-elle d'un ton qui suggère tout le contraire. J'espère que vous serez... à l'aise pour travailler ?

À l'aise ? Non. Ce n'est pas exactement le mot que j'aurais choisi. Mais hé, *fake it 'til you make it*, pas vrai ?

— Absolument, je réponds avec un sourire aussi faux que le sien. Ta maison est juste... un peu plus petite que la nôtre... Mais ça ira, je pense.

Jane enfonce discrètement son coude dans mes côtes. J'observe brièvement Darcy, et je crois déceler une lueur d'amusement sur son visage. Peut-être qu'il n'est pas totalement insensible à l'humour, après tout.

Caroline lève un sourcil sans commenter ma remarque, sûrement trop absurde pour elle. Puis elle se tourne vers Darcy, et son sourire devient soudain plus authentique. Plus prédateur aussi.

— Will, viens avec nous. Qu'est-ce que tu fais ?

Je vois Darcy tressaillir légèrement à l'usage de ce surnom. C'est amusant.

— J'arrive, je dois envoyer un SMS à ma sœur. Elle a un concours de piano cet après-midi. Je veux lui souhaiter bonne chance.

— Oh, mais Georgie n'aura pas besoin de chance vu son niveau. Envoie-lui un bisou de ma part, et dis-lui que j'ai hâte de la revoir.

Darcy hoche la tête sans même relever, et enfin, tel mon sauveur, Charles fait son entrée avec son enthousiasme légendaire. On dirait presque un grand enfant habillé en jean et sweat un peu *lose*, et avec... Mario Kart à la main ?

— Jane ! Lizzie ! Vous êtes là, génial !

Sa bonne humeur est naturellement contagieuse, et je sens déjà mes épaules se détendre un peu. Au moins, une personne ici semble sincèrement heureuse de nous voir.

— J'étais parti chercher Mario Kart pour jouer un peu avec Darcy en vous attendant. Mais comme vous êtes là, ça vous dirait qu'on se fasse une petite partie tous ensemble ? propose-t-il.

Caroline a l'air exaspérée.

— Charles, vraiment ? On n'a plus douze ans.

— J'adorerais ! je m'exclame, peut-être un peu trop fort, juste pour embêter Caroline.

Et voilà comment je me retrouve, moi, Lizzie Bennet, à jouer à Mario Kart dans le salon ultra-chic des Bingley, aux côtés de Jane, Charles, Caroline – qui prétend ne pas savoir jouer mais nous bat à plate couture – et... Darcy. D'ailleurs, qui aurait cru que Darcy était un as du drift sur Rainbow Road ?

Après quelques courses endiablées – et une victoire écrasante de Caroline, à ma grande frustration –, Jane se lève avec détermination.

— Bon, c'était super cool, mais on devrait peut-être se mettre au boulot, non ? On a un discours à écrire.

Je sens mon estomac se nouer. Le concours. Darcy. Tout d'un coup, Rainbow Road me semble être une promenade de santé en comparaison.

— Tu as raison, approuve Darcy, encore plus sérieux que d'habitude. Charles, où pouvons-nous nous installer ?

— Mettez-vous dans le bureau vert, celui qui donne sur la piscine, lance Charles, le plus naturellement du monde. Jane et moi irons dans ma chambre.

Jane me jette un regard joyeux et je déchiffre un « À tout à l'heure » derrière son sourire rayonnant. Je comprends alors que le « On pourra travailler ensemble » annoncé en classe signifie surtout que je vais me retrouver seule avec Darcy dans... le bureau vert ? Bien sûr qu'ils ont plusieurs bureaux. Probablement avec des étagères en acajou et des fauteuils en cuir. Je suis en train de me demander s'ils peuvent même avoir plusieurs bureaux verts, ce qui nécessiterait que l'on précise que c'est bien celui qui donne sur la piscine... La PISCINE ?

— OK, merci. Tu me suis ? enchaîne Darcy, qui semble parfaitement détendu, me sortant de mes pensées.

Je me lève, essayant de paraître aussi décontractée que possible.

— Pas de problème, je dis, ma voix sonnant faux même à mes propres oreilles.

Darcy me guide à travers un dédale de couloirs. J'ai l'impression d'être à l'étage d'un hôtel de luxe où les portes se succèdent sans fin quand finalement, il en ouvre une et...

Waouh. Le bureau est... loin des clichés poussiéreux auxquels je m'attendais. La pièce respire la modernité. Les murs verts disparaissent presque sous des étagères flottantes en métal argenté. J'ai envie de les toucher pour vérifier qu'elles ne lévitent pas. Elles croulent sous des livres aux couleurs vives. On dirait un arc-en-ciel littéraire. Entre les bouquins, je vois quelques sculptures bizarroïdes qui me font de l'œil, et je souris en imaginant ma mère grimacer devant ces « horreurs modernes ».

Mais le vrai *show-stopper*, c'est l'imposant bureau en verre placé devant la baie vitrée qui donne sur la véranda de la piscine. La lumière qui se reflète sur l'eau joue avec sa surface comme si elles dansaient un slow langoureux.

Cette pièce, c'est le mariage parfait entre la reine d'Angleterre et Philippe Starck.

— Impressionnant, je murmure malgré moi.

— N'est-ce pas, confirme Darcy. C'est une de mes pièces préférées chez les Bingley. Elle me rappelle un peu le bureau que mon père avait quand j'étais plus jeune.

— Avait ? je questionne doucement.

— J'ai perdu mes parents quand j'avais douze ans. Accident de voiture. Ils revenaient d'un dîner quand un chauffard les a percutés.

Je me déteste d'avoir manqué ça quand j'ai fait mes recherches sur lui, parce que c'est une information à laquelle je ne sais pas du tout comment réagir.

Perdre ses deux parents si jeune est tellement triste. Les mots se coincent dans ma gorge. Comment exprimer ce mélange de choc, de tristesse et de compassion qui m'envahit soudain ? Je me sens idiote, maladroite, comme si aucune parole ne pouvait être à la hauteur de cette révélation. Finalement, je murmure :

— Je… je ne savais pas. Ça a dû être… Je suis désolée, Darcy. Vraiment.

Il semble saisir mon malaise et vient à mon secours :

— Ça va, Elizabeth. Alors, on s'y met ?

Il y a un moment de silence gêné, puis nous nous installons face à face. J'allume mon ordinateur portable – qui paraît soudain vieux et dépassé – et je tente de chasser de mon esprit la terrible image du petit Darcy de douze ans qui vient d'apprendre la mort de ses parents.

— Alors, je tente en essayant de garder un ton assuré, pour le discours, je pensais qu'on pourrait commencer par…

Darcy m'interrompt :

— Excuse-moi, mais j'ai déjà commencé à structurer notre argumentation.

— Attends une minute, je le coupe à mon tour. Tu as commencé sans moi ?

Il hausse un sourcil, surpris par mon agacement.

— Je ne savais pas que je devais attendre ta permission.

Je sens mon irritation monter.

— Ce n'est pas une question de permission, Darcy. Mais de collaboration. Tu sais, ce truc où deux personnes travaillent ensemble ?

— Je suis parfaitement capable de bosser en équipe, « Bennet », rétorque-t-il, glacial. Mais je ne vois pas l'intérêt de perdre du temps quand je peux avancer.

Je prends une profonde inspiration, essayant de garder mon calme.

— D'accord. Alors montre-moi ce que tu as fait.

Il tourne son écran vers moi, révélant un document parfaitement articulé, avec des points, des sous-points et des sous-sous-points soigneusement organisés.

Malgré mon agacement, je dois admettre que c'est impressionnant.

— OK, c'est pas mal, je concède à contrecœur.

— Pas mal ? répète-t-il, visiblement offensé.

— Oui, pas mal. Mais il manque quelque chose.

— Et quoi donc ? Dis-moi.

Je souris, sentant une occasion de le déstabiliser.

— De l'âme, Darcy. Ton plan est parfait sur le papier, mais il manque de passion, d'émotion. C'est comme… comme un robot qui essaierait d'expliquer l'amour.

Ses yeux s'écarquillent légèrement, comme s'il était surpris par ma franchise. Pendant un instant, je crois voir l'ombre d'un sourire jouer sur ses lèvres, mais il reprend vite son air sérieux.

— L'émotion n'a pas sa place dans un discours académique.

— Au contraire, je réplique, sentant l'excitation monter en moi. L'émotion est ce qui connecte l'orateur à son audience. Sans elle, tes arguments, aussi brillants soient-ils, tomberont dans l'oreille d'un sourd.

Darcy me fixe pendant un long moment, intensément, et je ne peux pas m'empêcher de détourner les yeux, me replongeant sur l'écran.

— Tu as peut-être raison, admet-il finalement, à ma grande surprise.

— Attends, je peux avoir ça par écrit ? je plaisante.

Cette fois, il ne peut pas retenir un petit sourire.

— N'abuse pas, Bennet.

— Mais pour ta défense, c'est peut-être aussi ton statut de privilégié qui te fait – inconsciemment – penser que tu n'as pas besoin d'ajouter de l'émotion ou de la passion à tes propos. Tout simplement parce que ce que tu représentes est naturellement un argument d'autorité.

Darcy hausse un sourcil.

— Statut de privilégié ? Je travaille dur et je ne prends jamais rien pour acquis.

— Je ne dis pas le contraire. Mais regarde autour de toi. Combien de filles, même en 2025, bénéficient de ce privilège ? Et combien d'élèves qui viennent de quartiers populaires ?

Il se raidit légèrement.

— Aujourd'hui, j'ose espérer que les facs recrutent plus en fonction des résultats académiques, plutôt qu'en fonction du...

— Ne sois pas naïf, je le coupe. Qui a la bonne éducation dès le départ ? Et qui peut se permettre les meilleures écoles ?

Un silence s'installe. Je vois dans sa posture qu'il y réfléchit vraiment, c'est étonnant.

— Je vois, dit-il toujours pensif mais de nouveau concentré sur son écran.

L'ironie de la situation ne m'échappe pas. Je me retrouve à débattre des inégalités sociales avec William Darcy, dans une maison qui vaut probablement plus que tout mon quartier. Mais au fur et à mesure que nous échangeons des idées, je prends conscience qu'il n'est pas juste un garçon riche et snob. Il a des opinions réfléchies, des arguments solides. Et, contre toute attente, il m'écoute vraiment.

Entre nos désaccords fréquents et nos quelques moments d'harmonie, je me rends compte que travailler avec lui n'est pas aussi terrible que je l'avais imaginé. En fait, c'est presque... agréable. Presque.

Soudain, un mouvement devant la baie attire mon attention. Caroline vient de s'installer sur la véranda. Elle étend une serviette et dévoile un maillot de bain qui ne laisse pas beaucoup de place à l'imagination. Puis, en toute décontraction, elle commence à s'étirer. Bras levés sensuellement, dos arqué comme une danseuse, puis pliée en deux avec ses doigts qui effleurent ses orteils sans effort. Je retiens mon souffle malgré moi. Ses mouvements millimétrés révèlent des courbes que même un mannequin Victoria's Secret envierait. Elle termine par un plongeon si gracieux que je m'attends presque à voir des juges brandir des pancartes « 10/10 ».

J'admire, bouche bée, ce spectacle impromptu. Darcy, lui, est imperturbable, les yeux rivés sur l'ordinateur.

Après quelques longueurs, je suis toujours plus fascinée par la contemplation de cette fille au culot démesuré que par mon travail. Darcy redresse alors le menton, intrigué par ce qui peut ainsi me captiver. Son regard se pose sur moi, puis sur la scène qui se joue dehors.

— Bennet, tu es toujours là ?

Confuse, je secoue la tête.

— Oui, oui, pardon, ça m'a surprise. Caroline est très... à l'aise. Je ne m'attendais pas à ça.

À ce moment, l'intéressée sort de l'eau avec grâce et adresse à Darcy un sourire éblouissant. Il répond par un bref hochement de tête, à peine déconcentré de son écran. Message clair : « Ne pas déranger. »

Mais Caroline ne semble pas saisir le sous-texte. Elle redouble d'efforts, agitant les bras avec enthousiasme, l'invitant clairement à la rejoindre.

Je ne sais pas si je dois être amusée ou gênée pour elle. Probablement un peu des deux.

Mais je n'ai pas le temps de prendre position qu'elle apparaît dans l'embrasure de la baie vitrée, dans une posture de déesse.

— Allez, venez faire quelques longueurs, ça vous fera du bien.

Je ne suis pas assez naïve pour croire une seconde que Caroline veuille faire quoi que ce soit de bon cœur avec moi. Je lui sers juste d'excuse pour hameçonner Darcy et le ramener dans ses filets.

Je me tourne vers lui, attendant sa réponse. Après l'avoir considérée quelques instants, sans plus d'émoi que ça – ce qui me paraît surhumain, car même moi, elle me fait rougir –, il baisse les yeux vers son écran et lui lâche :

— Je ne vois que deux raisons pour lesquelles tu voudrais qu'on vienne avec toi, mais dans les deux cas, je préfère rester ici.

L'air interrogateur de Caroline, et sûrement le mien aussi d'ailleurs, le pousse à poursuivre son explication :

— C'est pourtant clair, soupire-t-il calmement. Soit tu veux vraiment faire des longueurs, et pour cela tu n'as pas besoin de nous, soit tu veux juste que je te regarde, et honnêtement j'ai une meilleure vue d'ici.

— Enfin… pour qui tu me prends ? répond sur le ton de l'humour une Caroline gênée.

Elle essaie de rester cool et digne mais son malaise est palpable. Je ne suis vraiment pas sa plus grande fan, et peut-être que c'est mon âme de féministe qui prend le *lead*, mais je ne peux pas m'empêcher d'intervenir en sa faveur :

— Caroline, ne te laisse pas charrier, il y va de ton honneur d'icône de Pemberley.

Caroline me fixe, étonnée par mon intervention, puis rétorque :

— On ne peut pas le taquiner. Il a une telle confiance en lui et une telle maîtrise de ses actes qu'on n'a aucune prise sur lui pour le déstabiliser.

L'occasion est trop belle pour que je ne la saisisse pas.

— Vraiment ? je fais, faussement ingénue. On ne peut pas taquiner Darcy ? Quelle chance il a. Il est donc immunisé contre la moquerie ?

Darcy lève le nez de son ordinateur et m'observe, l'air contrarié.

— Pas du tout. Laisse-moi te confier un secret, Bennet : personne n'est à l'abri de la moquerie. Même le plus brillant des prix Nobel ou la plus adorable des mamies tricoteuses peut se trouver la cible d'un esprit affûté qui considère le sarcasme comme son sport olympique personnel. Et pour info, j'adore l'humour, tant qu'il reste bienveillant.

— Ah, mais je ne suis jamais méchante, je proteste. En revanche, les absurdités, les caprices et la suffisance, ça réveille mon côté taquin. Mais tu n'as pas ce genre de défaut, si j'en crois Caroline ? Tu es parfait.

Darcy hausse légèrement les épaules.

— Parfait ? Loin de là. Disons que j'essaie simplement d'être... une version améliorée de moi-même. Ça implique d'éviter certains comportements qui ne me mettent pas vraiment en valeur.

— Comme la vanité et l'orgueil ? je demande, ne pouvant m'empêcher de pousser un peu plus loin.

Il me fixe droit dans les yeux.

— La vanité, oui, c'est une faiblesse. Mais la fierté... c'est plus compliqué. Quand elle est justifiée, ce n'est pas forcément un défaut. Il faut juste savoir la manier avec... finesse.

Caroline – qui se sent exclue de la conversation – intervient, peu chaleureusement, alors que je viens quand même d'essayer de la tirer d'affaire :

— Tu as fini d'analyser Darcy ?

— Eh bien, je réplique avec un petit sourire en coin, on dirait que la perfection existe, après tout.

Darcy fronce les sourcils, sans relever l'ironie de ma remarque.

— Ce n'est pas ce que j'ai dit, répond-il, l'air sérieux. J'ai mes défauts, comme tout le monde. C'est juste que... (Il s'interrompt, cherchant ses mots.) Disons que j'ai confiance en mon jugement.

Il fait une pause, puis ajoute :

— Mes amis me disent souvent que je manque de... flexibilité. Et quand on me blesse... Je n'oublie pas facilement. Une fois que j'ai perdu confiance en quelqu'un, c'est... compliqué de la regagner.

Il a enchaîné sa tirade en soutenant mon regard, comme s'il voulait graver chaque mot dans mon esprit. Je suis surprise du sérieux de cette conversation, mais ce n'est pas pour me déplaire.

— Attends, je tente de comprendre. Tu veux dire que tu ne pardonnes jamais ? Genre, jamais jamais ?

Je suis plus troublée que je ne voudrais l'admettre. Là, c'est tellement... Je ne sais même pas comment en plaisanter.

Darcy passe une main dans ses cheveux, soudain mal à l'aise.

— Je suppose qu'on a tous un... défaut inné, bredouille-t-il. Quelque chose que même la meilleure éducation ne peut pas totalement effacer.

Je l'étudie, intriguée par ce moment de vulnérabilité.

— Donc, le tien serait quoi ? Une intolérance aux imperfections des autres, combinée à des standards impossiblement élevés ?

Ses yeux se plissent légèrement, un sourire en coin apparaissant sur ses lèvres.

— Et le tien, Bennet, réplique-t-il, serait-il de prendre un malin plaisir à déformer les propos des gens ?

Nos regards se croisent et je suis surprise d'y trouver une étincelle de complicité. Qui aurait cru que M. Darcy-trop-bien-pour-être-ici pouvait faire preuve d'autant d'esprit. Hautain certes, mais pas complètement hermétique.

Caroline, qui n'a pas compris la subtilité de notre échange, s'apprête à ajouter quelque chose quand un éclat de rire venant du couloir attire notre attention. Je reconnais immédiatement le timbre cristallin de Jane.

— On dirait que ta sœur et Charles s'amusent plus que nous, commente Darcy, de nouveau plongé sur son écran.

— Probablement parce qu'ils ne travaillent pas avec toi, je réplique avec légèreté.

Darcy commence à ouvrir la bouche pour me rendre la monnaie de ma pièce, mais est interrompu par l'arrivée de Jane et Charles, tous deux rayonnants.

— Hé, vous deux ! Comment ça avance ? s'enquiert Charles, la main nonchalamment posée sur l'épaule de Jane.

Je jette un coup d'œil à Darcy, curieuse de voir comment il va décrire notre session de travail. À ma grande surprise, il esquisse un demi-sourire.

— Disons que nos... méthodes de travail sont complémentaires, déclare-t-il, me lançant un regard que je ne sais une fois de plus pas déchiffrer.

Jane lève un sourcil interrogateur.

— On survit. Et vous ? Votre discours a l'air plus drôle que le nôtre.

Je serais curieuse de découvrir ce qui les fait tant rire.

— Côté discours, ça n'avance pas trop... On ne va pas se mentir, mais on prépare la fête que Charles va faire ici le mois prochain, s'enthousiasme Jane. Il veut organiser une soirée déguisée !

— Une soirée déguisée ? je répète, sceptique. Et quel sera le thème ?

Charles rit.

— Héros et vilains ! Pense Batman *vs* Joker, Luke *vs* Dark Vador ou Harry Potter *vs* Voldemort.

La subtilité vs *Caroline...*, je songe dans la seconde. *OK, l'idée a du potentiel.*

— Ça pourrait être amusant, je concède.

— Tu viendras, n'est-ce pas, Lizzie ? m'interroge Jane, adorablement enthousiaste.

J'hésite. Les soirées ne sont pas vraiment ma tasse de thé. Mais avant que je puisse répondre, Darcy intervient :

— Je pense qu'elle viendra, dit-il, me surprenant une fois de plus. Juste pour le plaisir de passer la soirée à déformer mes propos, déguisée en Zorro.

Il me toise et je décèle de nouveau une lueur de défi.

— Bien sûr, j'acquiesce finalement en soutenant son regard. Je ne manquerais ça pour rien au monde.

Jane pousse un petit cri de joie et me serre dans ses bras.

— J'ai plein d'idées de costumes !

Caroline, qui se tient toujours dans l'encadrement de la baie vitrée, saisit l'occasion de ce changement de situation. Elle s'étire langoureusement, comme un chat cherchant à attirer l'attention.

— Charles, Jane, ronronne-t-elle presque, puisque vous ne travaillez pas, ça vous dit de vous baigner ?

— Super idée ! s'exclame Jane. Mais je n'ai pas de maillot.

— T'inquiète, on en a pour les invités. Suis-moi, lance Charles avant de l'entraîner avec lui.

Les yeux de Caroline glissent sur Darcy, s'attardant sur lui d'une manière qui me donne l'impression d'assister à un spectacle de flirt amateur particulièrement gênant. Elle joue avec une mèche de ses cheveux.

— Caroline, nous sommes en plein travail, lâche-t-il d'un ton ferme.

Mais Caroline balaie son objection d'un geste de la main.

— Oh, allez, Will ! Un peu de détente ne vous fera pas de mal.

La pauvre, elle semble prête à tout pour attirer Darcy dans l'eau.

Je louche sur la pendule de mon écran. Je dois être chez les Gardiner dans trois quarts d'heure ; je saisis ma chance :

— Je suis désolée, mais je ne vais pas tarder. J'enchaîne sur un baby-sitting juste après.

Le sourire de Caroline s'élargit à l'idée de me voir m'en aller.

— Oh, c'est trop dommage, Lizzie. Une prochaine fois peut-être.

Elle se tourne de nouveau vers Darcy, se mordant la lèvre inférieure dans une tentative évidente de paraître désirable.

— Maintenant que tu n'as plus l'excuse du travail, qu'en penses-tu, Darcy ?

Ce dernier semble pris au dépourvu. Il me jette un coup d'œil, comme s'il cherchait une échappatoire. Je hausse légèrement les épaules, le laissant se débrouiller seul.

— Je… eh bien…

Il se racle la gorge, visiblement mal à l'aise.

— Je suppose qu'une petite pause ne me ferait pas de mal.

Caroline affiche un air satisfait, tandis que je retiens un sourire en coin.

Darcy se tourne vers moi.

— On devrait peut-être convenir des tâches de chacun pour notre devoir.

J'acquiesce, amusée par la situation. On passe rapidement en revue ce qu'il reste à faire, Caroline s'impatientant en arrière-plan.

Finalement, Darcy se lève, résigné.

— Bon, eh bien… À plus tard, Bennet.

Il sort de la pièce, suivi de près par Caroline.

Il me reste encore dix bonnes minutes avant de devoir partir. Autant en profiter pour regarder un peu les livres.

Je me lève et m'approche de la bibliothèque qui occupe tout un pan de mur. Mes doigts effleurent les dos, certains visiblement anciens et précieux, d'autres plus récents. Je remarque une collection impressionnante de classiques russes.

Qui l'eût cru, quelqu'un chez les Bingley est fan de Dostoïevski ? Ça ne ressemble pas à Charles, et encore moins à Caroline. Peut-être un de leurs parents ?

Plus loin, un titre attire mon attention : *Tess d'Urberville* de Thomas Hardy. Je ne peux m'empêcher de sourire en pensant à notre première rencontre avec Darcy. Je me demande si quelqu'un l'a déjà lu ici, ou si c'est juste pour la décoration. Je le sors délicatement de l'étagère,

— Ressaisis-toi, Lizzie, je me murmure à moi-même, ignorant le regard curieux de la dame assise en face de moi.

Notre conversation d'aujourd'hui me revient en mémoire. Son intelligence, son écoute… Je dois admettre qu'il m'a surprise. Il n'est pas juste le snob que j'imaginais. Il a des idées, des convictions. Et il sait écouter. Et ce corps…

Non, non, non.

Je ne vais pas m'engager sur cette pente glissante. C'est Darcy, bon sang ! Le type désagréable de la rentrée, celui qui m'a prise de haut lors de la soirée d'intégration, et qui regarde tout le monde avec ses airs supérieurs. Sans compter que son monde est à mille lieues du mien.

Le bus s'arrête à ma station, me tirant de mes réflexions. En sortant, je prends une grande inspiration. L'odeur de la ville, même polluée, me ramène à la réalité.

Mais alors que je marche vers l'appartement des Gardiner, je repense sans le vouloir à son demi-sourire quand il a parlé de nos méthodes de travail « complémentaires ».

Je pousse un soupir d'exaspération.

Et cette soirée déguisée… Pourquoi ai-je accepté d'y aller ? Ah oui, pour Jane…

Chapitre 9

Le majordome des Bingley

20 septembre – 17 h 30

Je jette un coup d'œil discret à la véranda depuis mon poste près de la porte. Ça fait du bien de voir la maison aussi animée. Depuis que j'ai commencé à travailler ici, il y a sept ans, c'est la première fois que je vois Charles aussi rayonnant. Cette Jane semble être une fille bien, j'espère qu'elle ne lui brisera pas le cœur.

Caroline, en revanche, n'a pas l'air dans son assiette. Ses yeux ne quittent pas Darcy, qui semble plus absorbé par son smartphone que par la conversation. Pauvre Caroline, elle ne lâche pas l'affaire depuis qu'ils sont petits. Je lui ai préparé son cocktail préféré, un Moscow Mule sans alcool, histoire de lui remonter un peu le moral.

La sœur de Jane, Elizabeth je crois, n'avait pas l'air d'être aussi sensible au charme de Darcy... Même si je jurerais l'avoir vue rougir quand elle l'a aperçu en maillot tout à l'heure. Ces ados et leurs drames, je vous jure…

Bon, assez de commérages. Il me reste des tâches à finir. J'espère seulement que tout ce petit monde trouvera son bonheur. Après tout, il faut bien que jeunesse se passe.

Septembre tire sa révérence, emportant avec lui mes certitudes sur Darcy. Presque deux semaines se sont écoulées depuis notre première session de travail. Le discours avance lentement mais sûrement – il faut dire que l'année scolaire a définitivement commencé et que les profs nous noient sous les devoirs en vue des premières sélections des facultés qui arrivent.

Jane est de plus en plus radieuse, et ce n'est pas que la magie du sport. Elle et Charles se voient de plus en plus souvent, je crois qu'ils s'entraînent ensemble à présent. Ces deux-là, ils se sont bien trouvés. Je ne me lasse pas d'écouter ses comptes rendus journaliers sur leurs conversations, leurs repas ou sur le moment où elle l'a « aperçu aider les juniors du club de tennis ramasser les balles ». Charles, ce héros.

Et quand elle n'est pas obnubilée par son prince charmant, nous brainstormons les idées de costumes en vue de la soirée déguisée. Quand Lydia a eu vent de l'événement, elle a crisé pendant toute une semaine de ne pas être invitée. Je dois dire que je suis plutôt soulagée que

Charles ait décidé de réserver l'accès aux élèves de prépa. Je n'aurai pas à me soucier de savoir quel drame ma sœur pourrait encore causer, ou redouter ce qu'elle pourrait raconter à ma mère qui pourrait servir de munitions contre nous. Je me demande quel costume Darcy va choisir.

Darcy, j'étais résolument décidée à le détester, mais maintenant… c'est compliqué. Et malgré quelques fissures dans sa carapace, le mystère qui l'entoure reste entier, et me fait rester sur mes gardes. J'ai passé les dernières semaines à l'observer, à tenter de décoder son masque et ses silences, mais rien à faire. Ce garçon est une énigme vivante, qui commence à me rendre dingue – et je déteste avoir cette impression de rater quelque chose. Comme une pièce du puzzle qui me manquerait pour avoir un tableau complet. Ce qui me rend encore plus folle, c'est qu'il a cette faculté d'accaparer mon attention. Depuis que nous avons commencé nos échanges autour du discours, je crois déceler quelques changements dans son attitude, chacun me donnant l'impression que la porte sur un monde situé aux antipodes du mien s'ouvre quelque peu, piquant ma curiosité, mais me faisant lever tous mes boucliers.

Et puis, comme si finalement le destin avait décidé de me compliquer encore plus la vie, ce matin, alors que je traîne dans le parc de Pemberley, sirotant mon café encore trop chaud, j'aperçois Lydia en grande conversation avec Denny, un de ses camarades de classe déjà estampillé BGFF (*best-gay-friend-forever*). À côté d'eux se tient un garçon que je n'ai jamais vu auparavant.

Nos regards se croisent et je sens mon cerveau s'embrumer. Grand, les cheveux châtains savamment décoiffés, des yeux verts incroyablement doux et un sourire charmant, il se démarque clairement dans la foule des élèves encore endormis. Je sens mon cœur s'emballer, sans réellement lui en vouloir.

Lydia me fait signe de les rejoindre, son enthousiasme habituel multiplié par dix.

— Lizzie ! Viens voir ! Denny nous présente son cousin ! crie-t-elle, attirant l'attention de la moitié du parc.

Je m'approche, tentant de garder un air décontracté.

— Salut, Denny, je dis en arrivant à leur niveau. Et bonjour... ?

Denny sourit largement.

— Lizzie, je te présente mon cousin, George Wickham. Il vient d'être transféré en dernière année à Pemberley.

— Enchanté, Lizzie, répond Wickham en me tendant la main, son sourire s'élargissant. J'ai beaucoup entendu parler de toi.

Un peu surprise, mais charmée par ce geste très « adulte », je lui serre la main, essayant de ne pas trop m'attarder sur la douceur de sa voix, la chaleur de sa paume ou la petite décharge électrique qui me traverse quand ma peau entre en contact avec la sienne.

— Vraiment ? je réussis à articuler, me maudissant intérieurement pour mon manque d'éloquence.

— Oui, Denny m'a parlé des quatre sœurs Bennet. Il paraît que vous êtes incontournables à Meryton, répond-il avec un clin d'œil.

Je ris, retrouvant un peu de mon aplomb.

— Oh, tu sais, dans une petite ville comme la nôtre, il suffit d'éternuer pour que tout le monde soit au courant.

Nous discutons pendant quelques minutes, et je suis immédiatement séduite par son humour et sa facilité à communiquer. C'est comme si nous nous connaissions depuis toujours.

— Tu sais, Lizzie, dit-il en se penchant légèrement vers moi, je crois que Denny a oublié de mentionner à quel point tu es drôle.

Je sens mes joues s'empourprer, et pour une fois, je ne trouve rien à dire. C'est officiel : George Wickham vient de réussir l'exploit de me rendre muette. Quelqu'un devrait lui décerner une médaille.

La sonnerie retentit, brisant le moment.

— On dirait que c'est l'heure d'affronter les joies de l'éducation, plaisante Wickham. (Puis, avec un sourire qui me fait fondre, il ajoute :) Enfin, j'ai un court répit. Je dois rendre des documents pour finaliser mon transfert, tu saurais où se trouve le bureau des élèves ? Je suis encore perdu, l'établissement est immense.

— Oui, bien sûr, je passe devant pour rejoindre la prépa. Suis-moi, je vais te montrer. Lydia, maman m'a encore appelée pour me dire de te rappeler que tu as cours de danse ce soir. Tu peux lui répondre s'il te plaît ?

— Ouiiiiiiiiiiiii.

Mais elle trottine déjà avec Denny vers leur salle.

— Alors, George, tes premières impressions sur Pemberley ? je l'interroge en me mettant en route vers l'annexe.

Ils se fixent pendant ce qui me semble une éternité. Je les observe tour à tour, sentant que je suis témoin de quelque chose d'important, même si je n'en comprends pas la nature.

Darcy jette un coup d'œil rapide vers moi ; son expression m'échappe. Puis, sans un mot de plus, il poursuit en direction de notre prochaine salle de cours, nous laissant dans un silence gêné.

— Eh bien, je souffle finalement, abasourdie, on dirait que vous n'êtes pas les meilleurs amis du monde.

Wickham secoue la tête, comme pour chasser un mauvais souvenir.

— C'est... compliqué, avoue-t-il avec un sourire forcé, puis, alors que la deuxième sonnerie retentit : On se voit plus tard, Lizzie ? Au déjeuner si tu veux ? On n'a qu'à se retrouver devant la « salle de restauration » à 12 h 05 ? me propose-t-il avec un clin d'œil qui chasse toute la tension des minutes précédentes.

— OK, ça me va. À tout à l'heure.

Bien que j'ignore encore ce qu'il vient de se passer, je souris bêtement. Alors que je rejoins ma salle, je me réjouis de cet échange étrange. Qu'y a-t-il entre Wickham et Darcy ? Pourquoi semblent-ils se détester autant ? Encore un mystère à résoudre. Comme si mon cerveau n'était pas déjà assez encombré par le catalogue exhaustif des drames sentimentaux de tous les mecs de Pemberley. Vive la mixité, hein ?

Le cours se déroule dans une lenteur meurtrière. J'évite le regard inquisiteur de Charlotte d'un simple « je t'expliquerai » griffonné au coin de ma page et réussis à ne jeter qu'un coup d'œil vers le fond de la classe. Darcy est concentré sur le cours, les mains croisées sous son menton, l'air sombre et tendu, comme à son habitude. Mais ses yeux semblent pouvoir décapiter quiconque passerait entre lui et le tableau. Plus qu'arrogant, il semble menaçant. Dans le doute, je m'évertue donc à éviter tout *eye contact* pour ma propre survie.

À 12 h 05, je rejoins George comme prévu, un peu nerveuse. On parle sans interruption pendant toute la pause. Sans aucun moment de gêne ou de silence. Non. C'est… fluide. Naturel.

Il rit à mes blagues, même celles que Jane trouve à peine drôles. Son rire est communicatif, il me met de bonne humeur instantanément.

On aborde tous les sujets. Les cours, nos ambitions, nos inquiétudes. Il me confie sa peur de décevoir sa mère. Je lui avoue me sentir parfois effacée à côté de Jane. Et il comprend, vraiment. Il a cette façon de pencher légèrement la tête quand il m'écoute, comme si chaque mot qui sort de ma bouche était la chose la plus fascinante qu'il ait jamais entendue. Le vert intense de ses iris semble pétiller chaque fois que je fais une blague. Je me surprends à chercher des moyens de le faire rire, juste pour voir cette étincelle dans son regard.

Le plus chouette, c'est qu'on partage la même obsession pour notre héros national : Harry Potter. On se lance dans un débat passionné sur les théories de fans post-Poudlard. Qui aurait cru qu'on pouvait avoir une conversation aussi intense sur la possible rédemption de Drago Malefoy dans une cafétéria ?

À la fin des cours, alors que je range mes affaires dans mon casier, Lydia débarque comme une tornade, suivie de Kitty.

— Lizzie ! Lizzie ! crie-t-elle, attirant l'attention de tout le couloir. Tu ne devineras jamais !

Je ferme mon casier, résignée.

— Quoi donc, Lydia ?

Elle parle avec une rapidité qui va de pair avec le message qu'elle est en train de taper que son portable.

— La fête foraine arrive en ville ce week-end ! On doit absolument y aller !

Kitty hoche vigoureusement la tête.

— Oui, ce sera trop cool !

Je hausse les épaules.

— Je ne sais pas, les filles. J'ai pas mal de devoirs et...

— Oh, allez, Lizzie ! me coupe Lydia. Ne fais pas encore ta rabat-joie. En plus... (Elle baisse la voix, jetant un regard conspirateur autour d'elle.) J'ai invité Denny et son cousin George à venir avec nous.

Mon intérêt pour ce qu'elle raconte s'accentue à la mention de Wickham.

— Tu as fait quoi ?

Lydia sourit, fière d'elle.

— Je les ai invités. Ils ont dit oui. Ce sera génial, non ? On pourra tous faire connaissance avec George !

J'essaie de garder un air neutre.

— Et ils ont accepté ?

— Bien sûr ! répond Lydia. Surtout George. Il avait l'air très enthousiaste à l'idée de passer du temps avec nous.

Elle m'adresse un clin d'œil pas du tout subtil.

Je me mords la lèvre, tentée par l'idée de passer du temps avec Wickham. Mais je ne peux m'empêcher de penser à la tension entre lui et Darcy, et malgré toute ma bonne volonté, à Darcy.

— Alors, tu viens ? insiste Lydia. On n'a qu'à proposer à Jane aussi, si tu préfères.

Je cède finalement.

— D'accord, d'accord. Je viendrai. Mais pas Jane, elle a déjà des projets.

Lydia pousse un cri de joie qui doit s'entendre jusqu'à l'autre bout du lycée.

Je soupire en souriant malgré moi.

Après les cours, Charlotte rentre avec nous pour préparer l'examen de géopolitique. Du moins, elles révisent avec Jane. Moi, je suis vautrée sur mon lit, la tête pleine de questions auxquelles je ne trouve aucune réponse. Et aucune de ces questions ne concerne le golfe du Mexique.

Le téléphone de Jane sonne. Elle glousse, ce qui signifie que c'est Charles. Elle s'excuse et quitte la chambre pour lui parler tranquillement.

Charlotte se tourne vers moi :

— Allez, Lizzie. C'est quoi cette tête ?

Je ne vais pas y couper. Si d'habitude j'arrive à me dépêtrer seule des dilemmes qui encombrent mon cerveau, cette fois je sens bien que je suis face à une impasse.

Je gémis en m'asseyant à côté d'elle.

— Charlotte, je suis paumée. J'en ai marre.

Elle s'allonge à côté de moi et m'invite à poursuivre mes jérémiades.

Je prends une grande inspiration, comme si je portais le poids de monde sur mon dos.

— Tu vois le nouveau, George Wickham ? je finis par dire, plaintive.

— Oui, le beau gosse dont tout le monde n'arrête pas de parler ? Qui fait baver la moitié des filles du lycée, la moitié de celles de la classe prépa et avec qui tu as eu le privilège de partager ton déjeuner ? répond-elle comme si elle était Wikipédia… ou TMZ.

Je redresse la tête et sens mes joues s'empourprer.

— Mon Dieu, Cha, j'avais oublié qu'on ne pouvait rien te cacher. Je crois que je l'aime bien. C'est juste que… il a ce sourire, tu vois ? Et quand il m'a parlé au déjeuner, j'ai eu l'impression qu'il s'intéressait vraiment à ce que je disais. Ce n'était pas comme ces conversations polies qu'on a parfois avec les nouveaux, je sens qu'on pourrait se parler des heures. Je sais, je sais. C'est ridicule d'être aussi… obsédée par quelqu'un que je connais à peine.

Charlotte a un petit rire.

— Et c'est ça qui te met dans cet état ? Bienvenue au club !

— Ah bon, il t'intrigue aussi ?

— Ha ha, non. Je voulais juste dire que tu n'étais pas la seule, quoi. Je n'entends que son nom depuis hier. On dirait que Gavin Casalegno a rejoint Pemberley. Mais pourquoi c'est un problème ?

— Non, ce n'est pas vraiment un problème, je gémis me frottant les tempes. Mais il y a eu ce moment super bizarre avec Darcy, et…

Je raconte tout à Charlotte : ma rencontre avec Wickham, son charme irrésistible, puis l'arrivée de Darcy et la tension entre les deux garçons.

Charlotte s'avance près de moi, son visage affichant un mélange d'amusement et de sympathie.

— Oh, Lizzie. C'est tellement « lizziesque », ton histoire.

— Merci du soutien, je grogne en lui donnant un petit coup d'épaule.

— Tu ne penses pas qu'il a mal réagi ce matin quand il t'a vue avec Wickham parce qu'il était un peu jaloux ?

La remarque de Charlotte me stoppe net dans mes réflexions.

— Pardon ?

Darcy au visage habituellement impassible qui, l'espace d'un instant, a laissé transparaître tant d'émotions. De la… jalousie ? Parce que j'étais avec George ? Non, c'est impossible. Je balaie cette idée ridicule d'un geste vif.

— Non, il y avait autre chose, Cha, un truc plus grave, je te promets, je finis par affirmer, sûre de moi.

— Alors vas-y prudemment avec George. On ne sait rien de lui, après tout.

— Oui, c'est vrai qu'on ne sait rien de lui, mais on ne peut pas dire non plus qu'on ait percé le mystère Darcy.

Charlotte me regarde droit dans les yeux.

— Tu vois bien que tu as un penchant naturel pour les garçons compliqués, me raille-t-elle.

Avant que j'aie le temps de comprendre son sous-entendu et de formuler une quelconque protestation, elle conclut :

— Et surtout, essaie de savoir ce qui s'est passé entre lui et Darcy, comme ça, tu pourras me raconter.

— Mon Dieu, mais tu ne perds jamais le nord, toi !

— Jamais ! Allez, Enola Holmes.

Nous éclatons de rire toutes les deux. C'est ça que j'aime chez Charlotte : sa capacité à m'écouter tout en me faisant rire.

Alors que nous nous replongeons dans nos révisions, je sens cette excitation familière monter en moi. Celle qui précède toujours une nouvelle aventure. Wickham est encore un mystère, tout comme Darcy d'ailleurs. Mais pour l'instant, j'ai un devoir de géographie à bosser et Charlotte et Jane à mes côtés. Et franchement, c'est tout ce dont j'ai besoin.

Chapitre 10

George Wickham

3 octobre – 20 h 45

Comment résumer cette première semaine à Pemberley ? Mmm, des snobs, beaucoup, mais quand même moins qu'à Eton. C'est déjà ça. En revanche, Darcy est là et… ça complique les choses. Heureusement qu'il y a Denny. Un visage familier dans cette jungle de blazers et de regards hautains. Il a été adorable, m'a présenté à tout le monde. Ça m'a évité de me sentir comme un total outsider.

Mais la vraie surprise, c'est Lizzie Bennet. Elle détonne dans le paysage avec son franc-parler. Pas de chichis, pas de faux-semblants. Un vrai bol d'air frais dans toute cette hypocrisie ambiante. Elle m'a vraiment mis à l'aise, et je pense qu'elle a aussi apprécié nos pauses déjeuner.

C'est rassurant de rencontrer quelqu'un du même milieu. Elle comprend d'où je viens, ce que c'est de ne pas être né avec une cuillère en argent dans la bouche. Et en plus d'être sympa, elle n'est pas insensible à mon charme, on dirait. J'ai bien vu ses petits regards en coin, ses sourires quand je fais une blague.

Lizzie pourrait être une alliée précieuse ici. Et qui sait ? Peut-être plus.

Les lumières dansantes de la fête foraine se reflètent dans les flaques d'eau laissées par l'averse automnale de l'après-midi. L'odeur de barbe à papa et de pop-corn flotte dans l'air et se mêle aux cris d'excitation des enfants et au brouhaha de la foule. C'est comme si tout Meryton s'était donné rendez-vous ici ce soir.

— Lizzie, regarde ! Une grande roue ! s'exclame Lydia, tirant sur ma manche avec l'enthousiasme touchant d'une gamine de cinq ans.

Je souris, amusée.

— Oui, Lydia, j'ai vu, elle est plutôt difficile à manquer.

Kitty trépigne à côté de nous, son regard passant frénétiquement d'une attraction à l'autre.

— Il y a tellement de choses à faire ! Par quoi on commence ?

Je déteste les manèges, le bruit et la foule. Je ne peux pas m'empêcher de me demander ce que je fais là, et surtout pourquoi j'ai dit oui. Peut-être parce que Lydia a vraiment insisté ? Ou parce que Jane est mystérieusement occupée ce soir ? Je parierais ma collection de romans que Charles y est pour quelque chose...

Pour être tout à fait honnête, c'est surtout le résultat d'une semaine de déjeuner avec George qui m'a laissée… disons, légèrement troublée, qui fait que je suis là. Pour l'instant, mon seul réconfort est que nous avons réussi à dissuader maman de nous accompagner. « Lizzie chérie, tu es vraiment sûre que vous ne voulez pas que je vous accompagne ?! » gazouillait-elle encore il y a moins d'une heure, en passant en revue, peu convaincue, toutes les nouveautés Netflix. Papa, lui, nous a glissé quelques billets avec un clin d'œil complice : « Tâchez de ne pas dilapider l'héritage familial en barbe à papa, mesdemoiselles. »

Quoi qu'il en soit, maintenant, je suis là.

— Que diriez-vous d'attendre les garçons avant de décider ? je suggère, essayant de tempérer l'excitation des jumelles.

Et comme si mes paroles l'avaient invoqué, George Wickham apparaît devant nous, Denny à ses côtés. Mon cœur fait un léger bond et je me rends soudain compte que ces derniers jours, nos pauses sont devenues des moments que j'attends avec impatience. Nous discutons de tout et de rien, passant du sérieux au futile avec une facilité déconcertante. Je sens un changement en moi. Cette impatience de le retrouver, cette déception quand nous n'arrivons pas à nous croiser, et le fait que je vérifie mon téléphone plus souvent, espérant recevoir un message de lui.

Je commence à comprendre les réactions de ma mère et de mes sœurs quand elles parlent de garçons. C'est donc ça, avoir le béguin pour quelqu'un ?

— Mesdemoiselles Bennet, nous salue-t-il avec une légère révérence théâtrale, permettez-moi de vous escorter dans ce royaume de merveilles et de sensations fortes.

Je ne peux m'empêcher de sourire et de rentrer dans son adorable jeu.

— Eh bien, monsieur Wickham, puisque vous le proposez si galamment, comment pourrions-nous refuser ?

Nous nous lançons dans l'exploration de la fête, riant, criant dans les manèges à sensations et nous gavant de nourriture bien trop sucrée. C'est comme si nous étions tous redevenues des enfants l'espace d'une soirée.

Après un tour particulièrement mouvementé dans les autos tamponneuses, nous nous dirigeons vers un stand de barbe à papa, les joues rouges et les cheveux en bataille. George insiste pour m'offrir une énorme boule rose et sucrée, et j'accepte avec un sourire reconnaissant. C'est à ce moment-là que je les vois.

Darcy, Charles, Jane et Caroline se tiennent à quelques mètres de nous, formant un îlot de sophistication au milieu du chaos joyeux de la fête foraine. Je peine à avaler ma barbe à papa. Jane est la première à nous repérer. Son visage s'illumine et elle nous fait un grand signe de la main.

— Lizzie ! Par ici !

Je sens que George se raidit imperceptiblement à côté de moi. Je sais que sa relation avec Darcy est... compliquée, pour dire le moins. Mais avant que je puisse suggérer de partir dans l'autre direction, nos groupes se sont rejoints.

— Eh bien, quelle surprise ! s'exclame Charles avec son enthousiasme habituel. On ne s'attendait pas à vous voir ici.

Caroline, elle, ne cache pas son dédain en regardant ma barbe à papa à moitié mangée.

— En effet, quelle… charmante coïncidence.

Mais c'est le regard de Darcy qui me cloue sur place. Ses yeux passent de moi à George, puis à la barbe à papa que nous partageons, et je suis stupéfaite par la colère qui les voile instantanément.

— Bonsoir, Bennet, dit-il finalement d'une voix aussi neutre que possible. Wickham.

Le ton avec lequel il a prononcé le nom de George aurait pu geler un volcan en éruption.

George, quant à lui, affiche son sourire le plus charmant.

— Darcy ! Quel plaisir de te voir ici. Je ne pensais pas que ce genre d'événement était à ton goût.

L'air ambiant devient soudain suffocant. Je peux presque sentir l'électricité entre Darcy et George.

Jane, sentant probablement la tension, tente de détendre l'atmosphère :

— Nous allions justement essayer la grande roue. Vous voulez vous joindre à nous ?

George s'empresse de répondre :

— Mais oui, c'est une excellente idée ! Ça te tente, Lizzie ? propose-t-il avec un clin d'œil.

Je me retrouve tiraillée entre l'envie de céder à la demande de ce sourire ravageur et celle de fuir ce malaise dont j'ignore la raison.

— On vous suit, intervient Caroline avant que je puisse décider. Qu'en penses-tu, Will ?

Elle s'accroche au bras de Darcy comme si sa vie en dépendait.

Je sens une pointe d'agacement inexplicable en réaction à son manège ridicule. Darcy, lui, semble crispé, mais je serais bien incapable de dire si c'est en réaction à la situation ou à l'étreinte de Caroline.

Je prends une grande inspiration, tentant de calmer le tourbillon d'émotions qui m'envahit.

— Eh bien, je dis finalement, pourquoi pas ? Une vue panoramique de la ville pourrait être sympa.

Nous nous dirigeons vers la grande roue, formant un groupe hétéroclite et tendu. Caroline s'accroche toujours au bras de Darcy, babillant à propos de je ne sais quoi, tandis que ce dernier reste stoïque, les yeux fixés droit devant lui. Jane et Charles sont dans leur bulle, George marche à mes côtés, sa main effleurant occasionnellement la mienne, comme pour me rappeler sa présence, pendant que Kitty, Lydia et Denny nous suivent presque docilement pour une fois.

Alors que nous sommes dans la file d'attente, je jette un coup d'œil par-dessus mon épaule. Darcy, à présent derrière nous avec les Bingley, nous observe, les poings serrés, le visage fermé.

Wickham se penche vers moi.

— Je suis désolé si j'ai créé un malaise, murmure-t-il. Darcy et moi avons... un passé. C'est une longue histoire.

Enfin, c'est notre tour de monter dans une nacelle. Une fois que nous sommes installés côte à côte et que la roue commence à tourner, Wickham devient soudain sérieux.

— Je pense que ce sera plus facile si je te raconte ce qui s'est passé.

Je sens mon estomac se nouer.

— Je t'écoute.

Il prend une profonde inspiration.

— Darcy et moi, on se connaît depuis le collège. On était vraiment proches à l'époque, presque comme des frères. Mais tout a changé quand on est arrivés à Eton.

George marque une pause, comme pour rassembler ses idées. Ses yeux d'habitude si lumineux sont à présent assombris par un souvenir qui semble douloureux.

— En première, Darcy est sorti avec une fille, Alicia. Elle était... incroyable. Intelligente, drôle, gentille. Darcy semblait heureux avec elle. Mais au fil du temps, Alicia et moi, on s'est rapprochés. On ne voulait pas que ça arrive, mais... on est tombés amoureux.

Je sens mon cœur se serrer. L'histoire prend une tournure que je n'avais pas anticipée.

— Et l'année dernière, en terminale, Alicia a rompu avec Darcy pour se mettre avec moi, et il... il n'a pas supporté. Il est devenu fou. Au début, c'étaient juste des regards noirs, des remarques blessantes. Mais un jour...

George ferme les yeux, visiblement bouleversé.

— Un jour, tout le lycée a reçu des photos... intimes d'Alicia. Des photos qu'elle n'avait envoyées qu'à Darcy quand ils étaient ensemble. Lizzie, il a détruit sa réputation, sa vie.

Je suis sous le choc.

— C'est pour ça qu'il a été renvoyé d'Eton. Mais le mal était fait. Alicia a dû changer d'école, elle était dévastée. Et moi... j'ai perdu mon meilleur ami et la fille que j'aimais.

J'observe Wickham. Son visage est triste, hanté par les souvenirs qu'il vient de partager. Je ressens une vague de compassion, mais aussi... un léger malaise que je n'arrive pas à expliquer.

Je ne connais pas réellement Darcy, je songe. Mais de là à envoyer des photos intimes d'une ex... C'est tellement loin de l'image que j'ai de lui...

Et comme si George avait un accès direct à mes pensées, il ajoute :

— Je sais que c'est dur à croire. Darcy a cette image de type mystérieux et intègre. Mais crois-moi, ce n'est qu'une façade. Au fond, c'est quelqu'un de profondément jaloux et revanchard. Je te raconte tout ça parce que je m'inquiète pour toi, Lizzie. Je ne voudrais pas qu'il te fasse du mal comme il nous en a fait, à Alicia et moi.

Je secoue légèrement la tête, tentant de chasser ce début de doute. Après tout, je n'ai aucune raison de ne pas croire Wickham. Il semble sincère, blessé par son passé. Et j'ai été en première ligne pour témoigner de la rudesse dont M. Trop-bien-pour-être-ici peut faire preuve et de la froideur de son traitement quand votre monde diffère du sien.

— Ce n'est pas tout, reprend-il d'une voix à peine plus forte qu'un murmure. Quand il a leaké les photos, j'étais fou de rage. Je ne pouvais pas supporter qu'elle ait subi tout ça.

Il serre les poings, revivant visiblement la colère de ce moment.

— Je l'ai confronté dans les couloirs du lycée. Je voulais juste… je ne sais pas, peut-être lui faire admettre ce qu'il avait fait, le faire se sentir coupable. Mais il était là, avec son air supérieur, comme si rien ne s'était passé.

George prend une profonde inspiration avant de continuer :

— Je n'ai pas pu me contrôler. On s'est battus, violemment. Les profs ont dû nous séparer. Et… j'ai été renvoyé aussi.

Il a un rire amer.

— Ironie du sort, hein ? J'ai été puni pour avoir essayé de défendre Alicia. Toute cette histoire m'a coûté cher… J'ai tout sacrifié pour essayer de la protéger, résultat, en plus du renvoi, j'ai dû redoubler car j'ai foiré mes exams.

Je l'observe, partagée entre la compassion pour lui et ma rage ravivée contre Darcy.

— Je suis désolée que tu aies vécu tout ça, George, je dis doucement.

George baisse les yeux, semblant se perdre dans ses souvenirs. Puis il reprend, la voix teintée de mélancolie :

— Après, j'étais vraiment mal. Mes parents ont vu que je dépérissais et ils ont décidé de m'envoyer passer l'été en France chez des cousins. C'était… une bouffée d'air frais, tu sais ? Être loin de tous ces souvenirs…

Je hoche la tête, l'encourageant à continuer.

— J'ai tellement aimé être là-bas que je voulais y rester. Repartir de zéro, tu vois ? J'étais inscrit dans un super lycée, mais…

Il soupire.

— La santé de ma mère s'est dégradée. Je ne pouvais pas rester loin d'elle, alors je suis rentré.

George a de nouveau un rire amer.

— Si j'avais su que je me retrouverais dans le même établissement que Darcy… j'aurais peut-être supplié mes parents de me laisser en France, malgré tout.

Mon cœur se serre. Tout prend sens maintenant : l'attitude froide de Darcy quand il l'a vu, son arrogance, son mépris pour les autres.

— Je n'imagine pas à quel point ça a dû être dur de revenir et de le retrouver ici, je commente d'une voix tremblant d'indignation.

Le regard de George s'assombrit davantage.

— Tu n'as pas idée, Lizzie. Chaque fois que je le vois, ça me rappelle tout ce qui s'est passé. Alicia, la bagarre, mon renvoi… C'est comme si le passé refusait de me laisser avancer.

Je reste silencieuse, essayant d'assimiler toute cette histoire. George se tourne vers moi avec une expression de tristesse et de regret. Je sens la colère monter en moi. Comment Darcy ose-t-il se pavaner dans les couloirs après ce qu'il a fait ? Comment peut-il agir comme s'il était moralement supérieur à tout le monde ?

— Je suis tellement désolée, George, je répète, posant ma main sur son bras en signe de soutien. Ce que Darcy a fait… C'est impardonnable.

George me sourit faiblement, reconnaissant.

— Merci de m'avoir écouté, Lizzie. Je sais que c'est lourd à entendre. Je voulais juste que tu saches… que tu sois prudente.

— Ne t'inquiète pas. Je sais exactement à quoi m'en tenir avec Darcy maintenant.

Je fixe obstinément l'horizon, quand un mouvement dans la nacelle suivante attire mon attention.

Je me penche discrètement et… Oh. Mon. Dieu.

Là, dans la nacelle juste derrière nous, Jane et Charles s'embrassent. Pas un petit bisou timide, non. C'est un vrai baiser de cinéma, passionné et tendre à la fois. Jane a les mains enfouies dans les cheveux de Charles, et lui la tient comme si elle était la chose la plus précieuse au monde.

Je sens mes joues s'enflammer et me détourne rapidement, à la fois gênée d'avoir assisté à ce moment intime et incroyablement heureuse pour ma sœur.

— Qu'est-ce qu'il y a ? demande George remarquant mon trouble.

Je laisse échapper un petit rire nerveux.

— Disons simplement que Jane et Charles ne profitent pas vraiment de la vue.

Il se retourne à son tour, et je vois ses yeux s'écarquiller légèrement avant qu'il se repositionne rapidement.

— Eh bien, lâche-t-il après un moment, il semble que certaines personnes sachent mieux que nous comment profiter d'un tour de grande roue.

Je ne peux m'empêcher de rougir à son sous-entendu, d'autant que sa main est à présent dangereusement proche de la mienne. Il suffirait d'un soubresaut de la nacelle pour qu'elles entrent en contact… *Mais à quoi je pense !* Alors que nous entamons la descente finale, l'histoire de George tourne en boucle dans mon esprit, chaque détail s'y imprimant comme une marque au fer rouge.

Quand notre nacelle s'immobilise enfin et que la barrière de sécurité se lève, je reste un moment figée sur le siège. George me lance un regard inquiet.

— Ça va, Lizzie ?

Sa voix me ramène à la réalité. Je cligne des paupières, comprenant soudain que nous sommes de retour sur la terre ferme.

— Oh, euh... oui, je balbutie en me levant maladroitement.

Il m'offre sa main pour descendre les marches de la plateforme ; elle est chaude et chaleureuse. Réconfortante. L'air frais du soir me frappe le visage et m'aide à retrouver un peu mes esprits.

— Je suis désolé, s'excuse George une fois sorti. Je n'aurais peut-être pas dû te raconter...

Je le rassure d'un signe de tête, sentant une vague de colère monter en moi. Contre Darcy.

Il est là, à quelques mètres de nous, fixant ma main toujours dans celle de George. Son expression semble encore plus froide que d'habitude, affichant une hargne que je ne lui connais pas. Le garçon jaloux et revanchard décrit par George quelques minutes plus tôt m'apparaît à présent très clairement.

Pendant un bref instant, nos yeux se croisent. Je sens un frisson me parcourir l'échine, mais cette fois, ce n'est pas de l'attraction ou de la curiosité. C'est de la répulsion pure et simple. Ma main se resserre instinctivement sur celle de Wickham.

Quand il aperçoit Darcy, je le sens se raidir à côté de moi.

— On devrait y aller, murmure-t-il, enlaçant ses doigts aux miens.

Je suis agréablement surprise par son geste, mais incapable de détacher mon regard de Darcy, telle une proie surveillant le prédateur qui la traque. Il fait un pas vers nous, comme s'il allait dire quelque chose, mais je tourne brusquement les talons, entraînant George avec moi.

— Bennet ! j'entends Darcy m'appeler, étrangement tendu, avec une pointe de douleur dans la voix.

Mais je m'en fiche et accélère le pas. Qu'il souffre. Je ne veux pas lui parler, je ne veux même pas le voir. Pas après ce que je viens d'apprendre. Je tiens enfin la dernière pièce du puzzle, celle qui m'obsède depuis le moment où j'ai croisé son regard. Et elle me confirme que j'aurais dû écouter mon instinct.

— Ça va aller ? s'enquiert George une fois que nous sommes assez loin.

Je prends une profonde inspiration, essayant de calmer les battements de mon cœur.

— Oui. C'est juste... le voir après tout ce que tu m'as dit...

George hoche la tête, compréhensif.

— Je sais.

Alors que nous nous éloignons, je sens encore le regard de Darcy me brûler le dos. J'ai besoin de penser à autre chose, n'importe quoi.

— Au fait, George, je lui lance, essayant de garder un ton léger malgré le tourbillon d'émotions qui m'agite, tu veux venir à la soirée déguisée de Charles la semaine prochaine ? C'est réservé à la classe d'excellence, mais je suis sûre qu'il acceptera de faire une exception pour le +1 de sa belle-sœur.

George s'arrête net, lâche ma main, et m'observe comme si je venais de lui proposer de sauter d'un avion sans parachute.

— Une soirée chez Charles Bingley ? demande-t-il surpris tout en libérant mes doigts. Tu veux dire, celle où Darcy sera certainement ?

Je secoue la tête, navrée par ma bêtise. J'associe plus naturellement Charles à Jane qu'à Darcy.

— Je ne pense pas que ce serait une bonne idée, Lizzie, reprend George. Même si Charles a l'air très sympa. Darcy en parlait souvent, mais je ne l'avais jamais rencontré.

Je sens mon cœur se serrer. Bien sûr, comment ai-je pu être aussi insensible ?

— Je suis désolée, je n'y ai pas pensé. C'était stupide de ma part.

Mais alors que je cherche un sujet plus léger, une idée me traverse l'esprit :

— Attends une seconde, je dis, sentant l'excitation monter en moi. C'est une soirée déguisée ! Personne ne te reconnaîtra.

George me regarde, perplexe.

— Je ne sais pas, Lizzie...

— Allez, j'insiste, me surprenant moi-même par mon enthousiasme soudain pour une soirée qui ne m'emballait qu'à moitié il y a encore quelques jours. Ce serait l'occasion parfaite. Tu pourrais venir t'amuser, et Darcy n'en saura rien.

J'aperçois une lueur d'intérêt s'allumer dans ses yeux, vite remplacée par de l'inquiétude.

— Hum, mais si quelqu'un me reconnaît quand même ?

— On choisira un costume qui te rendra méconnaissable, je promets. Un masque, du maquillage... Et puis, c'est lui qui devrait être gêné en ta présence, pas toi.

George me sourit.

— Tu es têtue, hein ?

Je lui fais un clin d'œil, sentant une bouffée de confiance m'envahir.

— C'est ce qui fait tout mon charme.

Il rit.

— OK. Je vais y réfléchir.

— Super !

L'idée de George à la fête, juste sous le nez de Darcy, me procure une étrange satisfaction. C'est comme si, d'une certaine façon, nous allions rétablir un équilibre et défier le contrôle que Darcy semble exercer sur tout et tout le monde.

Alors que nous attendons les autres au point de rendez-vous convenu, je commence à débiter un flot d'idées de costumes.

George éclate de rire.

— Tu ne lâches vraiment jamais l'affaire, pas vrai ?

Je hausse les épaules et soutiens son regard avec un sourire espiègle.

— Que veux-tu, c'est un don.

Puis, sans prévenir, il se penche vers moi. Je sens son souffle chaud sur mes lèvres et comprends qu'il va m'embrasser. Une partie de moi veut se laisser aller, submergée par l'émotion du moment. Mais une autre partie, plus raisonnable, sait que c'est trop, trop vite.

Le puzzle est résolu, il n'y a rien chez lui qui mérite que je lui accorde encore du temps.

Cette fois, c'est fini.

*

Le lendemain matin, je suis assise sur mon lit, les genoux repliés contre ma poitrine, attendant impatiemment que Jane finisse de se doucher. Elle est rentrée un peu après nous hier, les yeux remplis d'étoiles, et je pouvais presque voir des ailes dans son dos la faire léviter jusqu'à la chambre tellement elle semblait heureuse. Je n'ai pas eu besoin de poser une seule question, son visage et ce que j'ai aperçu dans la nacelle racontaient pour elle la soirée de rêve que ma sœur avait passée. Maintenant que son attention n'est plus totalement accaparée par le doux souvenir des lèvres de Charles, je suis décidée à me confier à elle, et lorsqu'elle entre enfin dans notre chambre, ses longs cheveux blonds encore humides, je bondis presque.

— Jane ! Il faut absolument que je te parle de quelque chose.

Elle me regarde, surprise par mon agitation.

— Qu'est-ce qui se passe, Lizzie ?

Je prends une profonde inspiration.

— J'ai parlé avec George hier soir dans la grande roue. Et... Oh mon Dieu, Jane, tu ne vas jamais croire ce que je vais te dire.

Jane s'assied à côté de moi, avec un visage qui exprime déjà de l'inquiétude.

— Qu'est-ce qu'il t'a dit ?

Je me lance alors dans le récit, les mots se bousculant dans ma bouche tant je suis pressée de lui confier ce qui me triture les méninges. L'histoire d'Alicia, les photos, le renvoi de Darcy, la bagarre, l'été en France... Tout y passe.

Quand j'ai enfin terminé, je guette la réaction de Jane. Son visage est pâle, ses yeux écarquillés.

— C'est... c'est horrible.

— N'est-ce pas ? Je savais que Darcy était un connard, mais là..., c'est un autre niveau.

Jane fronce les sourcils.

— C'est vrai que c'est grave. Mais... tu es sûre que c'est vrai ? Ça ne ressemble pas à Darcy...

— Jane, arrête d'être si naïve ! On connaît Darcy depuis quoi... six semaines. Et franchement, ça explique tant de choses sur son comportement.

— Peut-être..., hésite Jane. Mais c'est une accusation très sérieuse. On devrait essayer d'en discuter avec le principal intéressé avant de tirer des conclusions, non ?

— Qu'est-ce que tu veux savoir de plus ? je réplique. George n'a aucune raison de mentir. Et Darcy, lui, a toutes les raisons de cacher la vérité.

Jane soupire.

— Tu as peut-être raison. C'est juste que... c'est tellement choquant.

— Je sais, je dis, un peu radoucie. Mais au moins, maintenant, on sait à quoi s'en tenir avec Darcy.

Jane hoche la tête, l'air toujours troublée.

— Sûrement... Mais, Lizzie, promets-moi d'être prudente et de ne rien faire de précipité, d'accord ?

Je souris à ma sœur, touchée par son inquiétude, même si je ne comprends pas réellement de quoi elle parle.

Chapitre 11

William Darcy

11 octobre – 19 h 30

Je noue mon nœud papillon avec des gestes précis, mécaniques. Mon reflet me renvoie l'image d'un James Bond impeccable, mais intérieurement je suis tout sauf serein. Et Charles qui râle, trouvant que je ne porte pas un vrai déguisement, et qui me presse en me répétant que les invités ne vont pas tarder, scrutant son téléphone toutes les trente secondes, ne m'aide pas.

Un dernier coup d'œil au miroir. James Bond, hein ? J'ai plutôt l'impression d'être un condamné marchant vers l'échafaud. Ou peut-être un homme sur le point de sauter d'une falaise, espérant que l'océan en dessous sera clément.

Je sens une boule se former dans mon estomac. Pourquoi suis-je si nerveux ?

Mes doigts tremblent légèrement. Respire, Will. *Ce n'est qu'une stupide fête costumée. Une de plus où tu vas te sentir comme un poisson hors de l'eau, où chaque conversation sera un*

supplice, où chaque regard te semblera un jugement. Pourquoi est-ce que je m'inflige ça, déjà ?
Mais au fond de moi, je le sais. Ce soir, je dois lui parler.

Le jour J est arrivé.
— Vous ne voulez pas que je vous dépose ?
— Toujours pas, maman, je réponds en soupirant. Je te promets que je ne boirai pas d'alcool, que nous rentrerons prudemment et pas trop tard.
Jane m'adresse un sourire plein de gratitude. On adore notre mère, vraiment, mais parfois... Disons qu'elle peut être un peu... trop.
Plantée devant mon miroir, je scrute mon reflet d'Hermione Granger avec un mélange d'excitation et d'appréhension. La cape de sorcière tombe sur mes épaules, révélant une chemise et une veste très familières que viennent compléter une jupe plissée grise et des chaussettes hautes. Mes doigts s'attardent sur la cravate rayée rouge et or.
— En fait, si tu retires ta cape de sorcière, tu as juste recyclé l'uniforme du lycée, remarque Jane avec un léger ton de reproche.
Je me défends :
— Non, j'ai ma cravate de Gryffondor et une baguette.
Elle lève les yeux au ciel.
— Tu es sûre que c'est une bonne idée ? demande Jane pour la énième fois, assise sur

mon lit dans le costume qu'elle a passé une bonne heure à enfiler.

Je soupire.

— Pour la millionième fois, oui. George sera méconnaissable dans son costume de Spiderman. Tout son visage est masqué. Personne ne saura jamais que c'est lui.

Jane se mord la lèvre, l'inquiétude assombrissant ses yeux bleus.

— Je ne sais pas, Lizzie. Ça me semble risqué.

— Et moi, ça me semble injuste qu'à cause d'un snob, George soit privé d'une soirée avec moi. Et n'oublie pas que ce soir, j'ai des pouvoirs magiques. Tout ira bien.

— Qui êtes-vous et qu'avez-vous fait de ma raisonnable sœur ? plaisante Jane avec un petit sourire qui ne dissimule pas complètement son appréhension.

Mais au fond de moi, je ne suis pas aussi confiante que je le laisse paraître. Une petite voix me murmure que je joue avec le feu. Mais je l'ignore, encore une fois.

— Prête ? s'enquit Jane, la main sur la poignée de la porte.

Je prends une profonde inspiration.

— Prête.

Alors que nous sortons, mon téléphone vibre. Un message de George :

En route. À tout à l'heure, chère complice.

Je souris, sentant l'adrénaline monter en moi. La soirée promet d'être intéressante.

Le trajet jusqu'à la maison de Charles se passe dans une certaine tension. Jane continue de me jeter des regards inquiets, mais je fais semblant d'être concentrée sur la route et de ne pas les remarquer.

Alors que nous approchons de la grande demeure illuminée, je sens mon cœur s'accélérer. Quelque part là-dedans, George m'attend.

— Tu es sûre que tout ira bien ? répète Jane alors que nous arrivons.

Je lui offre mon sourire le plus rassurant.

— Ne t'inquiète pas. Ce soir, on va juste s'amuser.

Quand la voiture s'arrête devant chez les Bingley, je dois retenir un sifflement admiratif. La maison est illuminée d'une multitude de petites LED, projetant une lueur dorée sur la pelouse parfaitement tondue.

— Waouh, murmure Jane.

— Ouais...

À l'intérieur, c'est le chaos organisé typique d'une fête étudiante dans une maison trop grande. Le volume de la musique nous frappe de plein fouet dès que nous franchissons le seuil, un mix de rap et de pop qui fait trembler les murs. Des dizaines de personnes se déhanchent au milieu du salon, certains avec des gobelets à la main, d'autres occupés à se filmer pour leurs stories Instagram. Je me demande si le majordome prend également la pose avec mes camarades.

L'air est chargé d'un mélange de parfums bon marché, de pizza et de quelque chose qui ressemble à un punch « arrangé ». Des chips et des bonbons traînent sur toutes les surfaces disponibles, à côté de bouteilles à moitié vides.

Je scanne la pièce, mon cœur battant au rythme de la musique. Pas de Spiderman. C'est alors que je la repère, mon phare dans la nuit : Charlotte, qui a voulu me faire la surprise de son déguisement. Elle porte une chemise en jean bleue, un bandana rouge à pois blancs dans les cheveux, et arbore fièrement le fameux « *We Can Do It!* » sur un badge. Je ne peux pas m'empêcher de lâcher un petit rire : Rosie la Riveteuse, l'icône féministe des années 1940. Sa vision de l'héroïsme. C'est tellement Charlotte ! Et comme à son habitude, elle est adossée au mur près du buffet improvisé. J'aperçois Emma en Wonder Woman au centre de la piste, entourée d'une foule d'admirateurs. Elle porte à la perfection le costume emblématique de l'amazone. Son corset rouge et or met en valeur sa silhouette, tandis que sa jupe bleue étoilée virevolte à chacun de ses mouvements. Ses bras sont ornés de bracelets et un lasso doré pend à sa taille. Ses cheveux ondulent librement sur ses épaules, couronnés par un diadème. Elle rit, danse et semble parfaitement dans son élément, comme toujours.

Je m'apprête à rejoindre Charlotte quand la voix de Charles, déguisé en Thor, perce le brouhaha ambiant. Il porte un plastron qui recouvre son torse musclé, contrastant avec sa cape rouge flamboyante, et il brandit un marteau en plastique avec enthousiasme. Sa barbe naissante et son sourire chaleureux adoucissent son apparence de guerrier nordique.

— Jane ! Lizzie !

Il se fraie un chemin vers nous, suivi de près par Caroline en…

— *Bad Bitch* ? je chuchote à Jane.

Elle retient un petit rire avant de corriger :

— En *Black Widow*.

Mais je préfère ma version. Et enfin, le dernier membre du golden trio, Darcy, qui porte un costume on ne peut plus classique agrémenté d'un nœud papillon. James Bond, évidemment. Je ne peux m'empêcher de penser qu'il aurait pu faire un effort pour se déguiser un peu plus quand je me souviens que, sans ma cravate rouge et or, je suis moi-même en uniforme.

Je sens qu'il note la similitude simpliste de nos costumes et ça me crispe.

— Vous êtes superbes, nous félicite Charles sans quitter Jane des yeux.

Cette dernière a surpris tout le monde avec son choix audacieux. Elle est vêtue d'une armure en cuir brun, ornée de motifs dorés, porte une jupe courte et des bottes montantes. Ses longs cheveux blonds sont tressés en une coiffure complexe. Une épée factice pend à sa taille, et ses prunelles bleues brillent d'une détermination inhabituelle derrière un léger maquillage guerrier. Je retiens un sourire.

Ces deux-là, je vous jure. C'est comme s'ils partageaient un seul cerveau.

— Merci de nous avoir invitées, Thor, enchaîne Jane, qui sourit bêtement. Je suis Valkyrie.

— Tu es surtout une déesse, tout droit sortie de mes fantasmes les plus fous. Viens par là que je t'embrasse, ma Valkyrie.

Je détourne vite mon attention de l'effusion d'hormones adolescentes impliquant ma sœur qui va se dérouler à ma gauche.

Caroline nous toise avec un sourire qui nous crie à quel point elle sait qu'elle est la plus canon de la soirée et que nous ne sommes que du menu fretin.

— Oui, c'est... cool que vous soyez là...

Je ravale une réplique cinglante sur son allure plus prétentieuse qu'héroïque, et me rabats sur un sourire poli. Darcy, fidèle à lui-même, se contente d'un hochement de tête. Ses yeux croisent les miens pendant une fraction de seconde avant de se détourner.

— Et bien sûr, vous aurez connu notre héros national, 007, reprend Charles en désignant Darcy.

Je ne peux me retenir de préciser :

— Pas un héros pour tout le monde, il est plus...

— Ambigu.

Darcy finit ma phrase comme s'il lisait dans les pensées.

— Allez, j'ai quelques amis qui ne sont pas de Pemberley que j'aimerais te présenter, propose Charles à ma sœur, en l'entraînant déjà à travers la foule.

Je profite d'un léger moment de confusion dû à un élève probablement éméché pour fuir vers Charlotte, et m'échapper de la douce compagnie de Caroline et Darcy.

Pendant l'heure qui suit, nous sommes emportées dans un tourbillon de conversations superficielles et de danses improvisées. Je guette la porte espérant voir apparaître mon Spiderman, mais il n'arrive toujours pas. Plus le temps passe, plus je me sens comme un poisson hors de l'eau, mais j'essaie désespérément de ne pas sembler aussi mal à l'aise que je le suis.

La fête bat son plein. Jane et Charles dansent, leurs yeux ne se quittent pas. Emma Woodhouse règne sur la piste, tandis que Charlotte et moi observons tout ce petit monde depuis notre coin près du buffet. Darcy est en retrait, son verre à la main, scrutant la foule avec son air impénétrable habituel.

Je suis tellement déçue que Wickham ne soit pas encore là. Et un peu inquiète aussi. Il m'a bien dit qu'il était en route… Je retourne dans le vestiaire pour voir s'il ne m'a pas appelée et découvre un nouveau SMS :

Désolé, Lizzie, j'ai eu une urgence.
Je te raconterai.

Ma respiration se bloque. Une urgence ? Quel genre d'urgence peut survenir un samedi soir ? Est-ce qu'il va bien ? Ou est-ce juste une excuse bidon pour ne pas venir ? Non, Wickham ne ferait pas ça, pas vrai ?

Je fixe mon téléphone, relisant le message encore et encore. « Je te raconterai. »

Quand ? Demain ? Et pourquoi ai-je soudain l'impression que quelque chose cloche ?

Peut-être que c'est Darcy. Peut-être qu'il a fait quelque chose pour empêcher Wickham de venir. Mais non, c'est ridicule. Darcy ne pouvait pas savoir qu'il venait.

Et si Wickham avait simplement changé d'avis ? S'il s'était rendu compte qu'il ne voulait pas passer la soirée avec moi ? Cette pensée me noue l'estomac. Je croyais qu'on s'entendait bien, qu'il y avait quelque chose entre nous. Me suis-je complètement trompée ? Une vague de déception m'envahit.

Ou peut-être que c'est vraiment une urgence. Peut-être qu'il s'est passé quelque chose de grave. Cette idée ne me rassure pas plus. Et s'il avait eu un accident ? S'il était à l'hôpital en ce moment même ?

Je secoue la tête, essayant de chasser toutes ces pensées. Je suis ridicule. C'est une fois de plus tout ce que je redoutais, qu'un garçon embrume complètement mon cerveau. Il a probablement une bonne raison. Il me l'expliquera demain.

Je lui réponds un simple :

OK.

Je suis contrariée quand je rejoins mon amie, mais je tâche de faire bonne figure. Charlotte me lance un regard interrogateur, et je force un sourire. Pas question de gâcher la soirée des autres avec mes inquiétudes probablement infondées. Mais au fond de moi, je ne peux m'empêcher de me demander : *Où es-tu, Wickham ? Et pourquoi n'es-tu pas là ?*

C'est alors que Caroline, qui a passé la soirée à tourner autour de Darcy comme un requin autour de sa proie, décide de passer à l'offensive.

— Et si on jouait à un petit jeu ? propose-t-elle, sa voix portant étrangement loin malgré la musique.

Je vois Charlotte se raidir à côté de moi.

— Oh non, murmure-t-elle.

— Quel genre de jeu ? demande Charles, toujours partant.

— Ah, ah ! Je le dirai quand on aura tous les joueurs, alors, ça vous tente ?

Cela ne me dit rien qui vaille.

— Tout le monde en cercle ! ordonne Caroline. On va avoir besoin de plus de monde pour que ce soit intéressant, voyons voir... OK, tous ceux qui ne boivent pas doivent jouer ! Will, cette fois tu n'y échapperas pas.

Un frisson semble le secouer en même temps qu'il laisse échapper une grimace de dégoût. J'esquisse un sourire, imaginant Sir Darcy contraint de jouer à des jeux triviaux avec la plèbe. Le karma me frappe aussitôt. Avant que je puisse trouver une excuse, Emma nous a déjà attrapées, Charlotte et moi, nous entraînant dans le cercle qui se forme. Je me retrouve coincée entre Jane et Charlotte, en face de Darcy qui, pour sa part, semble aussi enthousiaste que moi. C'est même étonnant qu'il ne se soit pas encore enfui.

Le sourire de Caroline s'élargit, comme dans les films d'horreur.

— C'est parti pour « Sept minutes au paradis ».

Mon estomac fait un plongeon. Oh non. Pitié... Je ne sais pas ce que j'espérais venant de Caroline, mais ce genre de rites adolescents me donne la chair de poule.

— Super idée ! s'exclame Emma. Je vais chercher ce qu'il faut, et c'est moi qui chronomètre et tout !

Caroline explique rapidement les règles : on fait tourner la bouteille, la personne qui l'a lancée et celle désignée doivent passer sept minutes ensemble dans le placard.

Je remarque le regard que Caroline lance à Darcy, un mélange d'anticipation et de calcul. Il est clair qu'elle espère que la bouteille s'arrête sur lui. Darcy, qui a compris ce qui l'attendait, semble chercher désespérément une issue de secours.

Charlotte me jette un coup d'œil qui dit clairement : « Dans quoi on s'est fourrées ? Si tu peux faire un tour avec ta baguette, c'est maintenant. »

Je ne peux qu'approuver silencieusement.

Caroline, l'air triomphant, pose une bouteille vide au centre du cercle.

— Je commence ! déclare-t-elle, ignorant les protestations de certains.

Elle la fait tourner avec un peu trop d'enthousiasme, les yeux rivés sur Darcy. Je retiens mon souffle malgré moi, sentant la tension monter parmi les participants. La bouteille ralentit, ralentit encore...

... et s'arrête sur Charles.

Le visage de Caroline se décompose pendant une fraction de seconde avant qu'elle se reprenne.

— Oh, Charles, je te préviens. Ça va te sembler long, ces sept minutes. Il y a deux ou trois choses sur l'utilisation de notre salle de bains que je voudrais éclaircir avec toi.

Charles, bon joueur, se lève et suit sa sœur dans la penderie avec une grimace de petit garçon qui va se faire gronder, ce qui provoque des rires et des sifflements dans le groupe.

Au bout de sept minutes, ils sortent.

— À ton tour, Charles, annonce Emma, visiblement excitée de passer à la suite.

Alors que Charles s'apprête à faire tourner la bouteille, je croise le regard de Darcy. Pour la première fois de la soirée, je crois voir une lueur d'amusement dans ses yeux. Peut-être que ce jeu ne sera pas si terrible, après tout.

La bouteille tourne sous l'impulsion de Charles, captivant tous les convives. Elle ralentit progressivement, cahotant devant Charlotte, avant de s'arrêter finalement sur… Jane.

— Eh bien, c'est ton jour de chance, Charles, lance Emma avec un clin d'œil.

Je vois les joues de Jane s'empourprer alors que Charles l'entraîne vers le placard en riant.

Sept minutes plus tard, ils ressortent ; le sourire de Charles remonte jusqu'à ses oreilles et la natte de Jane est un peu décoiffée. Ma sœur est peut-être physiquement là, mais son esprit semble en train de graviter dans l'espace.

— À ton tour, Jane, précise Caroline, sa voix trahissant une pointe d'agacement.

Jane fait tourner la bouteille, qui s'arrête sur moi.

Un soupir de soulagement m'échappe. Jane et moi échangeons un rire complice avant de nous isoler.

Une fois la porte fermée, l'obscurité nous enveloppe.

— Eh bien, souffle Jane, ce n'est pas exactement comme ça que j'imaginais ma soirée.

Je ris doucement.

— Moi non plus. Mais je suis contente que ce soit toi. Alors ? Tes sept minutes au paradis avec Thor ?

Il y a un moment de silence confortable, puis elle répond :

— PA-RA-DI-SIAQUES ! Et toi alors ? Je n'ai pas vu Wickham.

Je la sens bouger dans l'obscurité.

— Non... C'est étrange, hein ? je murmure. Il semblait pourtant enthousiaste à l'idée de venir... Il m'a envoyé un message pour me dire qu'il avait une urgence.

Jane se tait. Et je la connais assez pour savoir que cela veut dire qu'elle sait quelque chose.

— Je suis désolée, je sais que tu l'apprécies beaucoup.

— Oui, eh bien, ça ne semble pas suffisamment réciproque pour qu'il soit là ce soir.

— Lizzie... (Elle laisse passer un peu de temps.) J'aimerais que l'on parle de Wickham. J'ai entendu des trucs pas cool du tout sur lui.

Je croise les bras, sur la défensive.

— Quel genre de trucs ?

— Apparemment, il n'est pas vraiment le garçon charmant qu'il prétend être. Il aurait... fait beaucoup de tort à Darcy.

— Mais Jane, je t'ai déjà raconté ce qu'il s'était passé entre eux.

— Uniquement ce que Wickham t'avait dit. Tu n'as qu'une version de l'histoire.

Jane hésite, avant de poursuivre :

— Écoute, je n'ai pas tous les détails, mais il semblerait qu'il ait trahi la confiance de Darcy d'une manière assez grave. Et ce ne serait pas la première fois qu'il agit mal.

Je l'écoute, incrédule.

— Et qui t'a dit ça ? Laisse-moi deviner... Darcy ?

— Non, en fait... (Jane marque un temps d'arrêt.) C'est Charles qui m'a expliqué. Et il a confirmé être au courant de toute l'histoire.

— Il te l'a racontée alors ?

— Non, mais il a dit qu'il était inquiet de voir que vous passiez beaucoup de temps ensemble.

Mon monde vacille. Charles ? Le gentil et lumineux Charles ? S'il confirme ces accusations...

— Mais... pourquoi Wickham m'aurait-il menti ? Dans quel intérêt ? je demande, troublée.

Jane secoue la tête.

— Je ne sais pas, Lizzie. Mais Charles est vraiment sérieux à ce sujet. Il affirme que Wickham a causé beaucoup de problèmes par le passé...

— Tu sais quoi ? je coupe Jane, une détermination nouvelle dans la voix. Je crois qu'il est temps que j'aie une conversation avec Dar...

— Ça fait sept minutes, déclare Emma en ouvrant avec un enthousiasme exagéré.

La lumière du salon m'aveugle momentanément. Je cligne des yeux, essayant de reprendre mes esprits. Sept minutes ? Ça m'a paru une éternité et une seconde à la fois.

— Allez, Lizzie, à toi de jouer maintenant ! m'encourage Emma en nous invitant à regagner le cercle.

Je sors comme un automate, Jane sur mes talons. Mon cœur est serré.

Le cercle de visages intrigués nous accueille. Charlotte me lance un clin d'œil complice, tandis que Charles scrute Jane avec un mélange d'inquiétude et de curiosité. Apparemment, nos expressions en disent plus que nous ne le souhaitons.

Je ne suis plus trop d'humeur à jouer. Mon cerveau se retourne dans tous les sens, essayant désespérément de donner un sens à ce que Jane vient de me raconter sur George. Ses mots résonnent encore dans ma tête, remettent en question tout ce que je croyais savoir.

— Allez, Lizzie, fais tourner ! insiste Emma.

Mes mains tremblent légèrement lorsque je saisis la bouteille. Je la fais pivoter, priant intérieurement pour qu'elle s'arrête sur Charlotte ou sur... n'importe qui sauf...

La bouteille ralentit, hésite... et s'arrête sur Darcy.

OK, je suis déterminée à lui parler, mais pas forcément collée à lui et en plus dans le noir.

Un silence de plomb tombe sur le groupe. Je lève les yeux pour rencontrer le regard de Darcy, aussi stupéfait que moi. Caroline semble sur le point d'exploser.

Je déglutis difficilement. Darcy et moi nous fixons, aucun de nous ne semblant capable de faire le premier pas.

— Allez, un peu de courage ! lance Emma en me donnant un petit coup de coude.

Comme au ralenti, je me lève et me dirige vers le placard familier, suivie par Darcy.

Nous entrons et la porte se referme sur nous, nous plongeant dans l'obscurité.

— Sept minutes ! crie Emma de l'autre côté, comme si nous avions besoin qu'on nous rappelle la sentence.

Chapitre 12

Emma Woodhouse

11 octobre – 23 h 15

Oh mon Dieu, je suis un génie. Non, mais vraiment, pourquoi personne d'autre ne voit ça ? C'est tellement évident avec cette partie de « Sept minutes au paradis » ! Je sais exactement comment arranger la vie sentimentale de tout le monde. Je suis Emma Woodhouse : entremetteuse extraordinaire et sauveuse de cœurs à prendre !

Pour commencer, je dois mettre Darcy et Caroline ensemble... Bon d'accord, il n'a pas l'air chaud. Mais bon, ils sont faits l'un pour l'autre, c'est clair. Même milieu, mêmes goûts de luxe... Et puis Caroline le dévore déjà des yeux comme s'il était un dieu grec. Ça fait la moitié du boulot de fait.

Pour Lizzie, je dirais... Collins ? Oh là là, oui. L'alchimie intellectuelle ! Je les imagine déjà en train de débattre passionnément sur... euh... l'éthique du journalisme ou un truc du genre.

C'est la seule qui n'est jamais méchante avec lui, même quand il est super énervant. Ça doit bien vouloir dire quelque chose, non ?

Et Charles et Jane. Aaah, eux, c'est mon couple préféré ! Jane est tellement... Jane. Elle a besoin de quelqu'un comme Charles, qui la fasse rire. Et puis, il a l'air tellement gentil. Parfait pour Jane !

Mais attends... Et le petit nouveau de terminale dans tout ça ? George Wickham, avec son sourire de star de cinéma. Mmm... Non, Emma, arrête. Ne pense même pas à... Bon, OK, il est mignon. Et drôle. Et gentil. Mais moi, je n'ai besoin de personne, et surtout pas de quelqu'un de plus jeune. Pour l'instant, je me satisfais à jouer les cupidons pour nos chers étudiants timides, et c'est très bien comme ça.

Le silence s'installe, épais comme du coton. L'odeur de bois ciré et de lessive haut de gamme emplit l'espace confiné. Je sens la chaleur du corps de Darcy à quelques centimètres du mien. Je ne peux m'empêcher de tripoter nerveusement mon bracelet. Mon cœur bat la chamade, et je me déteste pour ça.

— Alors..., commence Darcy, sa voix étrangement rauque dans le silence. Sept minutes au paradis, hein ?

Je lève les yeux au ciel, même s'il ne peut pas me voir. Mes doigts se promènent nerveusement sur les maillons de mon bracelet.

Une partie de moi est soulagée qu'il brise le silence, l'autre panique à l'idée de devoir lui répondre.

— Si c'est ça le paradis, je n'imagine pas l'enfer, je réplique, tentant de masquer mon malaise par du sarcasme.

Un petit rire étouffé s'échappe de ses lèvres, me prenant par surprise. Je ne l'ai jamais entendu rire auparavant. C'est un son agréable, presque… Charmant ? Non.

— Tu sais, j'ajoute après un silence, nous ne sommes pas obligés de nous parler. On est un peu pareil, toi et moi. Caractère taciturne et peu sociable, on ne parle que quand on pense avoir la bonne phrase ou un trait d'esprit pertinent.

Même sans le voir, je sais que ma remarque fait mouche.

— Je trouve que cette description ne correspond pas du tout à ton caractère, et je ne me reconnais pas vraiment non plus. Mais j'imagine que tu penses m'avoir parfaitement cerné.

— Je suis mal placée pour juger ma propre analyse.

Je continue, plus piquante :

— Un nouvel ami a confirmé mes premières impressions.

— Si tu parles de George Wickham, il n'a aucun mal à se faire de nouveaux amis, mais qu'il réussisse à les garder… c'est moins évident, rétorque-t-il immédiatement. (Puis, après avoir marqué une courte pause, il reprend :) Lizzie, fais attention à toi. Wickham peut être… charmant, mais il n'est pas digne de confiance.

Sa voix est grave, presque… triste. Un soupir profond s'échappe de ses lèvres, si proche que je sens son souffle caresser ma joue. Il vient vraiment de m'appeler Lizzie ?

Mes doigts font rouler plus vivement le bracelet sur mon poignet. Je me ressaisis, me raccrochant à la colère sourde qui gronde toujours en moi.

— C'est curieux, il m'a dit exactement la même chose à ton sujet.

Je voudrais argumenter, défendre Wickham, lui dire que je sais tout, mais quelque chose dans le ton de Darcy me stoppe. Il y a une sincérité, une vulnérabilité que je n'ai jamais entendues chez lui auparavant.

— Darcy, pourquoi Wickham t'évite ?

Les mots franchissent mes lèvres avant que je puisse les retenir.

Le silence qui suit est assourdissant. Même le cliquetis des maillons que je fais à présent danser furieusement entre mes doigts est à peine audible. Je sens Darcy se raidir.

— C'est… compliqué, finit-il par souffler.

— Essaie quand même, j'insiste. On doit encore avoir trois minutes à tuer.

Mon bracelet ne tiendra pas trois minutes de plus. Je prends une profonde inspiration pour me donner de l'assurance et ramène mes bras le long de mon corps.

Il soupire.

— Écoute, je sais que tu te crois assez maline pour croire au bien-fondé de tes jugements sur les gens, mais fais-moi confiance sur ce coup-là. Wickham n'est pas le genre de personne que tu devrais fréquenter.

Il m'agace, à me faire la morale avec son ton paternaliste.

— Tu sais, Darcy, si l'arrogance était une matière, tu serais major de promo.

— Et si le sarcasme était une langue, tu serais bilingue, répond-il du tac au tac.

Je ne me laisse pas démonter :

— Oh, mais je le suis. Je parle couramment le Darcy-trop-bien-pour-être-ici.

— Fascinant. Et comment dit-on : « Je ne voudrais pas être ailleurs » dans cette langue ?

Sa main effleure subrepticement la mienne dans l'obscurité, envoyant une décharge électrique le long de mon bras. L'a-t-il fait exprès ? Une seconde décharge suivie d'un bruissement de coton vient me confirmer que oui, alors qu'il se rapproche dangereusement. Je retiens mon souffle alors que le sien caresse mon visage. Mes doigts picotent là où il m'a touchée, et je résiste à l'envie de prolonger ce contact. Vient-il de me dire qu'il ne voudrait être nulle part ailleurs qu'ici, avec moi ?

— Je... Je ne..., je bredouille.

Comme une réponse silencieuse à mon bégaiement, je sens sa main s'approcher d'une de mes mèches folles et la replacer délicatement derrière mon oreille. Je ferme instinctivement les yeux quand il effleure ma joue, espérant à présent qu'il ne s'arrête pas là. Je n'entends plus que les battements de mon cœur et sa respiration qui s'accélère aussi dangereusement qu'elle se rapproche.

Un grincement nous fait sursauter. La porte s'ouvre brusquement.

— Temps écoulé ! annonce joyeusement Emma.

Clignant des yeux comme un lapin prit dans les phares d'une voiture, je sors rapidement du placard, évitant soigneusement le regard de Darcy, qui passe nerveusement sa main dans ses cheveux. Mon cœur bat vraiment à cent à l'heure.

— Bien, intervient Caroline, d'une voix à nouveau très enjouée. Darcy, c'est à toi.

— Désolé, mais je n'ai plus très envie de jouer, réplique celui-ci en s'éloignant, sans attendre de réaction.

Alors que d'autres en profitent pour fuir le cercle également, Charlotte me donne un petit coup de coude.

— Ça va ? murmure-t-elle.

Je hoche la tête, incapable de parler.

Mon amie me lance un regard inquiet, mais je l'ignore, me concentrant sur ma respiration. L'air de la pièce semble soudain étouffant, chargé de non-dits et de tension.

Caroline, qui essaie de faire diversion pour masquer sa contrariété, se précipite vers l'enceinte. Bientôt, les premières notes d'une chanson pop envahissent l'espace.

Emma, qui n'a pas dit son dernier mot, nous attrape un bras chacune :

— Allez, les filles, venez, on va danser !

En réalité, j'ai pas mal d'adrénaline à évacuer, mais il me faut un verre avant, tant j'ai la gorge sèche.

Je promets de revenir et me faufile discrètement vers la cuisine. J'ai besoin d'un moment seule pour reprendre mes esprits. Ces sept minutes dans le placard avec Darcy ont complètement chamboulé mes certitudes.

— De l'eau ?

Je sursaute en entendant sa voix derrière moi. Il se tient contre le meuble de cuisine, une main sur le robinet.

— Euh, oui... merci, je balbutie en acceptant le verre qu'il me tend.

Nos doigts se frôlent et je sens de nouveau cette décharge électrique. Nos regards se croisent et pendant un instant, le monde autour de nous semble s'effacer.

— Lizzie, à propos de ce que..., commence-t-il.

— Hé, Darcy ! appelle Emma, interrompant une fois de plus le moment. Caroline te cherche. Ça a l'air urgent.

Je vois une lueur de frustration passer dans les yeux de Darcy avant qu'il se compose un visage neutre.

— J'arrive, répond-il à Emma avant de se tourner vers moi. On en reparle tout à l'heure, OK ?

J'acquiesce timidement, surprise de sa demande, mais surtout du regard empreint d'une douceur que je ne lui connais pas, qu'il me lance avant de disparaître de nouveau dans le salon.

Après avoir donné le change en dansant vingt minutes avec Charlotte et Jane, je me dirige vers le canapé, espérant y trouver un refuge. Darcy n'est pas revenu depuis tout à l'heure et je ne sais pas où il est. J'essaie de ne pas me formaliser de la petite boule que cela crée au fond de mon ventre. Ma colère s'est de nouveau muée en une appréhension curieuse. Jane et Darcy ont ôté des pièces au puzzle que je pensais avoir complété, et j'attends à présent que ce dernier me propose celles qui devraient, selon lui, combler les trous de l'histoire.

Les minutes s'écoulent, rythmées par la musique et les conversations forcées. Je fais semblant d'écouter Emma raconter ses nouveaux projets d'entremetteuse, mais mon esprit est ailleurs, coincé dans ce placard avec Darcy.

Après ce qui me semble une éternité, l'intéressé réapparaît à ma droite, attirant immédiatement mon attention, comme si mon radar était branché sur sa fréquence. Son visage, habituellement si impassible, est assombri par… quelque chose de violent ? De la déception ? Ses yeux passent de Jane à Charles, puis à moi, avant de se détourner brusquement.

— Tout va bien ? je le questionne, intriguée par ce changement soudain.

Il me toise, et sa froideur me prend au dépourvu.

— Parfaitement, répond-il sèchement avant de s'éloigner.

Je reste figée sur place, mon cerveau tournant à plein régime pour essayer de comprendre ce qu'il vient de se passer. Le Darcy chaleureux et ouvert a disparu, remplacé par cette version froide et distante que je connais trop bien. C'est comme si quelqu'un avait appuyé sur un interrupteur, transformant le garçon qui me parlait gentiment il y a quelques instants en cet étranger glacial.

— Lizzie ? Tout va bien ?

La voix de Charlotte me ramène à la réalité.

Je cligne des paupières, comprenant que je fixe toujours l'endroit où Darcy se tenait il y a quelques secondes.

— Je… je ne sais pas, je murmure, plus pour moi-même que pour elle.

Mon regard erre dans la salle, s'arrêtant sur Jane et Charles, les deux derniers qui dansent encore, enlacés, perdus dans leur propre monde. Puis je repère Caroline de l'autre côté de la pièce, arborant un sourire satisfait qui me donne des frissons. Je sens qu'elle n'est pas étrangère à la situation, mais sans savoir précisément ce qu'elle a fait.

Je sens la main de Charlotte sur mon bras.

— Qu'est-ce qui se passe dans ta tête, Lizzie ?

Je prends une profonde inspiration, essayant de mettre de l'ordre dans mes pensées.

— Je crois que Caroline a dit quelque chose à Darcy.

Quelque chose ne va pas, je le sens au plus profond de moi.

Quelques minutes plus tard, je vois Darcy glisser quelque chose à l'oreille de Charles. Ce dernier se rapproche de Jane et fait la même chose. Elle hoche la tête, son sourire lumineux ne vacille pas un instant, et elle l'embrasse. Puis Charles se tourne vers Darcy, et ils s'éloignent ensemble.

Jane revient vers nous, la natte définitivement défaite et les joues rosies par la danse.

— Tout va bien ? je demande, essayant de garder un ton léger.

— Oh, oui, répond Jane avec son éternel optimisme. Darcy doit juste parler à Charles de quelque chose. Apparemment, c'est important.

Je sens mon estomac se nouer.

— Ah bon ?

Jane acquiesce, inconsciente de mon trouble.

— Oui, mais c'est OK. Je lui ai dit qu'il était super tard et qu'on allait sûrement rentrer. Si ça vous va ?

Je jette un coup d'œil à l'horloge murale. Elle a raison, il est presque 2 heures. Charlotte fait un signe positif de la tête. Il est l'heure pour le carrosse de se transformer en Ford Fiesta.

Sur le chemin du retour, après avoir déposé notre riveteuse qui piquait du nez à l'arrière, Jane m'interroge sur mes sept minutes avec Darcy. J'élude ses questions, un peu secouée par la fin de soirée, et je n'ai pas envie qu'on revienne sur Wickham, ses mystères et tout ce que ça implique. Je veux pouvoir décanter tout ce qu'il s'est passé dans mon lit, seule, avant de tirer des conclusions trop hâtives.

Je laisse donc ma sœur me raconter pour la dixième fois ses sept minutes à elle, et combien Charles est merveilleux, drôle et attentionné.

Leur relation se développe avec la grâce d'une chorégraphie bien répétée, dans laquelle chaque geste, chaque regard semble prédestiné. C'est comme si j'assistais au tournage d'une comédie romantique, sauf qu'une petite voix me souffle que le scénario pourrait prendre un tournant inattendu dans les prochains jours.

— Lizzie, me dit-elle, les yeux étincelant plus qu'un tee-shirt de Lydia, Charles est… il est juste…

— Gentil ? Parfait ? je suggère, moitié taquine, moitié sérieuse.

Elle rit, un son qui illumine son visage.

— Non, pas parfait. Mais parfait pour moi.

Le bonheur de ma sœur agit comme un baume réconfortant, apaisant momentanément mes doutes et inquiétudes. C'est comme si sa joie était contagieuse. Pour un instant, je me permets de croire que tout ira bien, même si la petite voix au fond de moi me chuchote de rester sur mes gardes.

Chapitre 13

William Darcy

13 octobre – 7 h 50

La Rolls glisse silencieusement dans les rues encore endormies de la ville. Je fixe sans le voir le paysage qui défile, l'esprit coincé dans une boucle temporelle. Samedi soir. Son visage, ce mélange de choc et de déception, me hante encore.

— Ai-je vraiment bien fait de tout lui dire ? je murmure, mon souffle créant un nuage de buée sur la vitre teintée.

Mon chauffeur me jette un coup d'œil dans le rétroviseur, mais ne dit rien. Il a l'habitude de me voir marmonner.

Ma loyauté se bat contre la culpabilité d'avoir peut-être brisé des espoirs. Mais rapidement, la logique reprend le dessus. Un vrai ami dit la vérité, même quand ça fait mal. Je l'imagine tomber dans le piège. Non, je ne pouvais pas laisser ça arriver. Pas après ce que j'ai vu. Un soupir m'échappe. J'ai fait ce qu'il fallait. C'est ça, être un bon ami. N'est-ce pas ?

Pourtant, son visage s'immisce encore dans mes pensées, aussi têtu qu'un chewing-gum sous une semelle. Notre conversation interrompue samedi.

Mon cœur se serre. Je revois ses traits tendus, son regard... pénétrant. Pas de sourire taquin cette fois. La déception me frappe comme une vague.

J'aurais dû insister, finir cette conversation.

Je me tortille sur la banquette en cuir, cherchant une position confortable qui n'existe pas. L'angoisse de la revoir me noue l'estomac.

Aujourd'hui. Aujourd'hui, je lui parlerai.

Mais au fond de moi, une petite voix me souffle que je n'en ai plus le droit à présent. La Rolls s'arrête devant Pemberley, et mon cœur avec.

Le dimanche se passe un peu dans le brouillard. Maman veut tout savoir de notre soirée et je ne suis pas du tout disposée à coopérer. Je fais principalement mes devoirs, revois les corrections envoyées le vendredi par Darcy pour notre discours et mate des épisodes de *Heartstopper*.

Ma tête est en chantier. Entre Darcy et Wickham, Wickham et Darcy, je ne sais plus quoi penser. Qui est le gentil, qui est le méchant ? D'ailleurs, y a-t-il vraiment un gentil ? Et si je dois être honnête, lequel me plaît le plus sincèrement ? Mais c'est une question que je préfère garder bien enfouie dans le fond de mon cerveau.

Et puis, il y a cette autre question qui me taraude, celle qui me fait me sentir comme une collégienne en pleine crise existentielle : Est-ce que Wickham est vraiment sérieux ? Mais surtout qu'est-ce que c'était que ça, dans le placard avec Darcy ?! Cette tension indéniable... WTF. Je me surprends à analyser chaque regard, chaque mot, chaque geste, comme si j'étais une détective privée spécialisée dans les affaires de cœur. Ce qui est ridicule, bien sûr. Je devrais probablement laisser ce boulot à Charlotte Holmes et me concentrer sur des choses plus importantes. Comme... je ne sais pas, sauver le monde ou apprendre à faire des sushis.

Mais même ma détective privée préférée a l'air perplexe à la suite du débrief de ce matin.

Cha

Coucou, tu es réveillée ?

Liz

Coucou ! Oui à l'instant. On a papoté encore un peu à la maison. Du coup, couchée super tard. Ça va ? Comment as-tu trouvé la fête hier ?

Cha

Bien, y a Emma qui m'envoie plein de messages. Elle est vraiment sympa en vrai. Elle essaie de me tirer les vers du nez pour savoir si un garçon me plaît. C'est absurde. Je lui ai dit que non, mais du coup, elle s'est mis en tête de me trouver des prétendants potentiels.

Liz

Ah ah ah ! Et il y a eu un élu ?

Cha

Pas un. Au moins cinq 😄
Et crois-moi, elle est créative. Genre, elle me propose Elton.

Liz

Elton le roi du bitcoin ? Tellement sûr d'être le prochain loup de Wall Street.

Cha

Oui, ah. Elle est pleine de bonnes intentions, mais pas sûre qu'elle soit très perspicace, on sait bien qu'il ne jure que par les bimbos bien nées ! Au fait, tu sais pourquoi Collins n'était pas là hier ?

Liz

Ah, c'est vrai ça. Pas de Collins. C'est curieux. Non, je ne sais pas, mais c'est toi son binôme. Tu dois plus être au courant de ses faits et gestes.

Cha

Oui, mais pas pour hier soir. Je lui demanderai tout à l'heure, je dois faire un FaceTime avec lui à 14 heures pour le discours.

Liz

Ah ah, c'est comme ça que tu gères la situation ? Comme tu es maline, Charlotte Lucas. C'est sûr qu'en FaceTime, Collins est déjà moins envahissant.

Cha

Oh, tu es méchante, Lizzie. En vrai, ça se passe vraiment bien. Disons qu'il faut juste arriver à le canaliser un peu. La pauvre Caroline, elle m'a fait de la peine hier. Elle se donne tellement de mal pour attirer l'attention de Darcy. Je te jure, j'étais à deux doigts d'aller lui faire un câlin.

Liz

Ah ah. Tu es trop gentille, Cha. Oui, c'est vrai qu'elle donne tout. Après, je ne sais pas pourquoi Darcy lui résiste. En vrai, ils sont faits pour être ensemble.

Cha

Tu ne penses pas un mot de ce que tu dis. Ça marche peut-être avec les autres, mais pas avec moi. Bref, je trouve que tu tournes beaucoup autour du pot… Ça s'est passé comment dans le placard alors ?

Liz

Oh mon Dieu, je te raconterai de vive voix. Mais rien de croustillant qui ne puisse attendre demain.

Cha

Si tu le dis… Tu as eu des nouvelles de Wickham ?

Liz

Non. Aucune. À part son message
pour dire qu'il ne venait pas hier.
Je lui ai juste répondu "OK".
J'aurais peut-être dû le laisser en "vu"...

Cha

Hmm... Je pense que tu as bien fait,
ça montre un peu ton mécontentement.
Attends de voir
ce qu'il te dit demain 🤷‍♀️

Liz

Oui, je suis tellement déçue.
Ça fait même pas deux mois
que je suis confrontée à la mixité,
et ça y est, mon espace mental est pollué
par les garçons. Je crains.

Cha

Tu crains pas du tout.
C'est pareil pour tout le monde,
et ces messieurs aussi. Avant d'être
des femmes d'exception,
nous sommes aussi des jeunes femmes
bourrées d'hormones.

Liz

Comme tu es romantique...

Cha

Lucide ! Je te fais des bisous.
Ma mère m'appelle pour le déjeuner.
Smooch 😘

Liz

😘

Tout à coup, la perspective des vacances loin de tout ça me paraît vraiment salutaire. Comme un bouton « pause » pour la vie réelle. Juste le temps de démêler tout ce bazar émotionnel et de reprendre mes esprits. Mais il faut encore attendre presque deux semaines. Deux semaines qui vont être particulièrement longues avec un Darcy qui semblait particulièrement fermé à la fin de la soirée malgré nos « sept minutes au paradis », et un Wickham particulièrement absent.

Je me vautre de nouveau sur mon lit, faisant rouler continuellement la chaîne de mon bracelet entre mes doigts, et prie pour que le petit hamster hyperactif dans ma tête prenne sa mélatonine.

*

Le lundi matin, quelque chose a changé à Pemberley. Je le sens dans l'air. Tous les élèves de la prépa parlent de la soirée déguisée de Charles, se partagent des photos et des vidéos. Pour le commun des mortels, c'était vraiment la fête de l'année, peut-être même notre véritable soirée d'intégration.

À la pause, je cherche Wickham l'air de rien, dans l'espoir qu'il vienne m'expliquer ce qui l'a empêché de me rejoindre, quand je l'aperçois en grande discussion avec une fille de sa classe qui glousse à chacune de ses phrases. Ça m'irrite un peu et je décide de tourner les talons pour retrouver Jane, tout en tâchant de ne rien laisser transparaître. La pointe de jalousie que je décèle dans mon ventre me rend folle de rage contre moi-même. *Quelle idiote !*

Je n'ai pas fait attention, trop occupée à ruminer, mais Jane et moi sommes déjà arrivées à nos casiers quand Charles passe devant nous.

— Charles ! l'appelle Jane, avec son sourire sincère habituel.

Il s'arrête net, comme pris au piège.

— Oh, salut, Jane... Lizzie.

— On pensait aller prendre un verre après les cours, dit Jane. Tu veux venir ?

Charles glisse ses mains dans ses poches, l'air penaud, évitant le regard de Jane.

— Ah, désolé... J'ai un entraînement avec le coach. Il veut qu'on soit au top pour le prochain tournoi.

— Oh, se contente de lâcher Jane, son sourire s'effaçant. Pas de souci. Une prochaine fois peut-être ?

— Ouais, peut-être, marmonne-t-il avant de s'éloigner rapidement.

Une fois Charles hors de vue, Jane se tourne vers moi, inquiète.

— Lizzie, j'ai fait quelque chose de mal samedi soir ?

— Ne sois pas ridicule, Jane. Bien sûr que non.

— Mais il avait l'air si... froid, il ne m'a pas embrassée, insiste-t-elle, mordillant sa lèvre inférieure. Depuis la soirée, j'ai l'impression qu'il m'évite, et il n'a pas trop répondu à mes messages ce week-end.

Je prends sa main.

— Samedi, il ne t'a pas lâchée une seconde. Tu sais, les mecs sont bizarres parfois. Il est probablement juste stressé par son match. Ne t'en fais pas trop, OK ?

Jane hoche la tête, mais je vois bien qu'elle n'est pas convaincue.

— OK, réplique-t-elle avec un petit sourire forcé.

Je me demande tout de même ce qu'il a bien pu se passer pour que Charles, le roi de l'enthousiasme, se comporte soudainement comme ça.

— Eh, Lizzie ! Jane !

Deuxième crétin en vue. Celui qui ne s'est pas pointé déguisé en Spiderman.

— Salut, je réponds avec le plus de détachement possible. Tu vas bien ?

— Oui, je suis vraiment désolé pour ce week-end, mais j'ai dû emmener ma mère à Londres et comme elle ne se sentait pas bien, on est restés dormir chez des amis, enchaîne-t-il avec un air de circonstance.

Bon, son excuse est acceptable.

— Et ta maman va mieux ? s'enquiert Jane.

— Oui, oui, merci. Elle avait rendez-vous avec un grand professeur, mais se sentait trop fatiguée pour le retour en train. (Il se tourne vers moi.) Mais si tu veux, pour me rattraper, on peut se prévoir un truc pendant les vacances ? reprend-il avec plus d'entrain.

Je n'ai objectivement aucune raison valable de refuser, mais je reste tout de même sur la défensive :

— Oui, on verra.

La sonnerie me sauve, et Jane et moi nous apprêtons à nous diriger vers nos salles quand George me retient en saisissant ma main.

— Vraiment, Lizzie, crois-moi, je n'aurais voulu être nulle part ailleurs qu'avec toi samedi soir. Mais ma mère avait besoin de moi et je ne pouvais pas la laisser tomber, tu comprends ?

Et voilà, je passe pour une ado attardée égoïste qui boude bêtement alors qu'il s'occupe de sa maman malade. Une vague de honte m'envahit.

— Excuse-moi, George, bien sûr que je comprends. J'ai juste été un peu déçue. On se rattrapera pendant les vacances. Tu me diras quand tu es dispo. Faut que je file, je suis à la bourre, mais merci d'avoir pris le temps de me parler.

Son sourire sincère et chaleureux m'enveloppe et je m'en veux d'avoir réagi de manière si froide. Il a dû passer un week-end éprouvant.

En arrivant dans la classe, je croise le regard de Darcy qui me salue d'un hochement de tête inexpressif. Le parfait opposé de celui qu'il affichait dans la cuisine. Je passe une bonne partie de l'heure à essayer de le décoder, mais son visage reste tourné vers la prof.

Charlotte me fait remarquer d'un air de reproche que je ne prends aucune note, mais mon esprit est perdu dans mes pensées.

Après le cours, je le repère près de son casier. Je décide de m'approcher nonchalamment.

— Salut, je lance, du ton le plus décontracté dont je suis capable. Je voulais te parler de l'autre soir…

— Elizabeth. (Son ton glacial me coupe net. Ses yeux, d'habitude si expressifs, sont froids et distants.) Je ne suis pas sûr que ce soit le meilleur endroit, ni le meilleur moment.

Je cligne des paupières, surprise. Ce n'est pas du tout la réaction à laquelle je m'attendais. Où est passé le Darcy de l'autre soir, celui qui a presque fait tomber mes défenses ?

Je m'apprête à lui rappeler que c'est lui qui voulait me dire quelque chose, mais il ne m'en laisse pas le temps et part sans un mot, me laissant plantée là, complètement perdue. Je fixe son dos s'éloigner, incapable de bouger ou de dire quoi que ce soit.

Je ne comprends rien. Qu'est-ce qui a changé samedi ? Quand il a disparu avec Caroline à la fin de la soirée, qu'est-ce qu'elle a bien pu lui raconter ? La connaissant, je m'attends au pire.

Mais ce n'est pas la mort, hein ? Darcy est arrogant, snob, irritant… et je n'ai toujours pas d'explication pour cette histoire avec Wickham.

Je secoue la tête, frustrée. Pourquoi faut-il qu'il soit si… compliqué ? Un jour il est presque… charmant, et le lendemain, il redevient ce bloc de glace impénétrable. Je repense aux confidences de Jane dans le placard, mais l'attitude de Darcy ce matin me conforte dans l'idée que c'est bien lui, le sale type de l'histoire.

Wickham est venu me parler ce matin, se confier et s'excuser, avec douceur. Ce n'est pas un handicapé des relations humaines comme Darcy. Darcy, lui, est impossible ! C'est forcément lui qui a foutu leur amitié en l'air et fait du mal à Alicia, non ? Et Charles croit Darcy parce qu'il est profondément gentil et ne peut pas imaginer que son ami se comporte mal.

Grrr… À quel moment me suis-je laissé entraîner dans des histoires d'ados prépubères sans m'en rendre compte ? Je m'étais juré de ne pas me laisser affecter par l'arrivée des garçons. Quelle idiote je fais. Je vais devoir en parler à Charlotte. Elle saura m'aider à démêler tout ça. Parce que moi, je suis complètement perdue. Je sais une chose : je vais aller au fond de cette histoire. Pas parce que je suis certaine que l'un ou l'autre mérite encore mon attention, bien sûr. Mais parce que je déteste les mystères non résolus. Oui, c'est ça. Simplement connaître la vérité.

Du moins, c'est ce que je me répète en rejoignant Charlotte à la cafétéria, le cœur encore serré par notre brève interaction.

Chapitre 14

William Collins

11 octobre – 21 heures

Je fixe mon téléphone, le pouce suspendu au-dessus du bouton d'envoi. Le message que j'ai mis une heure à composer brille sur l'écran, me narguant presque.

> Chère Lizzie,
>
> J'espère que ce message te trouve en grande forme. Je suis au regret de t'informer que je ne pourrai assister à la soirée costumée de Charles ce soir. Je m'étais déjà engagé auprès du forum régional des scouts en devenir. Je dois en effet intervenir auprès des louveteaux tout le week-end, afin de promouvoir notre camp d'été non loin de Bath. Camp d'été auquel j'ai eu l'honneur d'être désigné intervenant émérite, phénomène rare pour un jeune Compagnon !

J'espère que tu comprendras ma situation
et que mon absence ne gâchera en rien
les festivités prévues.
Cordialement,
Collins

J'ai soigneusement choisi et pesé chaque mot, comme un chimiste mélangeant des composés volatils. Mature, mais pas pompeux. Responsable, mais pas ennuyeux. Du moins, c'est ce que j'espère.

Mais au fond de moi, une petite voix ne cesse de murmurer : « Tu peux te raconter ce que tu veux, tu vas juste passer pour un gamin privé de sortie. » Cette voix ressemble étrangement à celle de mon père. « Collins, mon garçon, tu dois te concentrer sur tes études. Les distractions sociales ne t'apporteront rien de bon. »

Je ferme les yeux et je vois déjà la scène : Lizzie, resplendissante dans son costume – une douce princesse comme Cendrillon, peut-être ? –, lisant mon message à voix haute. « Pauvre Collins », diront-ils. Non, je ne peux pas risquer ça. Ma réputation – déjà fragile – ne s'en remettra pas.

Avec un soupir qui semble venir du plus profond de mon âme, j'efface le message. Chaque lettre qui disparaît emporte avec elle un petit morceau de mon espoir.

Je pose mon téléphone sur mon bureau, à côté de mon manuel de sciences qui m'attend, fidèle et implacable, et l'ouvre, essayant d'ignorer le nœud dans ma gorge et l'envie lancinante d'être ailleurs, d'être… normal, pour une fois.

Les phrases du discours que je m'apprête à donner aux louveteaux s'entremêlent et dansent devant mes yeux, se transformant en visages souriants et en corps qui se déhanchent sur une musique que je ne peux qu'imaginer. Je secoue la tête, tentant de chasser ces images tentatrices.

C'est mieux comme ça, *me dis-je, mais les mots sonnent creux même dans ma tête. Au moins, je pourrai garder un air de mystère autour de mon absence de ce soir.*

Je repense à mon placard, où mon costume de Sherlock Holmes attend, soigneusement repassé, jamais porté, et une vague de chagrin m'envahit. Mais non, scout un jour, scout toujours !

Au club de journalisme. Tout le monde est là. Darcy en retrait. Le spectacle habituel se joue, mais je n'ai pas la tête à suivre l'intrigue. D'autant que Collins vient de passer au moins vingt bonnes minutes à nous expliquer en long en large et en travers sa toute récente nomination au conseil des élèves. Si j'ai bien compris, Ms Austen a souhaité qu'un élève de la prépa préside le conseil nouvellement élu, sûrement pour le préparer à sa future carrière. En revanche, comme chaque classe du lycée a son propre délégué, il sera épaulé par une brillante élève de terminale. C'est une certaine Elinor Dashwood qui a été élue vice-présidente et qui va se coltiner des réunions interminables. Franchement, à quel moment se sont-ils dit que Collins nommé PRÉSIDENT, ce serait une bonne idée ? Franchement, il n'y avait pas un autre fils de magnat ou futur maître du monde à proposer pour ce poste ? Fallait-il donner plus de grain à moudre au moulin de ce cher Collins pour qu'il nous serine à longueur de journée ses pas si folles aventures ?

— Mesdemoiselles ! s'exclame Collins de sa voix pompeuse, s'adressant à Charlotte, Emma et moi. Du fait de ma récente nomination, j'ai une nouvelle d'importance capitale pour notre modeste publication !

Je lève le nez de mon écran, échangeant un regard entendu avec Charlotte. Emma, quant à elle, semble suspendue aux lèvres de Collins.

— Une nouvelle ? demande Charlotte, sur un ton que je trouve particulièrement sympa. Ça tombe bien, on cherche justement comment remplir cette dernière page avant les vacances.

Collins se dirige vers nous d'un pas solennel, comme s'il s'apprêtait à nous remettre les clés de la ville. Il dépose une feuille sur mon bureau avec une délicatesse exagérée. En grosses lettres, je lis : « BAL DE NOËL DE PEMBERLEY – 13 DÉCEMBRE. »

Oh non. Oh non, non, non.

— N'est-ce pas merveilleux ? s'enthousiasme Collins. Le premier bal de Noël de Pemberley mixte ! C'est l'occasion rêvée de démontrer nos talents journalistiques. Je veux que vous vous en occupiez toutes les trois. Interviews, préparatifs, ambiance... Je veux un article digne des plus grands journaux !

Je fixe la feuille, sentant mon estomac se nouer.

La soirée de Noël, une vieille tradition destinée à faire rayonner Pemberley tout en remerciant les bienfaiteurs, transformée cette année en « bal de Noël »… Décidément, la vie dans cette école ressemble de plus en plus à un épisode des Bridgerton.

— Collins, je commence, cherchant désespérément une excuse, tu es sûr que…

— Quelle excellente idée ! m'interrompt Emma, extrêmement emballée. On pourrait faire un dossier spécial, avec des interviews, des photos, peut-être même un sondage sur les tenues préférées ?

Charlotte me lance un regard compatissant avant d'ajouter :

— Et on peut couvrir les coulisses de l'organisation. Ça peut être intéressant.

Je me sens prise au piège. Collins nous gratifie d'un sourire satisfait.

— Excellent ! Oh, et n'oubliez pas de m'interviewer. En tant que nouveau président du conseil des élèves, j'ai des informations précieuses à partager sur l'organisation de l'événement, nous lance-t-il avec un clin d'œil appuyé.

Nous hochons la tête en chœur, même si je tente désespérément de cacher mon désespoir grandissant.

Collins s'apprête à quitter la salle quand il se retourne brusquement, comme frappé par une idée soudaine.

— Oh, Lizzie ! J'allais oublier quelque chose d'important.

Je frémis. Quelque chose dans son ton me dit que je ne vais pas aimer ce qui va suivre.

— Puisque nous allons travailler en étroite collaboration sur ce projet, continue-t-il en s'approchant de mon bureau, et en tant que

— Une danse avec Collins ? Ça, ça vaudrait vraiment le coup d'en faire un *reel* !

Je m'écroule sur mon bureau avec un gémissement.

— Tuez-moi maintenant.

Charlotte pose une main réconfortante sur mon épaule.

— Ne t'inquiète pas, on va trouver une solution. On pourrait peut-être te faire porter un faux plâtre le soir du bal ?

Je relève la tête, un faible sourire aux lèvres.

— Ou peut-être que je devrais parler franchement à Collins en lui disant que je ne suis pas la fille qu'il espère ?

Charlotte approuve.

— Ce serait le plus sympa, oui. Il n'espérera plus rien de toi et tu auras la voie libre si un certain W t'invite.

À la mention de Wickham, je sens mon cœur s'agiter. C'est vrai, il y a une forte possibilité qu'il soit là cette fois, et peut-être même qu'il me proposera de l'accompagner ?

Darcy, lui, se lève et se dirige vers la porte, avant de lâcher un étrange :

— Tu aurais mieux fait d'accepter l'invitation de Collins, si tu veux mon avis.

J'inspire profondément. Certes, il parle, mais revoilà l'homme de glace au ton paternaliste que j'abhorre. Pourquoi il dit ça, alors qu'il est le premier à trouver Collins insupportable ? Est-ce que cela veut dire qu'il me trouve aussi peu digne d'intérêt que lui ? Cette partie de ping-pong que son comportement a lancée avec mes émotions m'épuise. Les garçons m'épuisent.

Mon visage se ferme au moment où Darcy nous dépasse sans se retourner pour sortir. Charlotte, qui a entendu sa remarque, se penche vers moi, inquiète.

— Tu m'expliques ce que c'était que ça ? J'ai l'impression que le débrief de dimanche n'était pas si complet.

— Concentrons-nous sur l'article pour le moment. Chaque chose en son temps, j'irai parler à Collins tout à l'heure.

Alors que nous nous remettons au travail, je ne peux m'empêcher de penser que ce bal de Noël va être bien plus compliqué que prévu. Entre l'article à écrire, l'envie d'y aller avec Wickham et mon discours à prononcer avec Darcy si nous remportons le concours, j'ai l'impression que ma vie vient de se transformer en une comédie romantique particulièrement mal ficelée, et surtout contraire à toutes mes résolutions.

Plus tard dans la journée, alors que j'aperçois Collins dans le parc de Pemberley, je me décide à prendre mon courage à deux mains et à le libérer, le pauvre. Mieux vaut crever l'abcès une bonne fois pour toutes.

À chaque pas qui me rapproche de lui, je répète les mots que j'ai choisis avec attention. Des termes fermes, mais pas blessants.

— Eh, Collins, je l'interpelle, essayant de garder un ton léger. On peut parler deux minutes ?

Son visage s'illumine. Merde. Ce n'est pas bon signe.

— Bien sûr ! Je voulais justement te proposer…

— Cool, je le coupe en l'entraînant vers un coin tranquille, à l'écart des oreilles indiscrètes.

Une fois à l'abri, je prends une profonde inspiration.

Allez, Lizzie, tu peux le faire.

— Écoute, Collins, j'attaque, plongeant mon regard dans le sien. Je pense qu'il faut qu'on mette les choses au clair entre nous.

Il hoche la tête avec enthousiasme.

— Absolument ! Je...

— Laisse-moi finir, s'il te plaît, j'insiste. Je t'apprécie, tu le sais, on se connaît depuis longtemps, mais... (Je marque une pause, cherchant mes mots.) Je sens que tu attends peut-être plus de notre relation, et je veux être honnête avec toi. Il n'y aura jamais, jamais plus.

Son visage se décompose.

— Mais... On s'entend si bien, et je pensais...

— L'amitié et l'amour, ce n'est pas la même chose, je souligne doucement. Je t'apprécie, mais pas de cette façon-là. Et ça ne changera pas.

Collins reste silencieux un moment, fixant ses chaussures. Quand il relève les yeux, je vois enfin une lueur de résignation.

— Je... je comprends, répond-il finalement. Merci d'avoir été directe, Lizzie. Ça fait mal, mais... je préfère encore cela à de faux espoirs.

Je pose une main sur son épaule.

— J'espère qu'on pourra rester amis. Tu es un garçon vraiment super, Collins, je dis pour essayer de le réconforter.

Au fond de moi, je sais qu'il trouvera celle qui le comprend et l'accepte comme il est.

Il esquisse un petit sourire triste.

— Moi aussi. Juste... Donne-moi un peu de temps, d'accord ?

J'acquiesce, sentant un mélange de soulagement et de culpabilité m'envahir. Ce n'était pas facile, mais c'était nécessaire. Et quelque part, je suis fière d'avoir eu le courage de cette conversation. Problème 1 résolu.

Le vendredi après-midi suivant, mes autres problèmes ne sont pas réglés. Incroyable, alors que tout tournait autour d'eux ces dernières semaines, Wickham et Darcy sont aux abonnés absents. Impossible de mettre la main sur le premier, et le second met un soin tout particulier, digne des meilleurs ninjas, à fuir dès que j'arrive. À ce rythme, je suis coincée avec mon puzzle pour un bout de temps, d'autant plus que ma super détective semble étrangement occupée et indisponible ces derniers jours.

Alors que les couloirs se vident lentement, envoyant les élèves vers des vacances bien méritées, je vois Charles s'approcher de Jane près de son casier. Mon cœur fait un bond – problème 4, enfin, il va lui parler ! Il était temps. Je ne sais plus quoi dire pour rassurer ma sœur. Mais l'expression de Charles me fait vite déchanter.

— Jane, commence-t-il d'une voix à peine audible. Je peux te parler une minute ?

Elle hoche la tête, son visage s'illuminant d'espoir. Je me glisse discrètement derrière une rangée de casiers, assez proche pour entendre, mais hors de vue.

Oui, j'espionne. Jugez-moi.

— Écoute, poursuit Charles, se frottant la nuque. Je… Pour les prochaines semaines, je pense que ce serait mieux qu'on ne se voie pas.

des vacances et il ne m'a toujours rien proposé ; quant à Darcy, hormis quelques mails courtois à propos du discours, impossible d'entamer une conversation digne de ce nom.

Tout cela n'a aucun sens.

Chapitre 15

Charles Bingley

24 octobre – 6 h 50

Je suis assis au fond du court, une balle de tennis rebondissant entre ma main et le mur. Boum. Boum. Boum. *Le bruit régulier est presque hypnotique, mais pas assez pour faire taire la douleur sourde dans ma poitrine.*

Chaque fois que je la croise dans les couloirs du lycée, mon cœur se serre. Mais je détourne le regard, prétendant être absorbé par mon téléphone ou une conversation imaginaire. Je l'évite. C'est plus facile comme ça. Moins douloureux.

Du moins, c'est ce que j'essaie de me dire.

Darcy a raison. Je dois me concentrer sur ce qui compte vraiment : le tennis. Au moins, sur le court, les règles sont claires. Pas d'ambiguïté, pas de faux espoirs. Juste moi, ma raquette, un adversaire, et cette fichue balle jaune.

Je me lève d'un bond, attrapant mon sac de sport. Direction l'entraînement. Si je ne peux pas avoir Jane, au moins, je peux avoir ça. Une victoire au prochain tournoi, ça, ce serait réel. Pas comme ce rêve éveillé qui vient de voler en éclats.

Le premier jour des vacances d'automne, je suis en pleine séance de *binge watching* de ma série préférée – qui a besoin d'une vie sociale quand on a Netflix ? – lorsque mon téléphone vibre. C'est un message de Charlotte.

On peut se voir ? Il faut que je te parle.

Mon estomac se noue. Charlotte et moi avons prévu de passer ces vacances ensemble, à faire tout ce que deux meilleures amies font quand elles ont du temps libre : se goinfrer de sucre, regarder des films nuls, et refaire le monde. Son message a un air de gravité qui ne lui ressemble pas, surtout après une semaine où je ne l'ai pas croisée en dehors des cours.

Bien sûr. Viens à la maison.
J'ai fait une montagne de pop-corn.

Une heure plus tard, nous sommes assises sur mon lit, un bol de pop-corn entre nous. Charlotte joue nerveusement avec un fil de sa manche, évitant mon regard comme si j'étais Méduse et qu'elle risquait d'être changée en pierre.

— Alors, je fais, brisant le silence, qu'est-ce qui se passe ? On dirait que tu vas m'annoncer que tu as décidé de devenir nonne ou de rejoindre un cirque itinérant.

Elle rit, mais c'est un rire nerveux. Le genre qui signifie : « Oh mon Dieu, c'est encore pire que ça. »

— Pas exactement. En fait, je... je sors avec quelqu'un.

Je manque de m'étouffer avec mon pop-corn.

— Quoi ? Qui ? Depuis quand ? Je le connais ? Virtuel ou réel ?

Charlotte marque un temps d'arrêt, prend une profonde inspiration et se lance :

— Réel. Depuis une semaine. Et c'est... c'est Collins.

Le monde s'arrête de tourner pendant une seconde. Je fixe Charlotte, certaine d'avoir mal entendu.

— Collins ? je répète, ma voix montant dans les aigus. Genre, William Collins ? Le gars qui voulait m'emmener au bal il y a deux semaines et qui n'arrête pas de citer des statistiques sur le réchauffement climatique à tout bout de champ ?

Charlotte acquiesce, ses joues virent au rouge vif.

— Oui, ce Collins-là, confirme-t-elle, un peu heurtée que je mentionne l'invitation de Collins. Je comprends que ça puisse te paraître inattendu.

Je suis sidérée, mon cerveau peine à assimiler l'information. Collins et Charlotte ? Charlotte et Collins ? J'ai du mal à imaginer ma meilleure amie avec lui.

— Mais… Comment ? Quand ? Pourquoi ? je balbutie, incapable de formuler une phrase cohérente.

Charlotte sourit, un peu trop niaisement pour moi.

— Ça s'est passé après que tu lui as parlé, justement. Il est revenu au journal. Il avait l'air vraiment déprimé, alors je suis allée le voir pour le réconforter. Et puis… Je ne sais pas, on a commencé à discuter et… On s'était déjà pas mal rapprochés en travaillant sur notre discours, alors…

— Alors quoi ? je demande, toujours sous le choc. Tu as soudainement découvert que tu avais une passion secrète pour les graphiques de l'évolution du niveau des océans ?

— Lizzie, dit Charlotte d'un ton de reproche, il n'est pas si mal que ça. Il est gentil, attentionné et fiable. Je l'ai vu en travaillant sur notre discours. C'est quelqu'un de bien.

Je l'observe, cherchant une trace d'humour dans ses yeux. Mais non, elle est sérieuse.

— Cha, je reprends doucement, tu mérites tellement mieux que « pas si mal que ça ». Tu mérites quelqu'un qui te fasse vibrer, qui te donne envie de danser sous la pluie et de crier ton amour du haut des toits.

Charlotte secoue la tête.

— Lizzie, on n'est pas toutes des romantiques incorrigibles comme toi. Parfois, la stabilité et la gentillesse sont plus attrayantes que la passion.

Je veux protester, lui dire qu'elle fait une erreur. Mais son expression déterminée m'arrête. C'est son choix, pas le mien.

Et question choix, je ne suis pas certaine de pouvoir me placer en référence ces derniers temps, avec Darcy et Wickham. Cette pensée me fait grimacer intérieurement.

— D'accord, je lâche finalement, prenant ses mains dans les miennes. Si c'est ce que tu veux, je te soutiens. Mais si jamais il te sort des statistiques sur l'empreinte carbone pendant que vous vous embrassez, promets-moi de lui faire manger son PowerPoint.

Charlotte éclate de rire, et je sens la tension se dissiper.

— Promis, jure-t-elle en me serrant dans ses bras.

Le début des vacances se passe dans un brouillard de confusion, ponctué par les larmes de Jane qui me donnent envie de hurler, les sorties incessantes de Lydia à des fêtes, et des marathons de binge watching qui auraient rendu fier n'importe quel champion d'endurance. Oh, et j'ai aussi droit à quelques mails de Darcy, aussi chaleureux qu'un congélateur, pour les dernières relectures de notre discours à rendre le jour de la rentrée. Joie.

J'avais prévu de passer ces vacances à créer des souvenirs inoubliables avec Charlotte, mais au lieu de ça je me retrouve à regarder des séries recommandées par ma mère après avoir épuisé le catalogue Netflix, et à distribuer des mouchoirs à ma sœur adorée comme si j'étais devenue une boîte de Kleenex. Et je n'ai toujours aucune nouvelle de George.

Le troisième jour, incapable de supporter une minute de plus de cette atmosphère pesante qui menace de m'engloutir, je craque et appelle Charlotte.

— Hé, je commence quand elle décroche, ça te dit qu'on aille boire un chocolat chaud chez Highbury ?

Il y a une pause à l'autre bout de la ligne.

— Euh, en fait... je suis avec Collins, là.

Bien sûr qu'elle est avec Collins. Pourquoi ne serait-elle pas avec Collins ? Après tout, c'est son petit ami maintenant. Même si cette idée me fait toujours bizarre.

— Oh, je dis, essayant de ne pas laisser transparaître ma déception. Pas de problème. Une autre fois peut-être.

— Attends, reprend Charlotte. (Elle a dû sentir que je cachais quelque chose.) Pourquoi tu ne viendrais pas nous rejoindre ? On est au parc. On a pique-niqué.

L'idée de tenir la chandelle entre Charlotte et Collins me donne envie de me jeter dans le lac du parc, mais je ne peux pas refuser. Pas si je veux garder ma meilleure amie.

— D'accord, je soupire. J'arrive dans vingt minutes avec des chocolats chauds.

Une demi-heure plus tard, je suis assise sur une couverture de pique-nique, coincée entre Charlotte et Collins, qui se donnent la becquée avec des bonbons. Je suis sans voix – c'est comme regarder un documentaire sur les parades d'accouplement des manchots : à la fois fascinant et légèrement perturbant.

— Alors, Lizzie ? lance Collins, en se tournant vers moi avec un sourire qui se veut probablement charmant. Charlotte dit que tu rêves de devenir journaliste. C'est… un très beau projet…

Je peux presque entendre le « mais » qui va suivre.

— Mais, continue-t-il (bingo !), as-tu pensé à un plan de secours ? Le monde du journalisme est tellement instable de nos jours. Tu devrais peut-être envisager quelque chose de plus… pragmatique.

Je jette un coup d'œil à Charlotte, m'attendant à ce qu'elle vole à mon secours. Mais elle se contente de hocher la tête, comme si Collins venait de dire la chose la plus sensée du monde.

— En fait, je grince, sentant déjà la moutarde me monter au nez, je veux avant tout écrire. Qu'il s'agisse de petits articles dans la gazette locale ou de faire la une du quotidien national, c'est ça ma passion. Et je pense que la suivre est la chose la plus pragmatique que je puisse faire. Au moins, je ne passerai pas ma vie à me demander « et si »…

Collins a l'air légèrement déconcerté, comme si je venais de lui annoncer que la Terre était plate.

— Mais, la sécurité financière…

— Elle ne vaut rien si on est malheureux, je le coupe. Je préfère être une journaliste fauchée mais épanouie qu'une notaire riche et déprimée. Sans vouloir t'offenser, j'ajoute en me rappelant que c'est exactement le genre de carrière qu'il envisage.

Un silence gêné s'installe. Charlotte me jette un regard qui dit clairement « Sois gentille », mais je n'arrive pas à comprendre comment elle peut cautionner ça.

— Je pense que ce que Lizzie essaie de dire, intervient-elle d'une voix apaisante, c'est que chacun a sa propre définition du bonheur. N'est-ce pas, Lizzie ?

Je hoche la tête, peu convaincue.

— Ouais, c'est ça. Chacun son truc.

Le reste de l'après-midi se déroule dans une ambiance étrange, oscillant entre des moments de silence inconfortable et des conversations forcées sur la météo clémente et les derniers films sortis. Quand je rentre chez moi, j'ai l'impression d'avoir couru un marathon avec un énorme poids sur les épaules.

Plongée dans mon bain, je repense à l'image de Charlotte et Collins, assis côte à côte sur cette couverture de pique-nique. Elle me hante comme un mauvais remake de film romantique.

Comment Charlotte peut-elle être satisfaite d'une relation aussi... ennuyeuse ? Où sont la passion, l'excitation, les papillons dans le ventre ? Je ferme les yeux, essayant d'imaginer Charlotte ressentir ne serait-ce qu'une fraction de ce que Jane éprouve pour Charles ou ce que je pourrais... Mais à cette dernière pensée, mon cerveau refuse catégoriquement de coopérer, comme si l'idée même était trop absurde pour être envisagée.

Je me laisse glisser pour disparaître totalement sous l'eau chaude et rassurante.

— Allez, Lizzie, je marmonne pour moi-même, peut-être que tu es juste jalouse.

Mais cette idée sonne faux. Jalouse de quoi ? D'une relation fondée sur la praticité plutôt que sur l'amour ? Non merci, je préfère encore rester célibataire et adopter dix-sept chats.

Et pourtant, une petite voix agaçante au fond de mon esprit me chuchote : *Et si Charlotte avait raison ? Et si l'amour passionné n'était qu'un mythe vendu par Hollywood ? Et si ça n'existait pas ?*

Je secoue la tête violemment, comme pour chasser cette pensée. Non, je refuse d'y croire. Il doit bien y avoir plus que ça dans la vie, non ?

— Lizzie, dépêche-toi de sortir ! Je dois me laver les cheveux et faire mon brushing pour ce soir, tambourine Lydia à la porte.

Sa voix me donne envie de rester sous l'eau pour toujours, mais je capitule et rejoins ma chambre au plus vite pour avancer sur les projets du semestre, et surtout m'éviter d'avoir à écouter ses derniers potins.

Plus tard dans la soirée, je descends en silence pour ne pas réveiller mon père, déjà endormi. En arrivant dans le vestibule, j'aperçois un morceau de la tenue de Lydia s'évanouir dans l'entrée. Une sortie confirmée par la porte fermée sans ménagement et les gloussements qui me parviennent depuis le trottoir. Il y en a au moins une parmi nous qui profite pleinement des vacances. Je me dirige vers le salon, où j'aperçois Kitty qui scrolle sans grande conviction la sélection de films sur l'écran, pendant que ma mère s'affaire encore dans la cuisine.

— Tu ne voulais pas sortir avec elle ? je demande à Kitty.

— Je n'ai pas été invitée. Elle passe tout son temps avec Denny et fait comme si je n'existais pas. Je ne vais quand même pas supplier pour qu'elle m'emmène ? C'est comme pour demain, elle me gonfle avec la super soirée d'Halloween où ils vont ensemble. Elle a passé la journée à se vanter qu'il y aurait sûrement George à la fête, elle a retourné notre chambre pour trouver le déguisement parfait, mais penser à me demander si je voulais venir, ça… Bref, elle me soûle.

L'idée que Wickham se retrouve à une soirée où je ne serai pas fait naître une pointe de jalousie, mais j'essaie de ne pas paraître affectée. Il ne m'a pas donné signe de vie depuis le début des vacances. J'en tire des conclusions qui me rendent un peu triste, mais qui ne m'abattront pas. Je lui ai écrit pour qu'on se voie, et cette fois sa réponse ne s'est pas fait attendre. Enfin, indirectement : j'ai eu le plaisir de le découvrir en charmante compagnie et vraisemblablement alcoolisé sur la story de Lydia à une soirée où je n'étais, *a priori*, pas non plus conviée. Charmant. J'ai définitivement fait une croix sur mon crush à sens unique et j'ai décidé d'aller de l'avant, même si c'est plus facile à dire qu'à faire. Note à moi-même : arrêter de m'intéresser à des garçons qui ne me le rendent pas, et qui finalement n'ont pas l'air d'en valoir tellement la peine.

— Hum, je vois. Écoute, si ça peut te consoler, je garde les petits Gardiner demain et on va faire le tour des maisons pour choper des bonbons. Viens avec moi. Ça nous rappellera des souvenirs.

— Oh oui, merci ! J'espère qu'ils donneront aussi des bonbons aux grands. Sinon, j'en piquerai aux enfants, finit-elle par plaisanter.

— Top, j'essaierai de convaincre Jane de venir avec nous aussi, pour la faire un peu sortir de la maison. Tu regardes quoi ?

— Je sais pas, j'arrive pas à me décider. On a déjà un peu tout vu.

Je m'assieds à côté d'elle et prends la télécommande qu'elle me tend.

— Voyons voir. Comédie ?

— Bof. On a vu toutes celles qui sont vraiment drôles.

— OK. Drame historique ?

— Trop sérieux.

— Film d'amour ? Nope. Film d'horreur ? C'est le *mood* de la semaine après tout.

— Pourquoi pas, j'osais pas en lancer un toute seule, avoue-t-elle avec un sourire gêné. Celui avec la cabane dans les bois a l'air chouette.

— Vendu, je dis en pressant le bouton *play*.

— Vous regardez quoi, mes chéries ? claironne ma mère en nous tendant deux chocolats chauds dont elle a le secret.

— Un film qui nous fera sûrement plus rire que crier, je rétorque d'un air blasé.

Ma mère me tend le plaid spécial « soirée film » et lève un sourcil.

— Pas certaine que vous ayez besoin d'un film « frisson » pour rendre l'ambiance encore plus froide, dites donc.

Un éclair rouge accompagné d'un cri strident fait apparaître le titre à l'écran. Ma mère sursaute et il n'en faut pas plus pour la pousser dans une autre pièce, où les sons horrifiques ne lui parviendront pas.

— Si ça fait trop peur vous éteignez, hein ! Je ne veux pas avoir à changer les draps de Kitty.

— Maman ! se lamente Kitty. J'ai seize ans ! Qui fait ça ?!

Je retiens un rire. Il est évident que blotties comme nous le sommes, ma mère ne peut voir autre chose que ses bébés, sirotant un chocolat devant leur dessin animé préféré. Seul le style de film a changé.

Tandis que nous nous concentrons sur le groupe de jeunes gens s'apprêtant à se faire dépecer, tronçonner ou subir tout autre sévice corporel issu de l'esprit malade d'un scénariste, un mouvement dans l'escalier attire mon attention.

Jane, plus fantomatique qu'angélique, descend silencieusement. Je remarque ses yeux gonflés et soulève le plaid à ma droite. Elle me répond d'un sourire à peine perceptible et vient se réfugier sous la couverture.

— Vous regardez quoi ?

— On vient de lancer un film d'horreur qui a l'air nul, explique Kitty. Tu veux un peu de chocolat ?

— Non merci, répond Jane.

Kitty relève la tête avec étonnement.

— Jane Bennet qui refuse du chocolat ? La Terre a-t-elle arrêté de tourner ?

— On peut dire ça, souffle Jane d'une voix blanche qui fait saisir à Kitty la gravité de la situation. Pourquoi il n'essaie pas de piéger la porte ? élude-t-elle, les vieux rivés sur la télé.

— Parce que sa copine pom-pom girl est dehors, et comme ils n'ont pas encore « consommé », ça serait dommage qu'elle meure tout de suite, je réplique du tac au tac espérant la faire sourire.

— Ah, je vois, c'est gentil de sa part.

Je ne sais pas si c'est de la naïveté ou si le cerveau de ma sœur a complètement fondu ces derniers jours. Quoi qu'il en soit la petite amie a enfin rejoint l'abri, et nous assistons à présent à une déclaration d'amour des plus clichée, qui aboutira bien sûr à une scène « torride » avant que l'un des deux ne périsse dans les larmes et le sang.

— Qu'est-ce que c'est cucul, lance Kitty, traduisant parfaitement mon ressenti.

— Oui, mais c'est mignon, proteste Jane. Tu imagines quelqu'un prêt à mourir pour toi ? C'est quelque chose, quand même.

— Mais tu penses que c'est réaliste ? je questionne, profitant de l'ouverture qu'offre enfin Jane, sortant de son mutisme de ces derniers jours.

— Peu importe, c'est l'intention qui compte. Si tu le ressens, c'est la preuve que l'amour que tu portes à la personne est vraiment profond.

Je sens la flèche de cucupidon s'enfoncer dans mon cœur. Elle est tellement romantique, et c'est assumé, en plus.

— Vous pensez vraiment que ça existe, ce genre de personne ? interroge Kitty. Parce qu'au lycée je vois beaucoup de déclarations bidon, mais peu d'actions.

Son ton désabusé tranche complètement avec son visage de jeune adolescente qui a la vie devant elle. Sérieusement, ça grandit bien trop vite de nos jours… Mais elle met le doigt sur ce qui me chagrine depuis cet après-midi.

— Peut-être qu'ils n'ont pas trouvé LA personne, je dis sans réfléchir.

J'entends un petit reniflement à ma droite. Mince, vite, changer de sujet.

— Parfois, c'est aussi que ça n'est pas le bon moment. Les personnes sont faites l'une pour l'autre, mais ne s'en rendent pas forcément compte, je tente de me rattraper.

— Peut-être… T'es super romantique en fait, commente Kitty sans malice. J'espère qu'un jour je pourrais ressentir ça ou savoir ce que ça fait que quelqu'un ressente ça pour moi, susurre-t-elle comme une prière en posant sa tête sur mon épaule.

Oui, moi aussi.

J'attrape la main de Jane et caresse ses doigts pour la réconforter. Finalement, qu'importe la forme que prend l'amour, la passion vient avant tout de nous.

Un énorme *screamer* brise la quiétude qui s'est installée et nous fait sursauter, tandis qu'un jappement retentit dans la cuisine derrière nous. Nous nous retournons d'un même mouvement paniqué. Ma mère, l'air affolé, regarde dans le vide, un paquet de crackers éventré dans la main droite et un mug à moitié renversé dans la gauche. C'est trop, nous éclatons de rire.

Chapitre 16

Charlotte Lucas

27 octobre – 8 h 55

8 h 55. J'ouvre brusquement les yeux. Je me réveille deux heures plus tard pendant les vacances. Mais c'est la conséquence mathématique directe du fait que je me couche deux heures plus tard.

Mince, j'ai failli oublier mon point du matin.

Addendum émotionnel :

- *Légère anxiété ce matin : 3/10.*
- *Curiosité pour la journée à venir : 8/10 (je dois retrouver Collins à 15 heures).*
- *Confusion face aux interactions sociales : 9/10, particulièrement à cause de ma chère amie et du triangle amoureux dont elle s'évertue à nier l'existence.*

Observations de la veille :

- *Je crois que j'aime vraiment bien passer du temps avec Collins. Drôle de sensation dans le ventre. C'est ça, être amoureuse ?*

- *Lizzie a porté le même tee-shirt deux jours de suite (je l'ai remarqué pendant le FaceTime). Inhabituel. Indice de dépression ?*
- *Elle a mentionné 9 fois Darcy au tel. 3 fois plus que d'habitude.*

Objectifs pour la journée :

1. *Ne pas mentionner Collins plus de 3 fois dans la conversation. (Note : probabilité de réussite - 42 %.)*
2. *Dresser une liste des films à voir au cinéma en utilisant une notation précise en 5 points, notés de 1 à 5, et les soumettre à Collins.*
3. *Parler directement à Lizzie de son état émotionnel. Utiliser des questions fermées pour plus de clarté.*

Je devrais peut-être créer un système pour aider Lizzie à y voir plus clair. Mais comment intégrer des variables comme « le frisson quand il me regarde » ou « le trouble quand il est près de moi » ? Ces concepts me dépassent encore un peu.

Dernière pensée : Je crois que je suis heureuse avec Collins. C'est simple, prévisible. Même si je ne comprends pas vraiment ce que ça signifie.

Fin du point du matin. 9 heures exactement. Timing parfait.

— *Trick or treat*[1] *!*

Les cris enthousiastes des enfants résonnent dans la nuit d'Halloween, me faisant sourire malgré moi. L'air plus frais annonçant novembre me pique les joues, et l'odeur de citrouille et de feuilles mortes flotte dans l'atmosphère. Qui aurait cru que je passerais ma soirée à arpenter les rues de Meryton, déguisée en sorcière moderne – comprenez : longue jupe noire, tee-shirt noir et chapeau pointu qui me gratte le crâne –, à baby-sitter, accompagnée de ma sœur Kitty, les trois petits Gardiner, surexcités.

Jusqu'au dernier moment j'ai bien tenté de convaincre Jane de venir avec nous pour lui changer les idées, mais impossible de lui faire quitter son lit. Son chagrin me brise le cœur. Je me sens tellement impuissante.

— Lizzie, on va où maintenant ? demande Tommy, alias mini fantôme, en sautillant sur place.

Le sucre commence clairement à faire son effet.

Je consulte mon téléphone, vérifiant la carte des maisons participantes mise en ligne sur le site de la ville.

— Il nous reste une dernière maison dans le quartier, mais elle est un peu loin. Je pense qu'on va rentrer.

— Oh non ! gémit Kitty. Encore une ! S'il te plaît, Lizzie !

1. « Un bonbon ou un sort » est l'expression prononcée par les enfants des pays anglo-saxons à Halloween, lors des collectes de friandises.

Je soupire. À seize ans, ma sœur est censée m'aider à garder les enfants, pas se comporter comme l'une d'entre eux.

— D'accord, d'accord. Une dernière, je cède, même si j'en ai un peu marre.

Nous nous dirigeons vers la dernière maison de la rue. Une imposante demeure victorienne, magnifiquement décorée pour Halloween. Des citrouilles sculptées bordent l'allée avec leurs sourires macabres éclairés par la lueur des bougies. Des toiles d'araignées synthétiques drapent les buissons, et une brume artificielle qui s'élève du jardin finit de créer une atmosphère digne d'un vrai film d'horreur.

— Waouh, souffle Kitty. C'est la maison la plus cool qu'on ait vue ce soir.

Les enfants courent vers la porte, excités par la perspective de nouveaux bonbons. Je les suis en essayant de les calmer un peu avant qu'ils sonnent. C'est alors que je remarque le nom sur la boîte aux lettres : *De Bourgh/Darcy*.

Mon cœur s'arrête net. Non, ça ne peut pas être…

La porte s'ouvre avant même que les enfants aient eu le temps de sonner, révélant une jeune fille d'environ quinze ans, aux longs cheveux châtain clair et aux yeux bleu-gris. Elle porte un costume d'elfe et nous regarde avec un mélange de timidité et de curiosité.

— Bonsoir, nous accueille-t-elle. Joyeux Halloween !

— *Trick or treat !* crient les enfants en chœur, tendant leurs sacs déjà bien remplis.

À ce moment-là, une ombre sombre mais familière surgit derrière la jeune fille. Darcy.

Il porte un costume de vampire. *Un vampire plutôt sexy,* ne puis-je m'empêcher de penser. À notre vue, il se fige.

— Euh... bonsoir, Bennet, dit-il d'une drôle de voix, visiblement gêné que je le voie dans cet accoutrement.

Il tente de prendre une pose digne, mais l'effet est quelque peu gâché par le saladier Hello Kitty rempli de bonbons qu'il tient à la main.

— Darcy... Cullen, j'imagine ? je tente de plaisanter pour détendre un peu l'atmosphère.

Avant qu'il puisse répondre, le petit Jamie, déguisé en citrouille, s'avance courageusement.

— C'est ton château de vampire ? demande-t-il à Darcy, les yeux emplis d'excitation et de peur mêlées.

La charmante jeune fille que je reconnais comme étant sa sœur Georgiana, qui se tenait un peu en retrait, étudiant avec un sourire malicieux la scène, éclate de rire. Elle s'approche, son diadème d'elfe scintillant dans la lumière du porche.

— Oh oui, c'est son repaire secret ! répond-elle, entrant dans le jeu. Mais ne vous inquiétez pas, il ne mord que les bonbons.

— Mon repaire secret où une vilaine elfe contrôle mes faits et gestes jusqu'à m'affubler de costumes ridicules..., grommelle Darcy, mais je peux voir l'ombre d'un sourire sur ses lèvres.

Il y a un moment de silence gêné, puis Darcy semble prendre une décision.

Mais Georgiana le prend de court :

— OK, j'avoue, je l'ai un peu forcé à se déguiser, mais c'est Halloween, quand même, se justifie Georgiana. Alors c'est toi, la fameuse

la repose précipitamment sur la table. Darcy, le Darcy qui m'évite savamment depuis deux semaines, ce Darcy aurait parlé de moi à sa sœur ? Souvent ? Mon cerveau s'emballe, mais n'arrive pas à intégrer l'information.

— J'espère que tu n'as pas cru tout ce qu'il t'a dit de mal sur moi, je plaisante en essayant de cacher ma curiosité nerveuse derrière un sourire.

Mais à l'intérieur, je suis tout sauf assurée. Qu'a-t-il bien pu dire ? Pourquoi parle-t-il de moi ?

Georgiana me scrute avec une surprise qui semble sincère. Ses sourcils se haussent légèrement, creusant de petits plis sur son front lisse.

— De mal ? Oh non, au contraire ! (Elle secoue la tête, faisant danser ses cheveux.) Will ne dit que du bien de toi. Il affirme que tu es l'une des personnes les plus intelligentes et intéressantes qu'il ait jamais rencontrées.

Je sens mes joues s'enflammer comme si quelqu'un y avait allumé un feu. Je baisse les yeux, fixant intensément les petits motifs de la nappe. Intelligente ? Intéressante ? Moi ? Venant de Darcy, c'est... inattendu, c'est le moins qu'on puisse dire.

— D'ailleurs, continue Georgiana avec enthousiasme, inconsciente de mon trouble, Will ne ment jamais. Alors s'il le dit, c'est que cela doit être vrai.

— Très vrai, confirme gentiment Kitty dont l'attention est rivée sur Georgiana.

C'est alors que je le remarque. Le regard de Kitty. Elle la fixe avec une intensité qui ne lui ressemble pas. Ses joues sont légèrement rosies, ses yeux brillants, et elle semble boire chaque parole de la jeune fille. De son côté, Georgiana jette de fréquents coups d'œil à Kitty, son sourire s'élargissant chaque fois que leurs regards se croisent.

— Et toi ? demande Georgiana. Tu es la sœur de Lizzie, c'est ça ? Vu votre ressemblance, vous auriez du mal à dire le contraire.

— Ah ah, oui, acquiesce une Kitty lumineuse, mais je ne suis pas la seule. Nous sommes quatre sœurs.

Le regard qu'elles échangent est chargé d'une énergie que je n'ai jamais vue chez Kitty. C'est comme si le reste du monde avait disparu pour elle.

— Encore ! s'écrie soudainement un des petits Gardiner qui a englouti son breuvage, passant la langue sur sa moustache marron.

— Bien sûr ! Si Lizzie est d'accord, répond Georgiana. Je peux même vous montrer comment faire des origamis d'Halloween ! Je me suis entraînée tout l'aprèm.

— Dis oui, Lizzie, s'il te plaîîît ! répètent-ils tous en chœur.

J'observe les enfants, puis Kitty qui semble tout aussi enthousiaste à l'idée de rester encore un peu. Mon instinct me murmure de partir, de fuir cette maison et toutes les émotions conflictuelles qu'elle suscite en moi. Mais le visage rayonnant des enfants… Comment puis-je leur refuser ça ?

— D'accord, je concède. Mais pas plus d'une heure, il est très tard pour vous et papa et maman vont bientôt rentrer.

Des cris de joie éclatent dans la cuisine. Kitty et Georgiana échangent un nouveau regard, complice cette fois, qui n'échappe pas à mon attention.

— Parfait ! s'exclame Georgiana. Je vais chercher le papier et les ciseaux. Ne bougez pas.

Je retourne à mon chocolat et mes pensées, pas mécontente que Georgiana et Kitty prennent un peu le relais avec les petits.

Quand Darcy réapparaît, il semble avoir laissé sa cape et ses crocs dans une des nombreuses pièces de la maison. Dommage, c'était quelque chose.

— Alors, les dernières corrections que je t'ai envoyées par mail pour le discours, me demande-t-il en s'appuyant sur le plan de travail central, faussement à l'aise. Ça te convient ?

Je me tourne vers lui, surprise par cette tentative de conversation.

— Oui, c'était très bien. Je vais juste ajouter une ou deux citations et je pense qu'on sera bons, je réplique en quittant la table pour le rejoindre au centre de la cuisine et éviter de devoir élever la voix pour s'entendre dans le brouhaha ambiant.

Il hausse les épaules, mais garde les yeux rivés sur le parquet.

— C'est drôle, j'ai participé à quelques concours d'éloquence, donc j'ai l'habitude de ce genre d'exercice, mais ce discours... c'est différent.

Un silence s'installe entre nous, chargé de non-dits. Je repense soudain à notre échange interrompu lors de la soirée déguisée. Il a l'air plus prompt à la discussion ce soir, alors je risque un :

— Tu sais, à propos de ce que tu allais dire l'autre soir, chez Charles... avant qu'on soit interrompus...

Darcy se raidit légèrement, ses yeux cherchant à présent les miens.

— Mmm...

— Je... Enfin, tu m'as dit d'oublier, mais si tu veux finalement en parler...

Il semble réfléchir un instant, le pli entre ses sourcils se creusant plus profondément que d'habitude. Il n'a jamais eu l'air aussi sérieux, et pourtant aussi fragile. Puis il prend une profonde inspiration, comme s'il était parvenu à une conclusion satisfaisante, et rassemble son courage.

— En fait, Bennet, il y a quelque chose que j'aimerais te montrer, annonce-t-il d'un air calme.

Le pli a disparu. Il me fixe intensément.

Je fronce les sourcils, un peu déstabilisée par ce regard que je n'ai pas croisé depuis des semaines.

— Me montrer ?

Darcy hoche la tête, un petit sourire au coin des lèvres.

— Te montrer.

Je le suis hors de la cuisine, intriguée. Nous montons à l'étage et traversons un long couloir aux murs ornés de portraits de famille. Je reconnais Georgiana sur certains, plus jeune, et un homme et une femme élégants qui doivent être leurs parents. Puis Darcy s'arrête devant une imposante porte en bois sombre.

— C'est la bibliothèque, explique-t-il simplement.

Il pose la main sur la poignée en laiton poli, hésitant un instant avant de l'ouvrir. Le grincement léger des gonds résonne dans le silence du couloir. Darcy s'efface pour me laisser entrer en premier.

L'odeur de vieux livres et de cuir m'enveloppe immédiatement, comme une étreinte familière et réconfortante.

Je fais quelques pas à l'intérieur et mes yeux s'adaptent progressivement à la lumière tamisée de la pièce. Darcy entre à son tour et referme doucement la porte derrière nous.

Je suis ébahie par le spectacle qui s'offre à moi. Sans un mot, je m'approche des étagères qui couvrent les murs du sol au plafond. Je suis hypnotisée à la vue de tous ces livres, de tailles et de couleurs différentes, mais savamment agencés. Ils semblent être là où ils sont supposés être depuis des millénaires, mais dans un état impeccable. *De grandes espérances* côtoie les vers de Browning, plus loin Shakespeare se décline en somptueuses anthologies, et de nombreux livres classiques et modernes étrangers s'alignent aussi loin que le regard se porte. Mes doigts me démangent de caresser leurs dos, de sentir le grain de la reliure et du papier sous ma peau.

— C'est... incroyable, je murmure en me tournant vers lui, incapable de contenir mon émerveillement.

Darcy me fixe, un demi-sourire aux lèvres.

— Et tu n'as encore rien vu, Bennet.

Il me guide devant une étagère, et ses yeux parcourent les titres avec une concentration intense. Je retiens mon souffle, me demandant ce qu'il cherche avec tant d'attention, quand je les aperçois.

Je m'approche pour être sûre que mes yeux ne me trompent pas. Là, devant moi, les toutes premières éditions de Thomas Hardy : *Tess d'Urberville, Jude l'obscur, Loin de la foule déchaînée*... Je reconnaîtrais leurs couvertures patinées parmi mille. J'ai souvent rêvé de pouvoir m'offrir l'une de ces éditions originales un jour.

La main de Darcy, qui se tient derrière moi, passe près de ma joue avant de se poser délicatement sur les dos des précieux ouvrages. Je prends conscience de son regard qui pèse lourdement sur ma nuque, comme s'il essayait de deviner ma réaction. Sa proximité m'envoie des décharges électriques et je tente de contenir le feu qui embrase la base de mon cou, là où ses yeux se sont posés. Il s'éclaircit la gorge, semblant rassembler son courage, sa main revenant doucement sur le rebord de l'étagère, mais toujours non loin de mon visage.

— Ces livres..., commence-t-il, la voix basse et intense, sont mes biens les plus précieux.

Cette confession, il la prononce avec une telle vulnérabilité. Je comprends soudain qu'il ne me montre pas seulement des livres, mais une partie de lui-même. Je me retourne doucement.

— On est loin du poche écorné que tu avais à la rentrée, je tente de plaisanter pour dissimuler mon émotion, mais ma voix trahit ce qui se joue en moi.

Le sourire doux qui se dessine sur ses lèvres m'embrouille un peu l'esprit.

Il est là, à un pas de moi, et m'observe avec une intensité qui me coupe le souffle. Je sais que je devrais être prudente, que je devrais garder mes distances. Mais à cet instant, alors qu'il m'a laissée pénétrer dans ce qui semble être son jardin secret, entourée de ces livres qui en disent tant sur lui, je sens mes défenses s'effondrer.

Le silence qui suit est chargé. Nos regards se croisent, et soudain, l'atmosphère de la pièce change. Ce n'est plus seulement l'odeur des vieux livres qui m'enivre, c'est sa présence, son parfum, la chaleur qui émane de lui. Les battements de mon cœur s'accélèrent, et je suis sûre qu'il peut les entendre.

Le temps semble suspendu. Une partie de moi me hurle de partir, de fuir avant de le regretter. Mais une autre partie, plus forte, plus vraie, me pousse vers lui. Je fais un pas vers lui, comme attirée par un aimant invisible. Il ne bouge pas, mais je sens que sa respiration devient plus rapide. Ses yeux, d'habitude si calmes, sont maintenant assombris par quelque chose que je n'ose pas encore nommer.

— Lizzie..., chuchote-t-il, et mon nom dans sa bouche sonne comme une promesse indécente.

Nos regards s'accrochent, remplis de désir non dissimulé. Darcy avance, comblant l'infime espace entre nous. Ses mains encadrent mon visage avec une tendresse qui contraste avec l'intensité de son regard. Puis, ses lèvres capturent les miennes dans un baiser qui me coupe le souffle.

C'est doux au début, presque hésitant, comme s'il me laissait le temps de reculer. Mais quand je réponds avec ardeur, quelque chose se brise en lui.

Ses mains, bien plus assurées que je ne l'aurais cru, se posent sur ma taille, m'attirant plus près, jusqu'à ce que nos corps soient pressés l'un contre l'autre. Sans m'en rendre compte, je me retrouve à suivre d'une main chaque contour de son torse à travers sa chemise. De l'autre, mes doigts s'emmêlent dans ses cheveux, les décoiffant sans retenue. Le baiser s'approfondit, devenant plus passionné, plus urgent. Sa langue caresse la mienne, je le goûte, c'est enivrant, addictif. Ses lèvres quittent les miennes pour tracer un chemin brûlant le long de ma mâchoire, puis le long de mon cou. Instinctivement, je rejette la tête en arrière, lui offrant un meilleur accès. Chaque baiser est comme une étincelle sur ma peau, allumant un feu que je ne suis pas sûre de vouloir éteindre.

Les mains de Darcy, d'abord posées sur mes hanches, remontent lentement, caressant mes côtes à travers le fin tissu de mon tee-shirt. Mon souffle se bloque dans ma gorge quand ses doigts arrivent à la courbe de ma poitrine. Même à travers mes vêtements, son toucher me brûle, envoyant des vagues de chaleur dans tout mon corps.

— Darcy, je murmure, sa main se faisant plus audacieuse.

Mon dos s'arque involontairement, et ma poitrine se presse contre sa paume. La sensation est électrisante, et un gémissement m'échappe.

Ses lèvres épousant chaque contour des miennes, Darcy me plaque doucement contre le mur adjacent à la bibliothèque. Il s'écarte légèrement, ses yeux cherchant les miens. « Est-ce que c'est OK ? » me demande-t-il.

Une Lizzie qui m'était alors inconnue l'attrape par le col de sa chemise en guise de réponse. En un instant, il est là, son corps contre le mien. Ses lèvres retrouvent les miennes dans un baiser brûlant. La chaleur qui irradie de lui m'embrase, et je ne peux retenir un soupir de satisfaction quand il se presse davantage contre moi.

Ses mains s'agrippent à ma jupe qu'il fait lentement remonter, comme pour savourer chaque seconde où ses doigts découvrent délicatement, mais avidement, ma peau nue. Mes cuisses s'ouvrent sans négocier et mon genou vient se caler contre sa hanche, une invitation muette qui semble le rendre fou. Sa main continue de glisser sur ma peau brûlante, et son souffle s'accélère brutalement lorsqu'il atteint le fin coton de ma culotte humide. Un gémissement m'échappe, incontrôlable, alors que tout mon corps crépite sous ses caresses. Je me cambre, prête à abdiquer. Je veux ses doigts en moi, je le veux, lui, Darcy, tout entier en moi.

— Will ? Est-ce que tu as vu mon carton à dessin ? Je voudrais les montrer à Kitty ! crie Georgiana en bas de l'escalier.

Nous nous figeons, comme frappés par la foudre, la voix de sa petite sœur brisant fatalement l'intensité du moment. Darcy laisse échapper un soupir réprobateur et pose son front contre le mien. Nous restons ainsi quelques secondes, haletants, essayant de reprendre nos esprits.

— J'arrive, répond-il finalement d'une voix remarquablement calme malgré la situation.

À contrecœur, il s'écarte. Je reste immobile un instant, mon corps encore vibrant de ses caresses, et mon esprit tentant désespérément de comprendre la scène qui vient de se jouer entre nous.

— Eh bien, je ricane nerveusement. C'était…

— Inattendu, finit Darcy, passant une main dans ses cheveux décoiffés.

Nos regards se croisent, et je sens mes joues s'enflammer. Une partie de moi est mortifiée… Qu'est-ce qui m'a pris de me laisser aller comme ça ? Mais l'autre partie ne ressent aucun regret. Juste une frustration brûlante et un désir inassouvi.

Je m'écarte de la bibliothèque, légèrement fébrile. Mon corps entier semble hypersensible. Je peux encore sentir la chaleur de ses mains sur ma peau, le goût de ses lèvres sur les miennes.

Darcy s'approche de moi, ses yeux cherchant les miens.

— Lizzie, dit-il doucement, je ne regrette rien de ce qui vient de se passer. J'espère que toi non plus.

Son honnêteté me touche et dissipe instantanément une partie de mon malaise.

— Non, je réplique d'un ton assuré, retrouvant enfin l'usage de la parole. Je ne regrette rien.

Un sourire illumine son visage.

— Bien. (Puis, avec un clin d'œil qui fait fondre mon cœur, il ajoute :) Parce que j'ai bien l'intention de reprendre là où nous nous sommes arrêtés... plus tard.

Cette promesse fait naître une chaleur dans mon bas-ventre. Je prends une profonde inspiration, tentant de calmer les battements frénétiques de mon cœur.

— On devrait peut-être...

Darcy hoche simplement la tête.

— Redescendre ? Oui, tu as raison.

Alors que nous approchons de la cuisine, un brouhaha nous parvient. Des rires d'enfants, le froissement du papier, et la voix de Georgiana donnant des instructions. Une vague de culpabilité me submerge. J'avais presque oublié les petits.

Après avoir franchi le seuil de la cuisine, j'aperçois la table recouverte d'une montagne de papiers colorés, certains orange vif, d'autres noirs comme la nuit. Au milieu de ce joyeux bazar, Tommy, Zoe et Jamie sont penchés avec concentration sur leurs créations, et leurs petites mains s'activent frénétiquement.

— Lizzie ! s'exclame Zoe en levant la tête. Regarde ce que j'ai fait !

Elle brandit fièrement ce qui ressemble vaguement à une chauve-souris en papier orange. Ses ailes sont un peu de travers et son visage ressemble plus à un Picasso qu'à un mammifère volant, mais le sourire radieux de Zoe illuminerait la nuit la plus sombre d'Halloween.

— C'est... magnifique, Zoé, je réussis à articuler, avec un sourire sincère de fierté.

Tommy, pas du genre à se laisser voler la vedette, agite son propre chef-d'œuvre.

— Et moi, j'ai fait un fantôme qui fait « Bouh » ! déclare-t-il fièrement, secouant un origami blanc aux yeux exorbités.

J'éclate de rire.

— Il est terrifiant, Tommy. Je suis sûre qu'il ferait fuir même le plus courageux des chasseurs de fantômes.

J'observe Darcy du coin de l'œil, surprise de voir un sourire amusé jouer sur ses lèvres.

— Je vois que nous avons de vrais artistes ici, dit-il avec une douceur que je lui découvre.

Jamie, le plus timide des trois, le regarde avec une expression mi-effrayée, mi-fascinée. Il lui tend lentement un papier orange.

— C'est... c'est une citrouille, murmure-t-il.

Darcy s'agenouille pour se mettre à hauteur de Jamie, prenant délicatement l'origami dans ses mains.

— C'est une incroyable citrouille, Jamie, commente-t-il avec un sérieux qui fait gonfler de fierté la poitrine du petit garçon. Tu es vraiment doué.

Je contemple cette scène, stupéfaite. Le Darcy que je croyais connaître, celui que je voyais froid et distant, est en fait un garçon tendre, qui a la patience de parler aux enfants avec affection et sincérité.

Georgiana, assise au bout de la table, nous observe avec un petit sourire en coin.

— Eh oui, vous avez manqué le début de l'atelier origami, nous taquine-t-elle, les yeux pétillant de malice. Mais ne vous inquiétez pas, il reste plein de papier si vous voulez vous joindre à nous. Ah, mon carton à dessin était dans le salon au fait, désolée si j'ai interrompu quoi que ce soit, finit-elle avec un sourire ne traduisant pas vraiment de remords.

Je sens mes joues s'enflammer. Darcy tousse.

— Alors, qui veut m'apprendre à faire une chauve-souris en papier ? je demande, espérant détourner l'attention.

Les enfants poussent des cris de joie et se précipitent pour m'entourer, brandissant des feuilles de papier comme des trophées. Alors que je m'assieds, prête à plonger dans le monde merveilleux des origamis d'Halloween, je croise le regard de Darcy. Pendant une fraction de seconde, je vois dans ses yeux un mélange de tendresse et de désir qui me coupe le souffle.

— Zut, marmonne Darcy, examinant l'origami à moitié déchiré de Jamie. Il nous faudrait de la colle pour réparer ça. Georgie, tu sais s'il y en a quelque part ?

Georgiana hausse les épaules.

— Peut-être dans le bureau.

— Je vais aller voir, prévient Darcy en se levant. Je reviens.

Dès qu'il quitte la pièce, je sens une opportunité se présenter. Mon cœur s'accélère alors que je me tourne vers Georgiana, essayant de paraître désinvolte.

— Ton frère semble à l'aise avec les enfants, je commence, tentant de masquer ma curiosité.

Georgiana sourit.

— Oh, Will est incroyable avec eux. Il a toujours été comme ça, tu sais. Doux, patient, attentionné.

Je cligne des paupières, surprise.

— Vraiment ? Je veux dire… Il semble si… réservé la plupart du temps.

— C'est vrai qu'il peut paraître distant au premier abord, admet-elle. Mais c'est juste une façade. En réalité, Will a un cœur en or. Il ferait n'importe quoi pour protéger les autres, et particulièrement ceux qu'il aime.

— Ah oui ? je fais en hochant la tête, encourageant Georgiana à continuer tout en aidant distraitement Zoe à plier un coin récalcitrant de son papier.

— Tu sais, poursuit-elle, baissant la voix, il y a quelques semaines, il a même réussi à sortir son meilleur ami d'une relation toxique.

Mes mains se figent. Attendez, Darcy n'est pas connu pour avoir trente-six amis… alors son meilleur ami, ça ne peut être que Charles… Charles ? Le Charles de Jane ? Ma mâchoire se crispe. Est-ce possible ? La seule façon d'en avoir le cœur net est de la pousser à poursuivre. Alors, d'une voix que je tente de rendre la plus détachée possible, je demande :

— Ah oui ? Tu veux parler de Charles…

— Ah bon ? intervient Kitty.

Elle se redresse sur sa chaise et me jette un regard. Je lui fais signe de ne pas broncher. Elle le comprend et adopte une expression neutre.

Georgiana hoche vigoureusement la tête, visiblement ravie d'avoir capté l'attention de Kitty.

— Oui, apparemment cette fille n'en voulait qu'à son argent. Une vraie profiteuse ! (Elle fait une grimace comique, mais je ne trouve pas ça drôle du tout.) Will a réussi à ouvrir les yeux de Charles juste à temps. C'était une situation délicate, mais il a géré ça.

Le monde autour de moi semble vaciller. Kitty me fixe, comme si elle attendait mes instructions. Un simple signe de ma part suffit à lui faire comprendre que je ne veux pas qu'elle s'en mêle.

— Et... comment Charles a-t-il réagi ? je continue.

Mon sang se glace dans mes veines, mais je fais mine de me concentrer sur le découpage d'un fantôme à la silhouette approximative.

— Oh, il était reconnaissant, bien sûr. Will lui a probablement évité beaucoup de souffrance. Charles avait l'air un peu triste après ça, mais c'était pour le mieux, tu ne crois pas ?

Je hoche mécaniquement la tête, incapable de formuler une réponse cohérente. Mon esprit tourbillonne. La silhouette du fantôme est saccagée par ma nervosité qui se traduit dans chaque coup de ciseaux. Darcy. Charles. Jane. Tout prend soudain un sens terrible. Un frisson glacé parcourt ma colonne vertébrale, et soudain toute la chaleur que j'ai ressentie quelques minutes plus tôt s'évanouit.

— Pour le mieux, je répète, les dents serrées.

Les mots sortent de ma bouche comme des éclats de glace.

Georgiana me lance un regard perplexe, mais avant qu'elle puisse dire quoi que ce soit, Kitty intervient, essayant de dissiper le malaise ambiant :

— Regardez ma sorcière, je n'arrive pas à savoir si elle est effrayante ou ressemble à la Schtroumpfette.

Les enfants et Georgiana éclatent de rire, alors que le bruit des pas de Darcy dans le couloir me ramène brutalement à la réalité. Je force un sourire sur mon visage, mais à l'intérieur je bouillonne. Comment ai-je pu être aussi aveugle ?

— Je reviens, je parviens à dire en me levant pour quitter la cuisine avant qu'il arrive.

Je me sens incapable de l'affronter dans mon état.

— J'ai trouvé la colle ! annonce triomphalement Darcy en entrant dans la cuisine.

Mais je me suis déjà réfugiée dans le salon.

Chapitre 17

Kitty Bennet

31 octobre – 18 h 20

Je suis adossée au comptoir de la cuisine des Darcy, ma tasse de chocolat à la main, et j'observe Georgiana qui s'affaire autour des petits Gardiner. Lizzie et Will ont disparu je ne sais où, mais ici, la fête bat son plein.

Georgiana, toujours dans son adorable tenue d'elfe, est penchée sur Zoé, la plus jeune des Gardiner. Avec une patience d'ange, elle lui montre pour la énième fois comment plier sa feuille d'origami pour réaliser une chauve-souris. Je ne peux retenir un sourire en voyant la douceur avec laquelle Georgiana manipule le papier, comme si elle maniait la plus précieuse des porcelaines.

— Et voilà, Zoe. Tu as fait une très belle chauve-souris, la félicite Georgiana avec un petit rire cristallin qui fait chavirer mon cœur.

Mon Dieu, qu'est-ce qu'il m'arrive ? J'ai l'impression que mon cerveau a remplacé mes pensées habituelles par un tourbillon de papillons volant dans tous les sens jusqu'à mon estomac.

C'est bizarre ce qu'il se passe dans mon corps quand je pense à elle. On se connaît depuis genre deux secondes, et pourtant, c'est pas du tout comme avec mes autres copines. Est-ce normal ?

Je suis tellement dans mes pensées que je manque de m'étouffer avec mon bonbon. Trop la honte. Maintenant, Georgiana va croire que je ne sais même pas manger correctement.

— Tout va bien, Kitty ? demande-t-elle doucement.

Sa voix me ramène à la réalité. Je hoche la tête, incapable de trouver les mots justes. Comment lui expliquer que sa simple présence bouleverse tout en moi ?

Ces sentiments sont doux et intenses à la fois. Mais je ne sais pas comment les nommer, ni quoi en faire.

Alors, c'est comme cela que Darcy voit la relation entre Jane et Charles ? Ma douce, gentille et sincère Jane… une profiteuse ? Mais pourquoi ? La colère continue de bouillonner en moi, menaçant de déborder. J'ai besoin de respirer. Je me dirige vers la porte-fenêtre qui donne sur la terrasse. L'air frais me frappe au visage dès que je sors, et c'est un soulagement bienvenu après la chaleur étouffante de la maison.

Le vaste jardin est baigné de la lueur de la lune. Quelques lanternes citrouilles parsèment les allées, jetant des ombres fantomatiques sur la pelouse. En d'autres circonstances, j'aurais trouvé ce décor magnifique, mais ce soir, il ne fait que refléter le chaos de mes pensées.

Je m'aventure plus loin, mes pas crissant sur le gravier jusqu'à trouver un banc en pierre à l'écart de la maison. Je m'assieds, laissant échapper un long soupir. Les révélations de Georgiana tournent en boucle dans ma tête, ainsi que celles de Wickham.

Darcy me trouve intelligente et intéressante.

Darcy a « sauvé » son ami d'une terrible profiteuse en le séparant de Jane.

Darcy a ruiné la vie d'une fille qui s'appelle Alicia de la pire des façons.

Darcy a un cœur en or et est le grand frère rêvé selon sa petite sœur.

Et Darcy est ce snob auquel j'ai presque cédé ce soir.

Comment réconcilier toutes ces facettes d'un même garçon ? Le grand frère attentionné, Voldemort, l'ami loyal, et... quoi ? Le mec fan de Hardy qui m'embrasse passionnément dans sa bibliothèque ?

Tout ça n'a aucun sens !

Je suis tellement perdue dans mes pensées que je n'entends pas les pas pourtant proches.

— Lizzie ?

Je sursaute et me lève d'un bond. Darcy se tient là, à quelques mètres.

— Je... je voulais m'assurer que tu allais bien, souffle-t-il d'une voix douce.

Mon cœur se met à battre plus vite.

— Je vais bien, je réponds, essayant de rester calme. J'avais besoin de m'aérer.

Je suis tellement en colère que je suis incapable de me fâcher. C'est une colère tellement violente qu'elle reste sourde, silencieuse.

Il fait un pas en avant, puis s'arrête, comme incertain.

— Lizzie, je... Il y a quelque chose que je dois te dire.

Soudain, le jardin d'Halloween semble chargé d'une magie différente, plus intense, plus réelle, qui contraste, mais n'atténue pas ma colère.

Peut-être veut-il tout m'avouer ? Faire amende honorable ? Ou bien se pourrait-il que Georgiana ait mal compris ? Serait-ce de ça qu'il voulait me parler chez les Bingley ?

— Je t'écoute, je dis doucement, surprise par la neutralité de ma voix et l'espoir infime qui se manifeste dans mon attente.

Darcy prend une profonde inspiration, ses yeux ne quittant pas les miens.

— Je sais que notre relation n'a pas toujours été simple. Mais je voulais que tu saches où j'en suis.

— Ah ? je suis seulement capable d'articuler.

Il hoche la tête, faisant un pas de plus vers moi.

— Tu es l'une des personnes les plus incroyables que j'ai jamais rencontrées, Lizzie. Ta vivacité d'esprit, ton intelligence, ta compassion... Tout chez toi me fascine.

Ses mots glissent sur moi. Je reste muette.

Il prend une profonde inspiration, comme s'il rassemblait tout son courage. Ses yeux, d'habitude si réservés, brillent d'une émotion intense.

— Lizzie, tu as bouleversé mon monde, tu as remis en question toutes mes certitudes. Je passe ma vie à construire des murs, à établir des règles, pour ma famille, pour mes amis, pour Georgie, pour faire ce qui me semble juste et protéger les gens que j'aime, mais toi, Lizzie… tu es la seule exception à toutes mes règles.

— Je…

J'avale difficilement ma salive en essayant de retrouver un semblant de contrôle.

Mais il reprend :

— Écoute, j'ai lutté contre ça, vraiment. Mais ce que je ressens pour toi, c'est… c'est plus fort que moi. Il faut que tu saches à quel point je t'admire, et à quel point tu me plais. Tu me plais comme personne ne m'a jamais plu auparavant. C'est la vérité, Lizzie.

Pas ça. Pas après ce qu'il s'est passé ce soir, pas après ce que je viens d'apprendre. Je veux du silence, je veux du recul. Je veux du temps. Mais je suis trop sonnée pour m'enfuir. Alors je reste là, stoïque.

— Darcy, je… C'est…

Mais les mots me manquent. J'ai l'impression d'être un volcan sur le point d'entrer en éruption. Je n'arrive plus à canaliser ni mes pensées ni mes émotions.

À présent, William Darcy pense m'aimer ?

Il fait un pas vers moi, réduisant la distance entre nous, mais je recule d'un pas. De l'incompréhension traverse son regard toujours plongé dans le mien. Mais je ne baisse pas les yeux.

— Tu n'as pas à me répondre maintenant, murmure-t-il. Je voulais juste… Je devais te le dire. Être honnête avec toi, et avec moi-même. Alors, voilà, je suis amoureux de toi.

Son expression est complexe. J'y vois de la peur, de l'espoir, et un amour si profond que j'en ai le vertige.

Une vague de chaleur m'envahit, mais elle est rapidement supplantée par une autre émotion, plus familière et plus brûlante qui n'attend que de rugir hors de moi : la colère. Et j'ai l'impression que d'un coup, tous les câbles de mon cerveau se reconnectent.

— Tu es... quoi ? je bredouille.

Darcy serre le poing comme pour essayer de se reprendre.

— Je sais que ça peut sembler fou, mais...

— Fou ? je l'interromps. Non, Darcy. Ça suffit...

Je sens la colère monter en moi comme une marée, balayant tout sur son passage. Tous les griefs que j'ai accumulés contre lui, contre moi-même, remontent à la surface, impossibles à ignorer.

— Comment oses-tu me dire ça ? j'éclate. Après tout ce que tu as fait ?

Darcy recule d'un pas, visiblement pris au dépourvu.

— Lizzie, je...

— Non, laisse-moi parler, je le coupe, les mots se bousculant maintenant dans ma tête. Dès que tu t'es présenté au club – non, même depuis le moment où nous nous sommes rencontrés le jour de la rentrée, tout, absolument tout dans tes actes et ta manière d'être m'ont montré un comportement hautain, vaniteux et totalement dédaigneux. Et je sais tout ! Wickham m'a tout raconté. Je sais ce que tu leur as fait, à lui et à Alicia. Comment as-tu pu ? Tu les as pratiquement détruits. Mais tu t'en fiches, hein ? Tu te fiches de tout le monde à part de ce que tu juges juste !

Darcy reste figé, comme si mes mots l'avaient physiquement frappé. Son visage, d'habitude si maître de lui-même, est un mélange de choc et de... douleur ? Non, c'est impossible. Darcy est trop « au-dessus » du commun des mortels pour ressentir quoi que ce soit, pas vrai ?

Le silence s'étire entre nous, lourd et inconfortable. J'ai envie de dire quelque chose, n'importe quoi, pour briser cette tension insupportable. Mais ma gorge est serrée, et les mots refusent de sortir.

Finalement, Darcy lève les yeux vers moi. Son regard est... différent. Plus fragile que jamais.

— Wickham a le don de dresser des portraits qui jouent en sa faveur. Tu crois vraiment que je serais capable de ça, Bennet ? demande-t-il d'une voix basse, presque un murmure.

Les larmes me montent aux yeux. Si je ne laisse pas ma colère exploser maintenant, elles risquent de déborder et je refuse de subir une énième humiliation. Mon corps se tend et je m'avance d'un pas menaçant vers lui, bien décidée à en finir avec ces mensonges.

— Mais qu'est-ce que je pourrais penser d'autre ? Il n'y a pas dix minutes, Georgiana nous a expliqué comment tu as si bien réussi à sauver Charles de ma profiteuse de sœur. Ma Jane, la personne la plus gentille et intègre que je connaisse ! Elle est inconsolable depuis des semaines. Et je ne comprenais pas pourquoi Charles avait à ce point changé. Mais c'est à cause de toi ! Je ne sais pas ce que tu as fait, mais tu l'as séparée de son grand amour. Et pourquoi, hein ? Pourquoi Jane serait une profiteuse ? Parce qu'elle a accepté de faire trois brasses dans la piscine des Bingley ? De quoi a-t-elle profité ? À moins que ce ne soit encore à cause de notre petite sœur obsédée par TikTok qui te fout la honte quand elle danse dans la rue ? C'est ça ton excuse pour foutre la vie des gens en l'air ?

Mes mains tremblent, ma respiration est saccadée. Je vois la souffrance et le regret traverser le visage de Darcy, mais je ne peux pas m'arrêter. La colère que j'éprouve envers lui n'est rien comparée à celle que je ressens envers moi-même et que je n'ose m'avouer.

— Je me suis peut-être laissé amadouer par tes exemplaires de Thomas Hardy et tes faux airs de mec propre sur lui… J'ai failli y croire, parce que comme tu le dis si bien, je suis « pleine de compassion », mais ça n'arrivera plus jamais ! Et je retire ce que j'ai dit tout à l'heure. Ce qui s'est passé entre nous restera ce que je regretterai le plus, parce que tu es bien la dernière personne avec qui j'envisagerai quoi que ce soit !

Le silence s'étire, lourd, épuisant.

Darcy semble lutter pour trouver ses mots, son visage reflétant un mélange de confusion et de détermination. La souffrance que je lis dans ses yeux me coupe le souffle.

Il semble vouloir dire quelque chose, mais c'est comme si les mots étaient coincés dans sa gorge. Finalement, il hoche lentement la tête, un sourire triste aux lèvres.

— Je vois, dit-il sobrement. C'est donc ainsi que tu me vois. Fier, manipulateur et bien trop orgueilleux pour laisser le bénéfice du doute à quiconque ?

Il se retourne, les épaules basses.

— Je suis désolé, Elizabeth. Je ne t'importunerai plus.

Alors qu'il s'éloigne dans l'obscurité du jardin, je sens une étrange douleur dans ma poitrine. J'ouvre la bouche pour le rappeler et continuer à le confronter, mais aucun son n'en sort. Que pourrais-je dire de plus ?

Je reste là, immobile, vide, regardant sa silhouette disparaître dans la nuit. Son air peiné me fait mal d'une manière que je ne comprends pas. Le vent frais caresse mon visage, et je découvre finalement que mes joues sont humides.

Confuse, épuisée émotionnellement, je me laisse glisser sur le banc du jardin. Les mots de Darcy résonnent dans ma tête et se mêlent à mes propres accusations. J'ai obtenu ce que je voulais, non ? Je lui ai dit ses quatre vérités, j'ai repoussé un garçon plein de *red flags*. Je ne m'étais pas trompée sur son compte. Alors pourquoi est-ce que ça fait si mal ?

Je ne sais pas combien de temps je reste assise sur ce banc, perdue dans mes pensées. Le bruit d'un éclat de rire venant de la maison me ramène brutalement à la réalité… Kitty ! Les enfants !

Je me lève, les jambes encore tremblantes. Je détache mes cheveux dans l'espoir de dissimuler mes yeux sûrement rougis. J'essuie mes joues d'un revers de main. La dernière chose dont j'ai besoin, c'est que Kitty me pose des questions.

En entrant, je suis assaillie par la chaleur et le bruit. La musique bat son plein dans le salon, des rires fusent de tous côtés. Je scanne la pièce, cherchant ma sœur et les enfants.

Je repère finalement Kitty toujours en grande conversation avec Georgiana. Ses joues sont rosies par l'excitation – ou autre chose.

— Kitty, je l'appelle en m'approchant, il est temps de rentrer.

Elle se tourne vers moi.

— Déjà ? proteste-t-elle. On s'amuse trop bien !

Son sourire s'efface légèrement quand elle voit mon expression.

— Il est tard, et les enfants doivent rentrer.

Comme pour confirmer mes paroles, je vois Tommy bâiller à s'en décrocher la mâchoire dans un coin de la pièce.

Kitty a l'air déçue, mais acquiesce.

— D'accord, d'accord. Laisse-moi juste dire au revoir à Georgie.

Pendant qu'elles parlent, je réunis les enfants. Tommy, Jamie et Zoe se plaignent un peu, mais je peux voir la fatigue dans leurs yeux.

— Allez, les monstres, je dis en essayant d'insuffler un peu de légèreté dans ma voix. Il est bientôt l'heure de redevenir des citrouilles.

Tommy me fixe avec confusion.

— Mais on n'est pas des citrouilles, Lizzie.

Malgré moi, je sens un petit rire m'échapper.

— Non, en effet. Vous êtes bien plus mignons que des citrouilles.

Kitty et Georgiana nous rejoignent enfin, et nous nous dirigeons vers la sortie. Après avoir remerciée et saluée notre hôtesse, je jette un dernier coup d'œil à la salle, cherchant inconsciemment une silhouette familière. Mais Darcy a disparu.

Alors que nous quittons la maison, j'essaie de chasser les émotions tumultueuses qui tourbillonnent en moi.

— Tout va bien, Lizzie ? me demande Kitty en me scrutant avec inquiétude.

Je hoche la tête en forçant un autre sourire.

— Que doit-on faire par rapport à ce qu'a dit Georgiana sur Charles ? Tu vas en parler à Jane ?

— Je ne sais pas. Pas pour le moment, je ne veux pas lui faire plus de peine. Je veux d'abord démêler tout ça et surtout ne pas lui donner de faux espoirs. N'en parle pas à Lydia, OK ?

— Oui, tu as raison. On doit rester prudentes, conclut Kitty, avec une sagesse qui m'impressionne pour son âge.

De retour à la maison, je retrouve Jane où je l'ai laissée quelques heures auparavant, dans son lit. Après m'avoir demandé comment s'est passé mon baby-sitting, elle remet ses écouteurs dans ses oreilles, signe qu'elle ne souhaite pas échanger davantage. J'ai envie de tout lui raconter, de lui dire que tout est la faute de Darcy, mais cela ne ferait que la faire souffrir encore plus. Je déteste la voir dans cet état, je déteste Darcy, et je me déteste pour ce qu'il s'est passé ce soir.

Incapable d'une quelconque autre réflexion ou activité, je me glisse dans mon lit, et imite Jane en mettant mes écouteurs sur mes oreilles. Les premières notes de *Bohemian Rhapsody* finissent de faire tomber les derniers remparts de dignité auxquels je m'accroche. Je me retourne pour ne pas montrer mon visage à Jane, qui a suffisamment à faire avec son propre chagrin, et laisse les larmes glisser sur mes joues jusqu'au sommeil.

Elles sont belles, les sœurs Bennet.

Chapitre 18

Georgiana Darcy

1er novembre – 8 h 15

Cher journal,
Je n'ai presque pas dormi cette nuit. Comment aurais-je pu, avec tous ces souvenirs d'Halloween qui dansent dans ma tête ? Kitty... Je n'arrête pas de penser à elle. Son rire trop cute *résonne encore dans mes oreilles. J'ai l'impression que mon cœur va exploser rien qu'en y repensant. Est-ce que c'est ça, tomber amoureux ? Cette sensation de vertige, ce sourire idiot qui apparaît sur mon visage dès que je pense à elle ? Je me demande si elle a ressenti la même chose. Et si oui, que dois-je faire maintenant ? L'appeler ? Lui envoyer un message ?*
Et Will. Il était si... différent hier soir. Je ne l'avais pas vu sourire comme ça depuis des années. C'était comme si toute la tension qu'il porte habituellement s'était envolée. Il souriait, il était lumineux ! Mais ce matin... C'est comme si quelqu'un avait éteint la lumière. Il est redevenu

le Will renfermé et mélancolique que je connais trop bien. Que s'est-il passé ? Je voudrais lui en parler, mais je sais à quel point il déteste qu'on se mêle de ses affaires.

En attendant, je crois que je vais envoyer un message à Kitty. Juste pour la remercier pour la soirée. C'est une bonne idée, non ? Oh, Kitty... J'espère tellement que ce que j'ai ressenti n'était pas que dans ma tête.

Dernière pensée : Halloween. Une nuit où tout le monde porte un masque, mais où j'ai l'impression d'avoir enfin ôté le mien. Ironique, non ? La vie était tellement plus simple hier matin.

Georgiana <3

Ce samedi matin, le soleil brille et les oiseaux chantent, ce qui est particulièrement étonnant pour un 1er novembre en Angleterre et tranche définitivement avec l'ambiance qui règne dans notre chambre, à Jane et moi. Mais le plus étonnant, c'est le mail que je viens de découvrir.

What. The. Fuck.

De: w.darcy@gmail.com
À : lizzie.bennet@gmail.com
Objet : La vérité (si tu souhaites la lire)

Elizabeth,

Ne t'inquiète pas, je ne compte pas insister et m'épancher de nouveau avec une déclaration qui raviverait le dégoût qu'elle a provoqué chez toi hier. Les mots ne

sont pas mon fort. Les regards silencieux, peut-être. La réflexion, certainement. Mais pas les mots. Pourtant, il est nécessaire que je clarifie les reproches que tu m'as adressés :

1/ Wickham et moi, on se connaît depuis le collège. Et c'est vrai qu'on était amis avant, très amis même, car son père travaillait dans l'entreprise du mien, qui le considérait comme l'un de ses plus proches collaborateurs. Mais au décès de mon père, celui de Wickham a perdu son poste. Malgré tout, nous sommes restés très amis. C'est au lycée que les choses ont changé. Alicia était sa copine depuis la seconde, mais leur relation n'était pas aussi parfaite qu'il le prétend.

Il y a eu une soirée chez moi un peu avant la fin de l'année dernière, quand ma tante était en déplacement. C'est vrai qu'il y avait pas mal de monde et que certains avaient bu – je te laisse deviner qui a apporté l'alcool. Mais voilà ce qui s'est vraiment passé : j'ai vu Alicia en larmes dans le couloir. Elle m'a dit que Wickham l'avait larguée parce qu'elle ne voulait pas aller plus loin avec lui. Je l'ai emmenée dans une pièce pour qu'elle se calme, et c'est là qu'il nous a trouvés. Il était complètement soûl et s'est mis à nous incendier, surtout Alicia.

Après ça, c'est lui qui a commencé à raconter n'importe quoi sur elle et moi au lycée. Il disait à tout le monde qu'elle l'avait trompé, alors que nous n'avions fait que parler. Mais là où ça a basculé, c'est lorsqu'il a balancé des photos d'elle en sous-vêtements à toute l'équipe de foot, et qu'elle a du coup été harcelée par beaucoup d'élèves. De plus, Eton étant très strict, elle a eu peur que l'info ne remonte jusqu'au doyen et ne ruine sa réputation et son avenir. Alicia a fini par changer de lycée, cette partie est vraie. Mais c'était pour échapper au harcèlement de Wickham, pas à cause de moi. C'est allé tellement loin qu'elle a fait une dépression et a dû être hospitalisée. J'ai donc aidé ses parents à trouver

un bon établissement pour qu'elle puisse finir son année plus sereinement.

Quant à moi, si j'ai été viré, c'est parce que, quand j'ai appris qu'Alicia était à l'hôpital, j'ai perdu mon sang-froid et me suis battu avec lui. Ce jour-là, nous avons dû tous les deux quitter Eton.

Je sais que ça fait beaucoup à digérer, et que tu ne me fais pas confiance. Mais si tu veux, je peux te montrer les échanges avec Alicia qui prouvent ce que je dis. Elle va bien maintenant et nous sommes toujours amis. Et il y a aussi plein de gens qui étaient à la soirée et qui peuvent confirmer ma version.

Je suis désolé que tu te retrouves mêlée à tout ça. Je ne voulais pas en parler pour éviter que l'histoire ne ressorte et ne mette de nouveau Alicia dans l'embarras. (D'ailleurs, s'il te plaît, ne l'ébruite pas. C'est vraiment important pour elle que cette affaire tombe dans l'oubli. Elle a été assez humiliée comme ça.) Mais je ne peux pas laisser Wickham raconter des mensonges pareils, surtout pour qu'ils finissent par me revenir aux oreilles de ta bouche. Si tu as des questions, n'hésite pas à me les poser. Je tâcherai d'y répondre en toute sincérité.

2/ Concernant Jane et Charles, je n'ai aucune raison de me sentir coupable et ce n'est pas mon snobisme comme tu le penses qui m'a poussé à parler à Charles. Même s'il est certain que ta famille peut se montrer un peu gênante, Caroline m'a montré une capture d'écran d'une story Instagram postée par Jane à la soirée déguisée chez Charles. La voici (voir PJ), je reconnais à présent que c'est clairement un montage. C'est l'unique raison qui m'a fait douter des sentiments de Jane, et parler à Charles.

Et je pense que tu aurais fait de même pour Jane.

La façon dont tu as réagi et ce que tu m'as dit des sentiments de ta sœur m'ont fait douter de mes convictions.

Il est vrai que j'aurais peut-être dû vérifier ce que m'a dit Caroline et ne pas la croire sur parole. Mais je la connais depuis l'enfance, et je n'aurais jamais pensé qu'elle puisse me mentir. Et j'admets que j'ai sûrement tendance à croire ce genre de choses en raison de mon statut social. Je n'en suis pas fier, mais il est vrai que de nombreuses filles semblent plus attirées par notre argent que par ce que nous sommes réellement. Charles est la personne la plus pure et la plus modeste que je connaisse, et notre amitié de longue date lui a fait développer une confiance aveugle en mon jugement, qui prévaut sur sa raison. J'ai bien compris que tu penses que je me suis trompé sur toute la ligne. Mais tout était sous mes yeux, en évidence. Et sûrement que mes préjugés sur ta famille n'ont fait qu'accroître mon aveuglement et renforcer mes croyances, toutefois, sache et sois sûre que je t'ai toujours dissociée de ces comportements que j'abhorre.

Quant à ce qu'il s'est passé entre nous à Halloween, je sais que tu le regrettes, mais je ne pourrai jamais ressentir la même chose que toi à ce sujet.

Je ne regrette ni ce qui s'est passé dans la bibliothèque, ni même ce que je t'ai avoué après. J'étais sincère.

Mais j'entends que tu ne partages pas ces sentiments. Et je n'y ferai plus jamais allusion. Notre projet de discours est fini, je vais le rendre en inscrivant nos deux noms à la rentrée et tu n'auras plus affaire à moi.

Je te le promets.

Darcy

Je fixe mon téléphone, le souffle coupé. Le mail de Darcy brille sur l'écran ; chaque mot me gifle. Je le relis une fois, deux fois, trois fois, le cœur battant à un rythme erratique.

J'ouvre la pièce jointe. Un *screen* du selfie que Jane a pris à la fête de Charles, accompagné des hashtags #Richboyvibes #Livingmybestlife

C'est une blague. Mes doigts serrent l'appareil si fort que mes jointures blanchissent. Ça *doit* être une blague. Je ne pensais pas Caroline capable de s'abaisser à ça. Mais tout me revient en mémoire. Son air triomphant à la fin de la soirée quand elle est revenue avec Darcy, et son changement de ton à lui.

Je lis et relis le mail de Darcy, et au fur et à mesure, j'absorbe les mots, leur sincérité maladroite, leur vulnérabilité inattendue. Je sens quelque chose se fissurer en moi. La carapace rapiécée de ressentiment et de colère que j'ai soigneusement construite autour de mon cœur ces derniers jours commence à se craqueler.

— Bon sang, Darcy, je murmure pour moi-même.

Un mélange de frustration et de honte m'envahit quand je repense à la façon dont je l'ai traité dans le jardin. Pourtant, ma rage n'est pas totalement éteinte. Comment a-t-il pu gober aussi facilement tous ces mensonges ?

Je me lève brusquement de mon lit, incapable de rester en place. Mon esprit est un tourbillon de pensées paradoxales. Une partie de moi veut s'accrocher à ma colère, rejeter ces explications comme des excuses pathétiques. C'est plus facile, plus sûr.

Mais effectivement, au regard du comportement de Wickham ces dernières semaines et de toutes les histoires à son sujet que Lydia nous rapporte ces derniers jours, cette version des faits… Et là ça me revient. Ce que m'a dit Jane dans le placard. La version de Charles qui me mettait déjà sur la voie. Oh mon Dieu, comment ai-je pu faire l'impasse là-dessus ? La culpabilité m'envahit, me laissant un goût amer dans la bouche. Comment ai-je pu être aussi aveugle ? Aussi prompte à juger ?

Cette version des faits me frappe comme un coup de poing dans le ventre.

Et puis il y a Jane et Charles. Mon sang bout à la mention de Caroline, cette garce manipulatrice. Mais la colère laisse vite place à une tristesse profonde pour ma sœur. Comment lui expliquer… Quel enfer.

Darcy, pourquoi faut-il que tu sois aussi bête !

Jane… Oh mon Dieu, Jane ! Jane n'a pas été rejetée parce qu'elle n'était pas assez bien. Elle a été victime d'un mensonge égoïste. Mais pourquoi Caroline a-t-elle fait ça ? Pourquoi vouloir séparer son frère de Jane ? Est-ce que l'on fait trop prolos pour elle ? Ou est-ce dans le but… ? Je chasse cette éventualité qui ferait de moi la cause du chagrin de Jane.

Comment vais-je annoncer ça à ma sœur ? Les mots flottent dans mon esprit. Peut-être que je pourrais… Je secoue la tête, chassant une nouvelle fois cette pensée. Mais l'idée persiste, tentante. Ne serait-ce pas plus simple de lui épargner cette nouvelle douleur ? De la laisser guérir sans raviver la blessure ?

— J'attendrai que la douleur soit passée, je souffle pour moi-même, testant ces mots.

Mais même à mes propres oreilles, ça sonne faux. Jane mérite la vérité, n'est-ce pas ?

Je pourrais la mettre sur la piste, la convaincre d'aller parler à Charles.

Mes yeux se posent sur la dernière partie du mail. Mon cœur se serre. Les souvenirs de cette nuit d'Halloween affluent, aussi vifs qu'intenses. La chaleur de ses lèvres, la douceur de ses mains, la passion dans ses yeux... Et tout ce que j'essaie d'ignorer depuis des semaines. Je repense à tous ces moments où il m'a montré autre chose que sa froideur habituelle, ces instants furtifs où son masque d'arrogance glissait, révélant quelque chose de plus profond, de plus spontané.

Non, je secoue la tête, comme pour écarter encore ces pensées. Non, non, non.

Mais c'est trop tard. Le doute s'est installé, insidieux et persistant. Et si j'avais eu tort ?

Je me laisse tomber sur mon lit, épuisée émotionnellement. Le téléphone pèse lourd dans ma main, comme les révélations qu'il contient.

— Non, je me répète fermement, sentant ma poitrine se serrer douloureusement.

Non, non, non. Je ne vais pas tomber dans le panneau. C'est Darcy. Arrogant, insupportable, magnifique... Non, pas magnifique. Juste insupportable Darcy.

Je ferme les yeux, et l'image de ma sœur ces derniers jours me revient en mémoire. Son sourire forcé, ses yeux rougis qu'elle essaie de cacher, sa voix qui tremble quand elle dit que tout va bien. Jane, ma douce Jane, brisée par de la pure malveillance.

Comment ai-je pu me tromper à ce point sur tout ? Sur Darcy, sur Caroline, sur la situation de Jane et Charles ? Et maintenant, comment réparer les dégâts sans lui causer plus de souffrance ?

Après plus d'une heure de tergiversations, je prends la décision d'attendre la fin des vacances.

Le lundi nous sort Jane et moi de la *safe place* que représentait notre chambre ces derniers jours. Je ne lui ai rien dit. Nous avons juste profité d'être en famille, regardé des films et fait de la pâtisserie. Maman a dû sentir que nous n'étions pas très en forme, car pour une fois, elle ne nous a pas posé plus de questions que ça. Il faut dire qu'elle avait assez à faire avec Lydia qui, selon ses propres dires, passait des vacances ÉPIQUES, et revenait chaque jour avec des histoires savoureuses.

Je me traîne dans les couloirs, mon sac pesant une tonne sur mon épaule – ou peut-être est-ce le poids de la culpabilité et de la confusion qui me donne cette impression – quand Charlotte, à qui je n'ai pas écrit depuis cinq jours, m'interpelle :

— Eh, Lizzie ! Tu as passé une bonne fin de vacances ?

Je force un sourire. Si elle savait.

— Oh, tu sais, le train-train habituel. Netflix et procrastination avec Jane et Kitty.

J'adorerais lui en parler, mais je ne saurais même pas par où commencer tellement tout est flou dans mon esprit.

Elle plisse les yeux.

— T'es sûre que ça va ? T'as l'air… je sais pas, bizarre.

— Moi ? Bizarre ? Jamais de la vie, je réplique avec un rire qui sonne faux même à mes propres oreilles. Et toi ?

— Beaucoup de temps avec Collins et finalement assez peu de statistiques sur l'empreinte carbone. J'ai peut-être une bonne influence sur lui après tout, me répond-elle avec un clin d'œil appuyé.

Alors que nous nous dirigeons vers notre première classe, je scrute anxieusement les couloirs. J'espère apercevoir Darcy, tout en étant terrifiée à cette idée. Pourtant, je veux vraiment éclaircir ce que Caroline a fait, mais redoute de devoir lui faire un *mea culpa*. Je voudrais surtout retourner dans ma chambre pour toujours et mater encore et encore les épisodes de *Gilmore Girls* avec Jane, même si on les connaît par cœur.

La matinée passe dans un brouillard. Je prends des notes mécaniquement, alors que mon esprit revient sans cesse au mail de Darcy. Ce dernier est assis là, à quelques mètres de moi, sa présence est étouffante, mais nous n'avons échangé aucun regard.

À la pause déjeuner, je repère Wickham à sa table habituelle, entouré de son fan-club. Mon estomac se noue. Comment ai-je pu être aussi naïve ? Il me fait un signe de loin auquel je réponds en tournant les talons.

— Terre à Lizzie ! (La voix de Jane me ramène à la réalité.) Tu veux des frites ?

Je secoue la tête, me rendant soudain compte que nous sommes attablées.

— Non, merci. Je n'ai pas très faim.

Jane fronce les sourcils.

— Tu es sûre que ça va ? Tu as à peine touché à ton assiette.

— Je suis juste… fatiguée, je mens.

La culpabilité me ronge. Je devrais lui parler de Charles, de Caroline. Mais je veux d'abord avoir une explication avec Darcy. Si j'y parviens.

La fin de la journée et les jours suivants se déroulent dans une étrange chorégraphie d'évitement et de regards furtifs. Darcy et moi dansons l'un autour de l'autre, jamais assez proches pour se parler, mais suffisamment pour être conscients de la présence de l'autre.

Vendredi après-midi. Cette semaine est passée sans que je m'en aperçoive. Il faut vraiment que je me ressaisisse.

— Tu as vu le message de maman pour Lydia ? me dit Jane alors que nous descendons les marches du lycée.

— Ah non, encore une relance pour son cours de théâtre ? j'essaie de deviner en cherchant mon téléphone. Mince, je crois que j'ai oublié mon portable au journal. Tu m'attends deux minutes, s'il te plaît ?

— Oui, bien sûr, j'espère qu'il est encore là-bas, me répond-elle avec un air inquiet, plus perturbée par mon étourderie que par le vol potentiel de mon téléphone.

Arrivée devant la porte du club, je tombe nez à nez avec Caroline qui semble en sortir. Mais qu'est-ce qu'elle fait là ? Il ne manquait plus qu'elle. Son sourire mielleux me donne envie de vomir.

— Lizzie ! Comment vas-tu ? Tu as passé de bonnes vacances ? me salue-t-elle comme si nous étions les meilleures amies du monde.

— Ça va, je rétorque froidement. (Puis, comme mue par une force inconnue, je m'arrête dans l'embrasure de la porte et me tourne vers elle :) Et toi, Caroline ? Pas trop occupée à créer de fausses stories Instagram ?

Son sourire vacille une seconde avant de revenir, plus faux que jamais.

— Je ne sais pas du tout de quoi tu parles, rétorque-t-elle d'une voix mal assurée.

— Non, bien sûr que non, je fais avec un sourire tout aussi faux. Passe une bonne journée, Caroline.

Je sens son regard brûler. Une petite victoire, mais qui ne fait rien pour apaiser le tumulte dans mon cœur.

J'entre dans la salle et repère tout de suite mon smartphone bien en évidence où je l'ai abandonné. Vraiment, ça ne me ressemble pas. Mon cerveau est complètement saturé des quiproquos de ces dernières semaines que je n'arrive pas à résoudre. Comme pour me donner raison, une voix m'interrompt :

— Elizabeth ?

Je tourne la tête. Darcy se tient de l'autre côté de la salle. Je ne l'ai absolument pas vu en entrant – quelle idiote, me laisser surprendre ainsi. Toutes mes résolutions pour aller lui parler s'effondrent en même temps que nos regards se croisent. À peine une fraction de seconde passe avant que nous détournions tous deux les yeux, mon cœur se ratatine dans ma poitrine. Il a l'air aussi mal que moi.

— Salut, je murmure dans un souffle à peine audible.

Un silence lourd de sens s'installe. Je n'ose pas m'avancer vers la sortie de peur de me rapprocher de lui. Jane attendra.

Il ouvre soudainement la bouche, la referme, puis prend une profonde inspiration.

— Je... je voulais juste te dire que j'ai rendu le projet de discours. J'ai mis nos deux noms dessus.

— Oh. (Je cligne des paupières, surprise, mais un peu déçue que le sujet qu'il aborde soit juste académique.) Merci.

— Je suis désolé pour le comportement de Caroline, ajoute-t-il en baissant les yeux. Je crois que je me suis lourdement trompé.

Il a donc entendu notre court échange, parfait.

— Non, en fait, je devrais plutôt m'excuser d'avoir manqué de jugeote, et de ne pas avoir remis en question sa photo. Je ne suis vraiment pas branché réseaux sociaux, j'étais à mille lieues d'imaginer qu'on pouvait faire ce genre de montage.

Je suis touchée par sa franchise. Le connaissant, cela n'a pas dû être facile d'avouer son ignorance sur ce sujet et d'admettre son « manque de jugeote ».

Un silence gêné s'installe entre nous. Il y a tellement de choses que je voudrais dire, tellement de questions que je voudrais poser. Mais les mots restent coincés dans ma gorge. Je suis incapable de retrouver le fil de mes pensées, que j'ai pourtant passé ces derniers jours à articuler en vue de lui parler.

Finalement, voyant que je ne dis rien et souhaitant sûrement m'épargner la gêne de sa présence, Darcy hoche doucement la tête et attrape son sac.

— Bon week-end, Elizabeth, dit-il doucement avant de s'éloigner.

Je l'observe partir avec regret, et une vague de tristesse m'envahit.

— Bon week-end, Darcy, je chuchote, bien trop tard pour qu'il puisse m'entendre.

Les jours suivants me paraissent les plus déprimants de l'automne, comme si l'hiver s'installait déjà partout dans mon cœur. Le pire, ce sont sûrement les trajets de retour avec Lydia qui s'égosille sur Wickham et Denny, et Kitty avec son air de beagle amoureux, alors que Jane et moi sommes moroses à mourir. Si quelqu'un cherche à faire une étude sur les différentes effusions hormonales adolescentes, il n'a qu'à venir faire un tour dans notre voiture. On a tout l'éventail, du désespoir silencieux à l'hystérie amoureuse.

Puis un soir, enfin, c'est arrivé. Jane a ressuscité.

Je suis affalée sur mon lit, mon manuel d'histoire servant de support à mon cahier de notes. Mes yeux luttent pour rester ouverts alors que j'essaie d'imaginer Mrs Smith nous prononcer « Blitzkrieg » avec son cheveu sur la langue.

Soudain, la porte s'ouvre à la volée. Jane déboule dans notre chambre, survoltée. Ses joues sont roses, son sourire radieux, et pour la première fois depuis des semaines, elle a l'air… vivante.

— Lizzie ! Lizzie ! (Elle agite son téléphone comme une pom-pom girl surexcitée.) Regarde, je viens de recevoir des messages de Charles ! Tiens, lis.

— Et Darcy, continue Jane, sa voix à peine plus qu'un murmure. Comment a-t-il pu croire que j'étais ce genre de fille ?

Je sens une pointe de culpabilité me transpercer. N'ai-je pas, moi aussi, cru le pire de Darcy sans chercher à vérifier ?

— Il ne te connaît pas comme je te connais, je la rassure. Et apparemment, il n'est pas très doué avec les réseaux sociaux. Il a vu ce que Caroline voulait qu'il voie. Et aussi parce que Darcy est un idiot arrogant qui pense tout savoir mieux que tout le monde. Ou du moins, c'est ce que je pensais.

Jane me scrute, perplexe.

— Qu'est-ce que tu veux dire ?

J'hésite un moment avant de lui tendre mon téléphone à mon tour, affichant le mail de Darcy.

— Tiens. C'est un mail que Darcy m'a envoyé avec la photo de ta « story ».

Pendant que Jane lit, je vois ses expressions changer. De la surprise, puis de la tristesse, et finalement une lueur d'espoir.

Mais son humeur s'assombrit.

— Tu le savais ? Pourquoi tu ne me l'as pas dit ? C'est pour ça que tu as insisté l'autre jour pour que je parle à Charles ?

— Oui, je voulais aussi voir si Charles serait à la hauteur en apprenant la vérité de la bouche de Darcy. Je ne voulais pas que tu sois doublement peinée, je me défends, me sentant un peu coupable.

Elle reprend son téléphone et se remet à taper en faisant les cent pas dans ma chambre.

Jane

Lizzie vient de me raconter.
Mais pourquoi tu ne m'en as pas parlé ?
Et comment tu as pu croire
que je posterais ce genre de choses
sur toi ?

Charles

Je sais, j'ai complètement merdé.
Je n'aurais jamais dû croire
un truc pareil. Mais tu sais,
malgré les apparences, je n'ai pas
toujours confiance en moi. Et qu'une fille
aussi géniale que toi, l'ange
de Pemberley, s'intéresse à moi,
une partie de moi ne pouvait pas y croire.

Jane

Oh, Charles, ce n'est pas ta faute.
C'est ta sœur qui t'a menti.

Charles

Peut-être, mais j'aurais dû
te parler directement au lieu de me fier
aux autres.

Jane

On fait tous des erreurs...

Charles

Celle-ci était énorme. J'ai gâché tellement
de temps...

Jane

Charles...

Charles

Oui ?

Jane

Tu me manques 💕

Charles

Tu me manques aussi, Jane.
Tellement 💖

Jane

Alors… qu'est-ce qu'on fait maintenant ?

Charles

Et si on recommençait depuis le début ? Un vrai rendez-vous, juste toi et moi.

Jane

J'aimerais beaucoup ça 😊

Charles

Demain soir ?
Je passe te chercher à 19 heures ?

Jane

C'est parfait. J'ai hâte 💗

Charles

Moi aussi. Jane ?

Jane

Oui ?

Charles

Je te promets que cette fois,
je ne laisserai personne s'interposer
entre nous.

Jane

Je te fais confiance. À demain 😘

Charles

À demain 😘

Jane rayonne à nouveau et le monde peut recommencer à tourner. Après m'avoir montré la fin des messages et jubilé d'extase pendant cinq bonnes minutes, elle lève la tête de son téléphone.

— Le mail de Darcy explique beaucoup de choses. Qu'est-ce que tu en penses ? Le comportement de Charles... Caroline a toujours eu un faible pour Darcy, ça crève les yeux. Elle a dû penser : « Si Charles s'éloigne de Jane... bye-bye, Lizzie. »

Ma sœur a mis le doigt sur la seule explication que je n'osais m'avouer, mais qui fait sens. Quelle imbécile j'ai été de ne pas m'en rendre compte, même Caroline Bingley a fait preuve de plus de bon sens que moi. Cha serait si déçue...

— Et toi alors ? reprend Jane, me coupant dans mes pensées. Qu'est-ce que tu ressens pour Darcy ?

Surprise, je baisse les yeux et joue nerveusement avec mon bracelet.

— Je ne sais pas quoi en penser, Jane. Une partie de moi veut encore le détester, mais... Je pense que je me suis trompée sur toute la ligne.

— Lizzie… Tu lui as répondu ?

Je grogne, enfouissant mon visage dans mes mains.

— Non, mais j'ai fait en sorte qu'il sache que Caroline avait bidouillé la photo. Et pour Wickham, j'essaie de me dire que j'ai juste une autre version de l'histoire. Mais qu'est-ce qui me dit que c'est la vraie version ?

— Tu *sais* que c'est la vraie version, rétorque Jane avec un petit sourire.

Elle n'est pas dupe. Elle m'a démasquée.

— Oui, je sais, Jane. Mais je me sens… tellement idiote de m'être fait avoir comme ça par Wickham… J'ai tout gâché.

— D'après ce qu'il dit dans le mail, ce qui s'est passé entre vous a l'air assez important pour ne pas avoir été « gâché » aussi facilement. Tu veux m'en parler ?

J'ai l'habitude de toujours tout raconter à ma sœur. C'est comme ça depuis que nous sommes petites – Jane est mon roc, ma confidente, celle qui connaît tous mes secrets. Mais cette fois-ci, c'est différent. Je ne suis pas prête à en parler, surtout après que notre conversation a ravivé les souvenirs dans mon cerveau embrumé. Les mots de Darcy dansent encore dans mon esprit, se mélangeant aux souvenirs de notre rencontre. Je ne sais pas pourquoi, mais je veux garder ce qu'il s'est passé chez lui pour moi. C'est comme si j'avais un petit trésor, quelque chose de précieux et de fragile que je ne suis pas prête à partager, même avec Jane.

J'ai besoin de temps pour digérer tout ça. Pour comprendre ce que je ressens vraiment, pour Darcy, pour toute cette situation.

C'est comme si j'avais mangé un repas trop copieux et que mon cerveau émotionnel avait besoin de faire une sieste digestive. Je dois trier, analyser, comprendre. Et pour l'instant, la seule chose dont je suis sûre, c'est que je ne suis sûre de rien.

Chapitre 19

Lydia Bennet

17 novembre – 21 h 37

Nahhh, mais Lizzie, elle est trop cringe là 💀
Genre, elle débarque dans la chambre tout à l'heure, alors que je tournais un TikTok ??? On aurait dit une folle. Elle était en mode psycho à tout vouloir savoir sur George et moi. Soi-disant qu'il est red flag*... Girl, arrête de croire tous les gossips !*
Elle a juste le seum parce que c'est elle qui avait flashé sur lui au début et qu'il m'a choisie, moi.
C'est pas ma faute si je suis plus cool qu'elle et que les gens me préfèrent 🤷
En plus, elle m'a parlé comme si j'étais une gamine. J'ai pas besoin de sa permission pour date *qui je veux ?? C'est pas ma mère !!*
Littéralement, plus jamais je lui parle.

P.-S. : Prévoir un TikTok sur les Pick me.

La journée a commencé comme n'importe quelle autre. Par un réveil en catastrophe, une douche froide à cause de mes sœurs qui sont restées des heures sous la leur, et un petit déjeuner ponctué par les exclamations aiguës de maman.

Mais aujourd'hui n'est pas un jour comme les autres. Oh non... Parce qu'aujourd'hui Ms Austen annoncera enfin les résultats du concours de discours. Tous les élèves de la prépa sont invités à se retrouver dans l'amphi principal à midi.

Avec Darcy, on a passé des semaines à peaufiner notre texte, par mails interposés, parfois jusqu'à tard le soir. Chaque formule, chaque virgule, chaque pause dramatique a été débattue, analysée, perfectionnée, et je suis vraiment fière du résultat.

Pourtant, en passant les grilles de Pemberley, je suis beaucoup moins enthousiaste que prévu. Depuis notre échange au journal, Darcy semble continuer de m'éviter, et je n'ai pas encore réussi à répondre à son mail. Et ce n'est pas faute d'avoir essayé. Mais je ne sais pas, chaque fois que je commence à lui écrire, mes doigts se figent sur le clavier, et toutes les phrases intelligentes que j'avais construites dans ma tête s'évanouissent. Je n'ose même pas imaginer si on gagne le concours et qu'on se retrouve à devoir faire le discours ensemble...

— Lizzie !

La voix de Charlotte me tire de mes pensées. Elle se précipite vers moi, main dans la main avec Collins. Leur couple tout neuf me fait encore un peu bizarre.

— Tu es prête ? Je suis tellement excitée !

Je lui réponds par un sourire que j'espère ce rassurant.

— Respire, Cha. On a tous fait de notre mieux. Vous deux, Darcy et moi... Et même Jane et Charles, à leur façon. Ce n'est pas si grave si aucun de nous ne gagne. Essaie de te détendre un peu.

Je mens. J'ai très envie de gagner ce concours, car je sais qu'il pourrait faire la différence dans mes candidatures pour les universités.

— En parlant de Jane et Charles, intervient Collins, ajustant ses lunettes, je les ai vus tout à l'heure. Ils avaient l'air... particulièrement détendus.

Charlotte lui donne un petit coup de coude affectueux, et je ris malgré mon anxiété.

— C'est Jane et Charles. Ils pourraient gagner sans un mot, rien qu'avec leur charme naturel.

Collins se racle la gorge, prenant cet air pompeux qui annonce généralement une de ses tirades.

— Eh bien, permettez-moi de vous rappeler que, selon les grands penseurs de notre époque, le succès est composé de 1 % d'inspiration et de 99 % de transpiration. Bien que je ne puisse confirmer ces statistiques précises, je suis convaincu que notre dévouement assidu nous donnera un avantage certain sur nos camarades moins... disons, industrieux.

Charlotte et moi échangeons un clin d'œil amusé. Typique de Collins.

— Merci pour cette… perspective éclairante, Collins, je réplique, essayant de garder mon sérieux. Même si en termes de transpiration, je pense qu'un champion de tennis et une athlète comme Jane nous battent à plate couture.

Juste avant d'entrer dans l'auditorium, j'aperçois Darcy. Nos regards se croisent un instant, mais il détourne rapidement les yeux, et je sens une vague de tristesse m'envahir.

Il faut bien cinq bonnes minutes pour que tous les élèves s'installent dans les rangées, et le brouhaha s'estompe soudainement lorsque Ms Austen passe les portes battantes. Je sens mon estomac se nouer. Le moment de vérité est arrivé. Je cherche Darcy ; il est assis un peu plus bas avec Charles, l'attention résolument tournée vers l'estrade.

— Mes chers élèves, commence-t-elle d'une voix pleine d'enthousiasme, je vais vous donner les résultats de notre concours de discours. Mais avant cela, j'ai une annonce à vous faire. Mrs Smith ne reviendra pas au lycée. Pour des raisons personnelles, elle doit partir à l'étranger. Le temps de lui trouver un ou une remplaçante titulaire, vos cours seront assurés par un vacataire étudiant, Mr Knightley. Je compte sur vous pour lui réserver un bon accueil.

Comme elle est toujours au courant de tout, je lance un regard interrogateur à Charlotte, mais elle semble tout aussi surprise que moi. Un frémissement parcourt l'assemblée. L'annonce du départ de Mrs Smith, notre prof adorée, aurait dû nous plonger dans la stupeur, or l'apparition de son remplaçant sur l'estrade a un effet... disons, différent.

Le nouveau venu se place à côté de notre principale. Charlotte me donne un coup de coude et, sans pouvoir me retenir, je laisse échapper un sifflement admiratif – pas très classe, je l'admets. Charlotte valide toutefois.

— On dirait le jumeau caché de Jacob Elordi, me chuchote-t-elle.

— À mon avis, peu d'étudiantes sécheront ses cours, je cancane à mon tour.

Une voix familière se rappelle brutalement à nous.

— Hum...

Deux mains élégamment manucurées se posent sur nos épaules. Emma.

— Les filles, s'il vous plaît, c'est un de mes meilleurs amis, pas un bout de viande.

— Tu connais cette bombe ? manque de s'étrangler Charlotte.

— Nos parents sont très amis. Sa mère est ma marraine, on a quasiment grandi ensemble.

La honte nous envahit. Pour nous rattraper, nous bafouillons des excuses et saluons l'exploit d'avoir décroché un poste – même en intérim – dans notre prestigieux établissement.

— Il doit être hyper brillant, je dis en tentant de rattraper notre comportement puéril. Il a quoi ? Vingt-cinq ans ?

— Vingt-trois, répond Emma, son expression sévère laissant place à un sourire sincère.

Elle se redresse, visiblement fière de son ami.

Ms Austen s'éclaircit la gorge afin de faire taire la rumeur naissante et reprend :

— Cette année, le jury a été particulièrement impressionné par la qualité des discours présentés. Cependant, un s'est vraiment démarqué.

Mon cœur bat très vite. Je ferme les yeux pour tenter de le calmer, et me préparer à la déception.

— J'ai donc le plaisir d'annoncer que les gagnants du concours de discours de cette année sont...

Je retiens mon souffle.

— Elizabeth Bennet et William Darcy !

Mes paupières s'ouvrent brusquement. Ai-je bien entendu ?

Jane me serre dans ses bras, Charlotte, bien qu'un peu déçue, pousse un cri de joie, et moi... moi, je reste figée, incapable de bouger.

— Lizzie, tu as gagné ! s'exclame Jane, me secouant légèrement.

Je cligne des yeux, tentant de reprendre mes esprits. J'ai gagné. On a gagné avec Darcy.

— Elizabeth, William, pourriez-vous me rejoindre ? demande Ms Austen.

Je me lève maladroitement, mes jambes tremblantes me portant tant bien que mal, et j'atteins Ms Austen sans m'en rendre compte. Darcy me rejoint et se place à une distance polie de moi. Nous faisons à présent face à tous les élèves, qui applaudissent religieusement. La présence de Darcy à côté de moi m'écrase, et je suis à deux doigts de manquer d'air.

Je cherche Jane des yeux dans la salle pour m'apporter du réconfort, mais mon regard croise par mégarde celui de Caroline. Son visage est tordu dans une grimace de dégoût et de fureur mal dissimulés. Malgré mon malaise, je lui adresse un sourire d'une douceur extrême. La voir rager comme ça – elle est probablement en train d'imaginer mille et une façons de me faire trébucher lors du bal de Noël –, c'est comme un baume apaisant sur mes nerfs à vif. OK, je sais que c'est mesquin, mais après ce qu'elle a fait, surtout à Jane, je ne peux pas m'empêcher de savourer cette petite victoire personnelle.

Jane remarque mon expression qu'elle ne connaît que trop bien. Son sourire s'élargit à la vue d'une Caroline décomposée. Je lui adresse un petit clin d'œil qu'elle me rend aussitôt.

Puis je m'arrête sur Charlotte et mon sourire devient plus peiné à la vue de son air, partagé entre joie sincère pour moi et déception pour elle-même. À côté d'elle, Collins, lui, semble déjà prêt à me faire un discours sur l'importance de rester humble dans la victoire.

J'ai beau essayer d'en faire abstraction, la présence de Darcy se rappelle constamment à moi, et je ne sais pas quelle posture, faussement décontractée, adopter. Je sens la panique prendre le dessus et n'entends plus rien d'autre que les battements de mon cœur qui s'emballe. Je jette un coup d'œil furtif sur lui. Il porte son masque d'impassibilité, et se tient droit comme un I.

— Félicitations à vous deux, dit Ms Austen en nous adressant une poignée de main. Votre discours est remarquable. Elizabeth, votre passion et votre éloquence sont palpables dans chaque phrase, et William, votre analyse profonde et perspicace s'est ressentie dans tout le texte. Comme vous le savez, continue Ms Austen, vous aurez l'honneur de réciter votre discours lors du bal de Noël. J'ai hâte de vous entendre !

Se retournant vers les gradins, elle enchaîne :

— Maintenant, j'entends d'ici des estomacs gargouiller... Je ne vous retiens pas davantage, je sais que certains ont faim. Allez, filez !

Je vais récupérer mon sac dans un état second. Une fierté immense m'envahit, c'est certain. On a réussi ! Tous les mails qui ont suivi notre réunion de travail chez Charles, toutes ces heures passées à peaufiner chaque mot, chaque virgule... ça a payé.

Mais cette victoire me ramène aussi à ma situation avec Darcy. Nous devrions être en train de célébrer ce succès ensemble si la situation n'était pas aussi compliquée entre nous. Dans une dizaine de jours, nous allons devoir présenter notre discours devant des centaines de personnes, mais pour l'instant nous n'arrivons qu'à nous éviter.

Le brouhaha de la cafétéria bourdonne comme une ruche affairée, et la reine des abeilles, Emma, vient de passer à ma table pour me féliciter. Je suis avec Charlotte et Collins. Jane a rejoint son prince charmant. Depuis qu'ils se sont rabibochés, ils sont inséparables, et pour la première fois depuis quelques semaines, mon assiette est presque vide. L'appétit m'est revenu en même temps que le sourire de Jane.

— Je n'arrive toujours pas à y croire, murmure Charlotte en jetant un coup d'œil à la table voisine où Jane et Charles sont assis, têtes penchées l'une vers l'autre, perdus dans leur propre monde.

Je souris à la vision de ma sœur qui semble si heureuse, mais note malgré tout l'absence de Darcy à leur table. Où peut-il bien être ?

— Charles a l'air vraiment désolé, continue Charlotte.

— Il peut l'être, je réplique, sans réelle animosité. Mais au moins, il a eu le courage de s'excuser et d'admettre qu'il a eu tort de douter de Jane.

Soudain, la voix nasillarde du haut-parleur interrompt notre conversation :

— Elizabeth Bennet est demandée dans le bureau de Ms Austen. Je répète, Elizabeth Bennet dans le bureau de Ms Austen.

Le silence tombe sur notre table. Charlotte et Collins m'observent avec des yeux ronds.

— Qu'est-ce que tu as fait ? me demande Collins, persuadé que j'ai dû faire quelque chose pour être convoqué par la *Queen* Austen, puisque je ne suis ni rédactrice en cheffe ni présidente du conseil des élèves.

— Rien ! je proteste, sentant déjà mon estomac se nouer. Enfin, je crois...

— Mais non, ne t'inquiète pas, me rassure Charlotte. C'est sûrement pour parler de la soirée et du discours.

— Alors pourquoi Darcy n'a pas été appelé ? insiste Collins, se voulant toujours factuel.

— William ! le gronde Charlotte, ce qui fait naître un petit sourire sur mon visage.

Je me lève et rassemble mes affaires. Jane me lance un regard interrogateur depuis sa table, et je lui fais un petit signe rassurant de la main.

— Souhaitez-moi bonne chance, je murmure en partant.

Dans le couloir, presque au niveau de l'administration, j'aperçois Darcy qui arrive dans l'autre sens. Nos regards se croisent brièvement, mais il détourne le sien et accélère le pas. Aïe. Ça fait mal. Même les civilités les plus basiques ne sont plus d'actualité. Je n'existe plus dans son monde. Quand il arrive à mon niveau, ma main tressaille un instant à l'idée de le retenir, mais il me dépasse, et son parfum me parvient, ravivant des souvenirs que je souhaiterais enfouir. La déception me frappe comme une gifle, et les regrets de ne pas avoir réussi à lui parler l'autre jour, ou maintenant, m'en donnent une seconde. Nous n'en serions peut-être pas là si je n'avais pas été si bornée.

Une fois arrivée devant le bureau de Ms Austen, je prends une profonde inspiration et toque à la porte. Une voix m'invite à entrer.

Mon esprit déjà préoccupé tente de se distraire en découvrant la pièce. Des étagères remplies de livres couvrent les murs. Son bureau en bois est parfaitement rangé, avec des piles de copies bien alignées et un ordinateur portable dernier cri. Une tasse de thé Earl Grey fumante trône sur un sous-verre et parfume la pièce. Dans un coin, un fauteuil en cuir usé invite à la lecture, et je l'imagine aisément s'y ressourcer quand la vie de Pemberley devient trop intense.

Je m'assieds sur le bord de la chaise en face d'elle, mal à l'aise. Pourquoi m'a-t-elle convoquée ?

— Elizabeth, commence-t-elle en arborant une expression amicale. Je voulais te voir concernant le discours.

Elle marque une pause.

— Je vais aller droit au but, poursuit-elle. William s'est désisté. Tu devras donc le prononcer seule.

Ces mots me foudroient. Je sens mon cœur se serrer et la déception m'envahit.

— Je... Quoi ? je bafouille d'une petite voix.

Ms Austen soupire.

— Je sais, c'est inattendu. J'espère que ça ira et que tu n'es pas trop mal à l'aise avec cet exercice.

Je fixe mes mains qui tremblent légèrement sur mes genoux.

— Mais... pourquoi ? je questionne d'une voix qui trahit ma peine.

— Il n'a pas donné de détails, répond Ms Austen. Elizabeth, je sais que c'est une grosse responsabilité, mais je crois en toi. Votre texte est exceptionnel, et je suis convaincue que tu peux briller lors de cette soirée, même seule. N'oublie pas que c'est une excellente opportunité pour toi, pense au stage qui est offert aux gagnants. C'est une expérience inestimable.

Je hoche la tête mécaniquement. Ms Austen ne peut pas comprendre que ce n'est pas l'idée de m'exprimer seule qui me contrarie tant. Je sais les heures que Darcy a passées à travailler sur ce projet et je connais son implication...

— Elizabeth ? Tu te sens capable de le faire ?

— Oui, j'affirme en essayant d'exprimer une confiance que je ne ressens pas vraiment.

Ms Austen sourit, visiblement soulagée.

— Excellent. Je savais que je pouvais compter sur toi.

En sortant du bureau, je me sens vidée. Je ne comprends pas pourquoi Darcy s'est désisté.

Est-ce parce que je n'ai pas répondu à son mail ou est-ce pour acter qu'effectivement, je n'aurais plus affaire à lui, comme il l'a écrit dans son message ?

Quand je retrouve mes amis, je n'ai pas envie de parler de tout ça, alors je garde l'info pour moi, évitant les regards inquisiteurs de Charlotte et Collins, et passe le reste de la journée concentrée sur les cours. J'ai bien pensé à aller parler à Darcy, mais il est fantomatique. Il entre toujours en dernier en classe et sort le premier. Le reste du temps, il disparaît.

Quand nous arrivons à la maison, Jane annonce la bonne nouvelle à nos parents. Papa, qui vient juste de rentrer de la librairie, me prend dans ses bras et me félicite chaleureusement. Maman, qui met un peu plus de temps à comprendre de quoi il retourne, s'agite lorsqu'elle comprend que sa fille sera à l'honneur du bal de Noël et embraie déjà sur le choix de ma tenue. Je remercie tout le monde pour leur enthousiasme, mais mon manque d'entrain doit transpirer, car papa, pourtant d'habitude si discret, m'interroge :

— Eh bien, Lizzie, pourquoi tu ne sembles pas plus contente que ça ? Tu as travaillé si dur. Tu as même passé tout un samedi dans l'arrière-boutique de la librairie à la recherche de la citation parfaite de cet auteur slave que personne ne connaît.

— Mais si, papa, je suis vraiment contente, je tente d'une voix peu convaincante.

— Tu n'as pas l'air dans ton assiette, s'y met maman. Pourtant, c'est vraiment une super nouvelle. Et donc, si j'ai bien compris, tu seras avec Darcy sur scène pour faire le discours ?

Elle glousse presque.

Et voilà, nous y sommes. Comment vais-je faire pour expliquer que mon partenaire refuse de le faire avec moi ? Je n'ai pas du tout envie de rentrer dans ce genre de discussion ce soir, et encore moins avec mes parents. Mais à quoi bon temporiser ? Ce n'est pas comme si j'avais une chance de le faire changer d'avis.

— En fait, non, je serai seule. Darcy s'est désisté. Il a gagné de nombreux concours de rhétorique, j'imagine que le discours de Noël de Pemberley n'est pas assez prestigieux pour lui.

Maman est outrée. Son visage a littéralement changé de couleur, et je ne peux que deviner ce qu'il se passe dans sa tête. D'ailleurs, je n'ai même pas le temps de le faire qu'elle lance :

— Franchement, pour quelqu'un qui a été renvoyé de son lycée, il en fait des manières. Ne pas vouloir faire ce discours avec toi, c'est ridicule ! Pour qui se prend-il ? La réincarnation de George V ? Pfff.

Jane devine mon malaise.

Elle s'empresse alors de faire diversion :

— Maman, j'ai pensé à ma robe pour le bal de Noël justement. Tu veux que je te montre ce que j'ai trouvé ?

Merveilleuse Jane… Peu de monde peut comprendre l'ampleur du sacrifice qu'elle vient de faire pour me laisser tout le loisir de m'éclipser. Et tandis qu'elle s'apprête à subir une heure de scrollage frénétique sur les tableaux mode de Pinterest, jusqu'à ce que notre mère parte chercher les jumelles au centre artistique, je file vers notre chambre.

J'ai besoin de m'isoler un peu, car je suis beaucoup plus attristée que je ne veux bien l'admettre par la décision de Darcy, et de plus en plus en colère contre moi-même. C'est vrai, lui, il a fait l'effort de m'écrire ce mail où il m'a confié des choses très personnelles. Il avait déjà fait celui de m'ouvrir son cœur la vieille – et moi, moi, rien. Je suis incapable de faire un pas vers lui. Vraiment, Lizzie... Pourquoi ? Parce que ça t'aurait fait trop mal au cul de lui dire : « Désolée d'avoir cru que tu étais le pire connard de l'univers, alors que je ne suis qu'une crétine aveuglée par mes préjugés, incapable de reconnaître un humain décent quand il est sous mes yeux depuis le début. »

Je me déteste !

Chapitre 20

William Darcy

28 novembre – 18 h 45

Toujours faire ce qui est juste.

Voilà une chose que m'a apprise mon père. Je me souviens quand enfant je faisais une bêtise. Avant de me gronder ou de me punir, il me demandait toujours : « Est-ce que tu penses que ce que tu viens de faire est juste ? »

Et bien sûr, ça ne l'était pas.

Aujourd'hui, j'ai pris une décision difficile, mais juste, j'en suis convaincu.

Je suis un garçon qui tient toujours parole. De quoi aurais-je eu l'air si, après avoir écrit noir sur blanc à Elizabeth qu'une fois le discours rendu elle n'aurait plus affaire à moi, je m'étais imposé ?

Je me sens parfaitement au clair avec cette décision.

Elle ne m'a pas adressé un regard dans l'amphi. Peut-être que si elle l'avait fait, les choses auraient pu être différentes. Mais elle a confirmé son souhait. Alors de mon côté, j'ai tenu ma promesse.

Il est presque minuit quand j'entends la porte d'entrée claquer. Je sursaute, arrachée à mon demi-sommeil devant une rediffusion d'*Euphoria*. Le bruit est suivi par le son distinct de quelqu'un trébuchant sur le tapis de l'entrée, et d'un gloussement reconnaissable entre mille. Lydia.

Je me lève du canapé pour lui faire la morale sur l'heure tardive et son état évident d'ébriété, mais elle ne m'en laisse pas l'occasion.

— Ça y est ! Je l'ai fait !! Je ne suis plus vierge ! *Slaaaaay !*

Elle ne s'est même pas donné la peine de chuchoter. Ma petite sœur est définitivement un désastre ambulant. Ses cheveux sont en bataille, son maquillage a coulé, elle ressemble plus à un panda bourré qu'à une ado de seize ans.

— Lydia ? je chuchote, inquiète, en lui intimant de baisser le ton. T'es sérieuse ?

Elle lève les yeux vers moi, et je vois son sourire s'étirer.

— Oh, ça va Lizzie ! Je sais que tu as le seum ! Mais t'inquiète pas, ça t'arrivera aussi, glousse-t-elle.

L'odeur de l'alcool est forte, mais ce qui me frappe le plus, c'est sa stupidité. À quel moment a-t-elle pu croire que c'était un concours ?

— Mais qu'est-ce que tu racontes ? Qu'est-ce qui s'est passé ?

— Vas-y...

Je la coupe en mettant ostensiblement mon doigt devant mes lèvres pour qu'elle baisse enfin d'un ton.

— Chhh, mime-t-elle, mettant ma patience à rude épreuve. Demande-moi plutôt... avec qui ? hihihi ? Hips... avec Wickhaaaaaaaaaaaaaaaam !

La révélation me cloue sur place.

— Eh ouais, déso pas déso, me lance-t-elle avec une lueur de défi.

Je suis horrifiée par ce que je viens d'entendre. Je la savais immature, mais ne croyais pas Lydia capable d'une telle mesquinerie. Il me faut toute ma volonté pour ne pas l'encastrer dans la table basse histoire de lui remettre les idées en place. Mais connaissant ma sœur et vu son état... À ce stade, toute violence est inutile. Je prends une énorme respiration et, de ma voix la plus diplomate, réplique :

— OK, félicitations. Viens, tu vas prendre une douche. Tu pues, et si papa et maman te voient comme ça, ce sont eux qui vont te *slay*.

Je traîne tant bien que mal Lydia jusqu'à la salle de bains. Avec le boucan qu'elle a fait, je suis étonnée que mes parents ne soient pas déjà hors du lit. Je la mets sous la douche sans ménagement alors qu'elle se débat avec son tee-shirt, pourtant très simple à enlever. J'aperçois deux yeux embués de sommeil dans l'embrasure. Kitty nous a rejointes, sûrement réveillée par le bruit ou son instinct de jumelle.

— Qu'est-ce qui se passe ? demande-t-elle en bâillant.

Lydia, à peine débarrassée de son tee-shirt, repart de plus belle :

— *The thing* est arrivée, sis' ! J'suis pus pucelle ! Et en plus, avec le plus mec… le plus sexy de Pemerberleey.

Kitty la regarde, choquée.

— T'es bourrée ?

— Kitty, pas besoin d'avoir fait Oxford pour voir qu'elle est complètement bourrée, je lâche en attrapant le pommeau de douche. Essaie plutôt de la canaliser un peu pour pas qu'elle réveille les parents. Sinon, ça va être l'enfer.

Lydia continue son show, toujours en sous-vêtements. Tant pis, j'ouvre le robinet.

— Avec Geooooorge ! Eh oui ! Il m'a invitée en mode « Netflix & chill » chez lui. On s'est posés dans le canapé. Ses parents n'étaient pas là. Ils sont à… Je sais pas, hihi. Il nous a servi deux verres de vin, *so demuuure*. Il était en mode « t'es vraiment bonne, t'es trop sublime », bla-bla-bla… Puis il m'a embrassée. C'était *insane* ! Il est si… Wickham…, tu sais. Puis on a ken, quoi ! Deux fois ! insiste-t-elle en tendant trois doigts.

Le silence qui suit est assourdissant. Je sens une vague de nausées me submerger. Et pas parce que je suis jalouse, non. Mais parce que je sais à présent quel type de mec est Wickham. Et que j'en suis malade pour ma sœur. Lydia est comme elle est, mais elle mérite d'être avec un mec correct.

— Lydia ! souffle Kitty, d'un ton mi-amusé, mi-effrayé.

— Lydia, est-ce que... est-ce que Wickham s'est protégé ? je demande, tentant de garder la tête froide.

Elle tourne vers moi des yeux vitreux.

— De quoi ?

— Un préservatif, Lydia, est-ce que Wickham a mis un préservatif ?

— Hein ?

— Une capote ! je commence à perdre patience.

— Aaaah... Je... je ne sais plus, rigole-t-elle. Tout est flou... Je crois qu'on a mis un préservatif, mais... j'suis pas sûre en vrai... Hihihi ! Vous allez être tatas, ah ah ah !

Le pommeau s'oriente « accidentellement » vers sa tête, l'obligeant à fermer la bouche. Kitty pouffe. Mon estomac se noue. La situation vient de passer de plutôt mauvaise à franchement catastrophique. Je ferme les yeux un instant, essayant de rassembler mes pensées.

— OK, voilà ce qu'on va faire, je dis enfin à Kitty, m'efforçant d'être calme malgré la panique qui monte en moi. Tu vas la mettre au lit. Demain matin, dès que les parents seront partis faire les courses, avec Jane, on ira au planning familial. Il faut qu'on s'assure que tout va bien et qu'on obtienne une pilule du lendemain, d'accord ?

Kitty hoche la tête et enveloppe Lydia dans une serviette, avant de la guider le plus discrètement possible vers leur chambre. Fort heureusement, la douche semble l'avoir fait redescendre.

Je reste quelques instants seule assise près de la baignoire, comme elle, vidée. Mon cœur se serre. Même si je ne connais personne de plus insupportable et irritant que Lydia, elle reste ma petite sœur. Et elle n'a que seize ans, et elle est la personne la plus influençable du monde. Comment Wickham a-t-il pu la laisser rentrer dans cet état ? Je repense à son histoire avec Alicia. Comment être sûre qu'il n'a pas pris de photos dégueulasses de ma Lydia ? Et putain, comment a-t-il pu la faire boire autant ?

J'ai envie de hurler.

*

Le planning familial est un bâtiment austère. Sa façade grise reflète à la perfection l'atmosphère pesante qui règne à l'intérieur malgré des affiches enjôleuses et des murs rose bonbon. Dès notre entrée, l'odeur de désinfectant me prend à la gorge, me rappelant douloureusement pourquoi nous sommes là.

La salle d'attente est vide, à l'exception d'une réceptionniste au visage amical qui nous fait signe d'entrer dans le cabinet du médecin. Lydia, bien qu'ayant finalement regagné un soupçon de raison et accepté de venir, se traîne. Jane et moi devons presque la tirer. Kitty est restée à la maison, au cas où nos parents reviendraient plus tôt, pour faire diversion.

La doctoresse est une femme d'une cinquantaine d'années, aux cheveux gris coupés court et au regard perçant derrière des lunettes à monture épaisse. Son bureau immaculé semble parfaitement lui correspondre : froid, organisé, sans place pour le désordre.

— Bonjour, mademoiselle, nous accueille la gynécologue en consultant le formulaire que Lydia a rempli. Vous avez seize ans et vous vous êtes engagée dans des relations sexuelles non protégées avec un garçon plus âgé. Vu. Êtes-vous consciente des risques que vous avez pris ? énonce-t-elle sans ménagement.

Je suis choquée par le choix de ses mots, mais Lydia ne se laisse pas démonter.

— Si vous êtes là pour me juger, je m'en vais…

Lydia ne baisse pas les yeux, mais elle rougit.

— Peut-être que la situation vous paraît moins anodine à présent ? poursuit-elle en soutenant le regard de ma sœur.

— Plus douloureuse surtout…, marmonne cette dernière.

Elle se tient la tête entre les mains et semble s'être pris un K.-O. par gueule de bois. *Slay*.

— En fait, j'interviens, essayant de conserver un ton posé malgré mon irritation grandissante, nous sommes surtout venues chercher de l'aide par rapport à une éventuelle grossesse.

Lydia me lance un regard noir.

— C'est bon Lizzie, j'ai accepté que vous me traîniez ici, Jane et toi. Mais je suis assez grande pour gérer, dit-elle en se massant les tempes.

Je me tourne vers Jane.

— Jane, je te laisse prendre le relais. J'ai déjà eu ma dose hier soir, avec son show d'ado bourrée. J'ai pas envie de gérer la gueule de bois. Je vais vous attendre dehors.

En voyant ma petite sœur installée nonchalamment sur sa chaise, je sais que si je reste, je risque de craquer.

Je sors de la salle d'examen, fulminant de colère. L'air frais du couloir m'aide à retrouver un semblant de calme. Je me dirige vers la sortie, ayant désespérément besoin d'espace pour respirer.

Je m'adosse contre le mur froid du bâtiment, fermant les yeux un instant. Mon cœur bat la chamade dans un mélange toxique de fatigue et d'inquiétude. Comment peut-elle être si désinvolte ? On dirait que rien ne l'atteint. Elle ne se rend pas compte que l'on se fait du souci pour elle.

L'odeur aseptisée de cet endroit me donne vraiment la nausée. Comment ai-je pu laisser les choses en arriver là ? Si seulement j'avais raconté tout ce que m'a dit Darcy aux parents...

Darcy ?

Je cligne des yeux, incrédule. Il est là, à quelques mètres de moi, sur le parking de la clinique, grand et élégant dans son manteau sombre. Ses yeux rencontrent les miens et s'élargissent de surprise.

— Lizzie ? s'étonne-t-il en s'approchant. Que fais-tu ici ? Est-ce que tout va bien ?

Sa voix est empreinte d'une légère inquiétude, il n'a pas détourné le regard cette fois-ci, et je sens mes défenses faiblir. Des larmes que je ne soupçonnais pas menacent de déborder, mais j'arrive à me contenir, non sans mal. Je suis épuisée, à bout de nerfs, et je ne sais pas comment éluder la question. Je décide de lui retourner :

— Mais toi, qu'est-ce que tu fais ici ?

Il remarque que je ne lui ai pas répondu, mais n'insiste pas.

— Je viens voir ma tante, explique-t-il. Elle est médecin ici.

Mon cerveau met quelques secondes à faire le lien, et quand il le fait, je sens le sol se dérober sous mes pieds. Sa tante. La De Bourgh. La charmante gynéco qui examine actuellement ma sœur. Parfait.

— Oh..., est le seul son que je parviens à produire.

— Lizzie, tout va bien ? insiste-t-il. Tu as l'air... nerveuse.

— Darcy, je... (Ma voix se brise. Je prends une profonde respiration et triture mon bracelet, en essayant de me ressaisir.) C'est Lydia. Elle... elle est rentrée bourrée hier soir...

Je ne peux pas finir ma phrase.

Darcy s'approche encore, et pose une main sur mon épaule dans un geste réconfortant. Ce simple contact suffit à faire céder mes dernières barrières.

— J'aurais dû t'écouter, je murmure. (Des larmes que je n'ai plus la force de retenir ont fait leur apparition et coulent librement sur mes joues.) J'aurais dû faire plus attention. Si seulement j'avais parlé de Wickham à mes parents, de ce que tu m'as dit...

Je vois son visage se transformer, passant de l'inquiétude à un masque de colère froide à la mention de Wickham. D'une délicatesse qui tranche avec son expression, il fait glisser sa main jusqu'à la mienne et me guide doucement vers un banc à l'écart, loin des oreilles indiscrètes.

Entre deux sanglots, je lui raconte tout. La soirée de Lydia, son état d'ébriété quand elle est rentrée, et les propos qu'elle a tenus.

— Ce n'est pas ta faute, Lizzie, me réconforte-t-il. C'est la mienne. Je suis désolé. Wickham est… Je n'aurais jamais dû te dire de garder le secret d'Alicia.

J'ai besoin de confirmer la pensée terrifiante qui me hante l'esprit.

— Darcy, je dis la voix tremblante, penses-tu qu'il pourrait avoir des photos de Lydia ?

— C'est possible, admet-il, le visage assombri.

Il passe une main dans ses cheveux, un geste que je reconnais comme un signe de nervosité chez lui. Il ouvre la bouche comme pour dire quelque chose, puis la referme, comme s'il pesait ses mots.

— Je…, commence-t-il, avant de s'interrompre de nouveau. (Ses yeux rencontrent les miens, et j'y vois un tourbillon d'émotions que je n'ai pas la force de déchiffrer.) Je suis désolé, Lizzie. Pour tout.

Avant que je puisse répondre, il se lève brusquement.

— Je ne dirai rien de la situation de Lydia, tu as ma parole. Je dois y aller, ma tante m'attend. Bon courage.

— Darcy, attends ! je m'exclame, surprise par son départ soudain, mais il est déjà en train de s'éloigner à grands pas vers l'entrée du bâtiment.

Je reste là, plantée sur le banc, le regardant disparaître par la porte vitrée. Mes pensées tourbillonnent dans ma tête.

« Je suis désolé, Lizzie. Pour tout. » Ses mots résonnent dans mon esprit, comme un écho lointain. Pourquoi s'excuse-t-il ? Pour Wickham ? Pour ne pas avoir parlé plus tôt ? Ou pour autre chose ?

Je repense à la façon dont il a hésité avant de partir. Est-ce que tout ça, ce n'est pas trop pour lui ? Les problèmes avec Wickham, le mensonge de Caroline et maintenant Lydia… Il fallait que nous tombions sur sa tante. Vu le personnage, je pense qu'elle verrait d'un mauvais œil que son précieux neveu ait quelque lien avec une ado qui se présente à son cabinet pour un tel motif. Sans parler de notre propre histoire, qui est déjà compliquée, et de la façon dont je l'ai traité. Peut-être qu'il en a eu assez. Peut-être qu'il a décidé de s'éloigner de tout ce chaos. C'est sûr, même, n'importe qui aurait pris ses distances depuis longtemps.

Soudain, une pensée glaciale me traverse l'esprit. Et si… et si c'était un adieu ? Mon cœur rate un battement à cette idée. Mais il a bien dit : « Pour tout. » Comme s'il faisait le bilan de notre relation. Comme s'il tirait un trait sur tout ça. Notre rencontre d'aujourd'hui étant la goutte de trop dans le vase des extravagances de la famille Bennet.

Cette pensée me brise. L'idée que Darcy puisse simplement… partir me donne envie de hurler. Ou de pleurer. Ou les deux à la fois.

Je me rends soudain compte à quel point je commence à compter sur Darcy, à quel point sa présence est devenue importante pour moi. C'est comme si l'idée qu'il puisse disparaître de ma vie venait de me faire prendre conscience de la profondeur de mes sentiments pour lui.

Je me lève d'un bond, prête à aller le retrouver pour l'empêcher de sortir de ma vie, quand la porte s'ouvre et que je vois apparaître Jane, tenant Lydia par les épaules.

— Alors ? je demande, me rapprochant d'elles.

Lydia a l'air morose. Jane secoue légèrement la tête, m'indiquant silencieusement de ne pas poser de questions pour le moment.

— On rentre, annonce-t-elle simplement.

Je reste figée un instant, tiraillée par mon envie de courir après Darcy, mais pour l'heure, la priorité reste Lydia.

Le trajet de retour se fait dans un silence pesant. Lydia, assise à l'arrière, semble dangereusement nauséeuse malgré les fenêtres ouvertes. Quand nous arrivons devant la maison, je suis soulagée de voir que la Volvo n'est pas encore là. Je n'aurais pas eu l'énergie de mentir aux parents. Une fois garée, Jane prend la parole :

— Lydia, tu veux bien partir devant ? Lizzie et moi, on te rejoint dans un instant.

Notre sœur acquiesce mollement et se dirige vers la maison. Quand elle atteint le perron, la porte s'entrouvre sur une Kitty inquiète. Nous la regardons entrer avant que Jane se tourne vers moi.

— La gynéco lui a donné la pilule du lendemain, explique-t-elle. Et elle devra faire les tests de dépistage dans quelques temps.

Je sens mon cœur se serrer. Jane soupire. Vu son air, je m'attends au pire.

— Elle a passé tout l'examen à texter avec Wickham évidemment. Je ne pense pas qu'elle comprenne à quel point la situation aurait pu être grave.

— Et Wickham ? je questionne, sentant la colère monter à nouveau en moi à la simple mention de son nom. Le fait qu'il l'ait fait boire comme ça ?

— Il est mineur aussi. Lydia a dit qu'il aura dix-huit ans le 31 décembre. Et elle a passé tout son temps à répéter à la Dre De Bourgh que c'était consenti, et qu'elle « ne regrette pas d'avoir pécho le BG du lycée », développe-t-elle, les yeux levés au ciel.

Je hoche la tête silencieusement, essayant d'assimiler toutes ces informations.

Alors que nous pénétrons dans la maison, je regarde mon portable, espérant miraculeusement y voir un message de Darcy, mais rien. Évidemment, pourquoi m'écrirait-il ?

Plus tard dans la soirée, je rentre dans notre chambre, et j'y trouve Lydia en train de pleurer. Elle est assise sur le lit, silencieuse.

Je m'approche, m'assieds et passe le bras autour de ses épaules en guise de réconfort.

— Qu'y a-t-il, Lydia ? je m'enquiers.

— C'est juste que..., chuchote-t-elle.

Je hoche la tête, l'encourageant à continuer.

— Pendant qu'elle m'examinait, j'ai envoyé des messages à George. Je voulais savoir s'il se souvenait pour la capote.

Lydia prend une profonde inspiration.

— Rassure-toi, sur ce point, il est sûr de lui. Il en a mis une. Mais son ton était plutôt froid et quand je lui ai demandé quand on pourrait se revoir, il est resté vague, en mode « à l'occasion ». Et quand j'ai insisté, il m'a juste mis un « vu ». Et j'ai pas de news depuis.

Je ne suis pas étonnée par l'attitude de Wickham, et même si j'ai mis Lydia en garde, je suis terriblement peinée pour elle.

— Qu'est-ce que tu lui as dit ?

Lydia a un petit rire nerveux.

— Rien, qu'est-ce que tu veux que je fasse ? Mais je me suis sentie comme une merde les pieds coincés dans les étriers de la gynéco. Après, j'ai pas osé vous le dire, parce que j'avais peur que vous me fassiez la morale.

Elle marque une pause, ses yeux se perdant dans le vague.

— En fait, c'est ridicule, je croyais qu'on était ensemble du coup. Je me sens tellement débile.

— Tu n'es pas du tout débile, Lydia… C'est normal que tu aies pensé que cela voulait dire que vous étiez ensemble. Wickham est juste un connard, j'assène sans pitié. Dis-moi la vérité maintenant, tu es sûre qu'il ne t'a pas forcé la main hier ? C'est important, tu sais.

Elle me fixe, l'air navrée.

— Non, vraiment Lizzie, j'étais consentante. Il me plaît vraiment et je voulais pas qu'il me voie juste comme la meilleure copine de son cousin. Je me sens juste bête d'avoir imaginé que ça voulait dire plus qu'un nouveau nom sur son *bodycount*, dit-elle en ravalant un sanglot.

Je sens mes propres yeux s'embuer.

— Oh, Lydia...

— Je suis désolée de ne pas t'avoir crue et d'avoir pensé que tu étais jalouse. Je sais au fond que tu voulais juste me protéger.

— Ça va aller ? je l'interroge doucement.

Lydia hoche la tête, séchant ses larmes.

— Oui, parce que je reste encore la prems, répond-elle en essayant de reprendre un ton plus léger.

Je vais dans son sens et ajoute :

— Oui, tu es la prems ! Et tu es aussi la prems à avoir eu une telle gueule de bois, je plaisante à mon tour. Mais être la prems en tout, ça n'a pas toujours du bon.

— Je sais, oui. Désolée d'en avoir fait un concours débile. Mais que veux-tu ? J'ai l'impression d'avoir hérité du caractère un peu intense de maman.

Je prends la main de Lydia dans la mienne, émue par sa vulnérabilité et sa force. Mais surtout parce que c'est la première fois que je l'entends dire quelque chose d'aussi sensé.

— Une dernière question. Est-ce que tu as envoyé des *nudes* à Wickham ?

— Ça va pas, non ? Jamais j'aurais envoyé mes seins à un mec, s'offusque-t-elle. Après, hier il avait son téléphone... J'en sais rien, j'étais vraiment déchirée, finit-elle.

Mais ses yeux fuyants et son visage rouge ne laissent aucun doute. Je sens toutefois que me montrer insistante, après les événements des dernières vingt-quatre heures, n'est pas la meilleure solution.

— OK, t'inquiète. Et n'oublie pas, tu pourras toujours tout me raconter. Je ne me moquerai jamais de ce que tu me confies.

Nous restons enlacées un long moment.

Chapitre 21

George Wickham

7 décembre – 14 heures

Waouh, j'en tiens une bonne ce matin.

On a vraiment beaucoup bu hier. Et moi, c'est rien à côté de Lydia. Cette gamine, elle est ingérable. Mais on s'est bien marrés. Elle n'a peur de rien. J'ai bien fait de miser sur elle plutôt que sur sa sœur. Lizzie est sympa et ça aurait bien soûlé Darcy, c'est sûr, mais elle est beaucoup trop coincée. Alors que sa petite sœur, wahou, c'est le feu. Elle est hyper chaude. J'ai même pas eu besoin de la convaincre qu'elle était déjà en train de me grimper dessus. J'aimerais bien que ce soit aussi facile avec toutes les filles.

Je ne pense pas que je remettrai ça avec elle, parce que c'est pas trop ma came et qu'elle écrit beaucoup trop de messages, mais je n'ai pas perdu ma soirée. Ce matin, elle voulait déjà me revoir. Ah ah, elle n'en a pas eu assez… Je suis un étalon, ce n'est pas ma faute. Je lui ai lâché un « vu ». Faudrait pas qu'elle se fasse des films et devienne trop collante. Elle a déjà eu la chance de profiter de mes faveurs. Et si je deviens soudainement nostalgique, les quelques images de nos ébats suffiront.

Allez, numéro 21, check.

Aujourd'hui, l'étalon a un autre date *avec la sexy Louisa. Bon, avec elle, il va falloir sortir la carte « Eton boy » si je veux en faire ma 22. On a affaire à une princesse. Mais le prince George est prêt à tout pour la faire céder.*

Le lundi matin, j'arrive à Pemberley la boule au ventre. La situation avec Lydia doublée de la conversation – trop courte – avec Darcy me hante toujours, et ses mots mystérieux résonnent en boucle dans ma tête. J'ai passé la nuit à m'imaginer les pires scénarios.

L'atmosphère me semble différente des autres matins, mais peut-être que c'est juste moi qui projette mon propre malaise.

— Eh, Lizzie, Jane !

Charlotte nous fait signe de la rejoindre près des casiers, son sourire habituel légèrement teinté d'inquiétude.

— Ça va ? Vous avez l'air épuisées.

Je tente un sourire qui ressemble plus à une grimace.

— Ouais, ça va. Juste un week-end un peu agité. Lydia a été malade. (Mes yeux scannent spontanément les couloirs bondés.) Dis, tu n'aurais pas vu Darcy par hasard ?

dire qu'il avait une urgence familiale, mais j'ai l'impression qu'il ne me dit pas tout.

— Une urgence familiale ? Mouais. Cela n'explique pas l'absence de Wickham.

— C'est peut-être une coïncidence, tente Jane, toujours optimiste.

Mais son sourire semble forcé.

Charles nous rejoint devant la cafétéria, un pli d'inquiétude inhabituel entre les sourcils. Il remarque mon air anxieux.

— Toujours pas de news de Darcy, annonce-t-il, devançant ma question.

Charles est vraiment prévenant. Mais cela ne calme pas mon angoisse. Voyant que je baisse les yeux, il poursuit :

— Ce n'est vraiment pas son genre de disparaître comme ça, juste avec un SMS énigmatique. Je l'ai appelé, mais je suis tombé directement sur sa messagerie. Je réessaie après la pause et si je tombe encore sur son répondeur, je passerai chez lui après les cours, conclut-il avant de s'engouffrer avec Jane dans la file d'attente du self.

Je ressens une pointe de culpabilité en me remémorant ma dernière conversation avec Darcy…

Charlotte, qui n'a pas manqué une miette de l'échange, recommence à me lancer des regards interrogateurs plus qu'insistants. Ses sourcils sont froncés et ses yeux noisette ne me lâchent pas.

— Viens, je soupire, résignée. Je vais t'expliquer pendant qu'on déjeune.

Nous nous faufilons à travers la foule compacte, nos plateaux en équilibre précaire dans nos mains, et une fois installées à une table un peu à l'écart, je me lance dans le récit des trente-six dernières heures. Les mots se bousculent, sortant dans un flot ininterrompu, alors que j'essaie de n'omettre aucun détail. Le visage de Charlotte passe par toute une palette d'émotions : choc, inquiétude, colère, compassion.

— Mon Dieu, Lizzie, murmure-t-elle quand j'ai fini, les yeux écarquillés. C'est... c'est complètement dingue.

Je hoche la tête, épuisée d'avoir vidé mon sac.

— Je sais.

— Il faut qu'on fasse quelque chose, déclare-t-elle avec détermination, en posant sa main sur la mienne. T'inquiète pas, je vais t'aider.

Je lui adresse un sourire reconnaissant, mais je sens mon cœur se serrer.

— Merci, Cha. Mais je ne sais même pas si j'ai le droit de m'en mêler...

Je ne m'en suis pas aperçue pendant que je parlais à Charlotte, trop concentrée sur mon monologue, mais l'ambiance de la cafétéria a changé, et des chuchotements animés commencent à se propager comme une traînée de poudre parmi les élèves. Nous tendons l'oreille pour essayer de comprendre ce qui a pu ainsi rendre l'atmosphère électrique.

— J'ai entendu dire qu'il s'est passé un truc entre Darcy et le beau gosse de dernière année hier soir, chuchote Louisa, une des sbires de Caroline, à sa comparse Mary, toutes deux attablées à côté de nous.

Ses yeux brillent d'une joie malsaine. Elle se penche vers son amie, baissant encore la voix.

— Apparemment, c'était violent. C'est Emma Woodhouse qui a raconté ça tout à l'heure à Caroline.

Mon sang ne fait qu'un tour. Je sens une vague de chaleur monter en moi, et mes mains tremblent quand je les pose à plat sur la table, tentant de me calmer.

— Je… je n'en reviens pas, je siffle entre mes dents d'un ton rageur. (Charlotte me regarde avec inquiétude, mais je continue, incapable de contenir le flot de mots.) Pourquoi ces pestes ont-elles l'air d'en savoir plus que moi, Jane, ou même Charles ? Elle est où Emma ?

Je jette un coup d'œil furieux autour de nous, espérant l'apercevoir quelque part, mais elle n'est pas là. Je ne vois que les visages excités des autres élèves qui se délectent des derniers potins.

— C'est comme si on était dans un mauvais film, je continue. Tout Pemberley semble au courant de ce qui s'est passé. Même Caroline Bingley. Cette… cette…

Je m'arrête, cherchant un mot suffisamment fort pour exprimer mon mépris, mais rien ne me vient. Tout est rouge.

Charlotte pose une main apaisante sur mon bras, mais je la repousse. Je ne veux pas être calmée. Je veux être en colère.

— Et moi ? Pourquoi il ne m'a rien dit ?

Je secoue la tête, incapable de réfléchir logiquement. Je suis laissée dans l'ignorance la plus totale. Je sens les larmes me piquer les yeux. Des larmes de rage.

Je prends une profonde inspiration, essayant de ravaler la boule qui se forme dans ma gorge.

— Je me sens tellement... impuissante. Je veux des réponses, je conclus dans un souffle. Je veux juste savoir ce qui s'est passé.

Charlotte m'observe marmonner avec compassion.

— Viens, on sort, me lance-t-elle en attrapant mon bras. Tu vas essayer de joindre Darcy, et moi de trouver Emma pour lui demander des explications. Il reste une heure treize de pause, je vais tâcher d'en savoir plus. Fais-moi confiance, ajoute-t-elle en prenant la direction du journal.

L'après-midi s'étire interminablement, chaque minute semblant plus longue que la précédente. À la fin des cours, je retrouve Jane et Charles pour les avertir des rumeurs, mais ce dernier n'a pas croisé sa sœur, et impossible de mettre la main sur Emma. Nous envoyons encore des messages à Darcy pour savoir s'il va bien, mais aucun ne reçoit de réponse. Jusqu'à ce que mon téléphone vibre dans ma poche, me faisant sursauter. Je le sors d'une main tremblante, espérant que ce soit Darcy, mais c'est un SMS de Charlotte :

‼URGENCE‼ Retrouve-moi ASAP
au club du journal. Je suis avec Emma.

Une boule d'angoisse se forme au creux de mon ventre. Charlotte n'est pas du genre à exagérer. Si elle dit que c'est urgent, ça l'est vraiment. Sans perdre une seconde, je ramasse mon sac et me précipite vers la salle du journal, bousculant au passage quelques élèves qui me lancent des regards noirs.

Je fonce à travers les couloirs, mes Converse couinent sur le sol en lino et ma respiration devient laborieuse. Mais je ne ralentis pas. Les murs semblent défiler comme dans un tunnel, et je manque de percuter Mr Knightley qui sort de la salle des profs.

— Désolée ! je crie par-dessus mon épaule sans m'arrêter.

Quand j'arrive enfin devant la porte, je fais une pause, le souffle court. J'entends des voix animées de l'autre côté. Mon cœur, déjà affolé par ma course, s'emballe encore plus. Qu'est-ce qu'il peut bien se passer là-dedans ?

Je pose la main sur la poignée et ouvre d'un coup sec.

La scène qui m'accueille est un chaos organisé. Charlotte, Emma et Collins sont regroupés autour d'un ordinateur, gesticulant et parlant tous en même temps. Des papiers sont éparpillés sur le bureau et l'écran clignote frénétiquement, comme s'il essayait de suivre le rythme de leur conversation.

Quand la porte claque derrière moi, ils se retournent d'un bloc. Le visage de Charlotte s'illumine quand elle me voit, mais je peux deviner la tension dans son regard.

— Lizzie ! s'exclame-t-elle, me faisant signe de les rejoindre. Dieu merci, tu es là. On a du nouveau.

Je m'approche lentement, les scrutant à tour de rôle. Emma est excitée, ses yeux brillant d'une lueur que je ne connais que trop bien

– celle d'un scoop en vue. Collins, quant à lui, semble nerveux, triturant le col de sa chemise.

— Qu'est-ce qui se passe ? je demande d'une voix plus aiguë que d'habitude. Vous avez trouvé quelque chose ? Emma, il paraît que tu sais quelque chose ?

Elle échange un regard avec Charlotte, qui lui fait signe de commencer :

— Oui, fait-elle en jetant un coup d'œil suspicieux autour d'elle, alors que nous ne sommes que tous les quatre dans la pièce.

— Explique, je la presse.

Collins se redresse, bombant le torse avec importance.

— Vois-tu, ma chère Elizabeth, nous avons fait preuve d'une perspicacité et d'une ténacité dignes des plus grands journalistes d'investigation.

Charlotte lève les yeux au ciel.

— Ce qu'il essaie de dire, c'est qu'on a fait quelques recherches. En effet, Emma a entendu son père parler au téléphone hier soir. Il est avocat, tu sais ?

— Oui, et ?

Emma reprend la parole :

— Apparemment, Darcy a contacté mon père hier. Il voulait des conseils juridiques.

— Des conseils juridiques ? Mais pourquoi ?

Charlotte prend le relais :

— Il s'avère que Wickham avait quelques squelettes dans son placard.

— Exactement, poursuit Emma, et il semble que Darcy et mon père aient trouvé un moyen de… disons, neutraliser Wickham. Légalement.

Des squelettes ? Je ne comprends rien à ce qu'ils racontent mais ils sont lancés et rien ne peut les arrêter.

C'est au tour de Collins de reprendre le récit :

— Si j'ai bien compris, Darcy souhaitait interroger Wickham à propos de photos compromettantes qu'il pourrait détenir.

Ma respiration se coupe ; cette fois je suis suspendue aux lèvres de Collins, qui semble ravi d'être dans la confidence.

— Il prenait des photos de toutes les filles avec lesquelles il avait des rapports pour les faire chanter ensuite, rapporte-t-il en secouant la tête pour souligner la gravité évidente de la situation. Ensuite…

Emma le coupe, l'air écœurée :

— Darcy a contacté mon père parce que c'est un ami de sa tante et qu'il le connaît depuis petit. Il lui a tout expliqué et l'a convaincu de faire quelque chose. Alors mon père est allé voir Mrs Wickham pour lui parler du comportement de son fils avec les filles. Et ça a bardé, elle l'a inscrit le soir même en école militaire et toutes les photos ont été effacées. M'est avis que la première histoire à Eton avait bien préparé le terrain.

Je reste muette, essayant d'assimiler toutes ces informations.

— Mais comment les photos ont-elles été toutes effacées ?

Charlotte enchaîne :

— Eh bien, disons que la mère de George doit être redoutablement persuasive. Bien loin de la femme fragile dont il parlait, et elle n'a jamais été malade ! Tu te rends compte ?

Je suis sur le cul. Qui peut mentir ainsi sur la santé de mère ? Il faut vraiment être… malade.

— Ah oui, il y a autre chose, ajoute Charlotte, hésitante. Apparemment, Darcy et Wickham se sont… battus.

Je sens mon cœur s'arrêter.

— Quoi ? Et Darcy va bien ?

Emma grimace.

— D'après ce que j'ai compris, avant de contacter mon père, Darcy est allé demander des comptes Wickham à propos des photos, et ça a dégénéré.

— Oh mon Dieu. Darcy va bien ? je répète.

Collins, pour une fois, semble hésiter avant de parler.

— Wickham a perdu son titre de beau gosse, mais ça a coûté cher à Darcy…

— Mais il va bien ? je demande pour la troisième fois.

— Wickham s'en est sorti avec quelques bleus et une lèvre fendue. Il devra sûrement garder les points de suture pendant au moins trois semaines, continue de me relater Collins, pas peu fier de ces précisions médicales.

— Mais… Collins. Oh ! Est-ce que DARCY va bien ?!

Une expression de peur et d'incompréhension traverse le visage de Collins.

— Ah ! Pardon, pardon ! Il semblerait qu'il se soit cassé le poignet en donnant un coup de poing à Wickham. À part ça, il va bien. Il a dû se faire plâtrer, mais il est rentré chez lui après, précise-t-il.

Je ferme les yeux, essayant d'imaginer Darcy, toujours si mesuré, en train de se battre. Je secoue la tête, sous le choc.

— Je n'arrive pas à croire qu'il ait fait ça. Mais… mais… Pourquoi ?

Charlotte, Emma et Collins échangent un regard lourd de sens.

— Lizzie, soupire Charlotte, en secouant la tête avec un petit sourire. Pour une fille intelligente, tu peux être vraiment aveugle parfois.

Je sens mes joues s'enflammer.

Emma pose une main sur mon bras.

— Lizzie, réfléchis. Pourquoi un garçon ferait-il tout ça ?

Darcy aurait fait tout ça… pour moi ?

Soudain, tout prend un sens différent. Son attitude distante ces derniers temps, ses regards fuyants, cette façon qu'il avait de disparaître dès que j'entrais dans une pièce… Ce n'était pas du mépris ou de l'indifférence. Un rire nerveux m'échappe. Moi qui me targue toujours d'être si fine observatrice, j'ai complètement foiré mon analyse.

Il ne m'évitait pas parce qu'il ne ressentait plus rien. Il m'évitait juste… parce qu'il ressentait trop. Ça veut dire qu'il m'aime toujours. Et moi, comme une idiote, je n'ai rien vu, car j'étais trop occupée à me convaincre que tout était fini.

— Je… je dois y aller, je balbutie en me levant d'un bond, renversant presque ma chaise. Merci, mais je dois y aller. Maintenant.

Je pars en direction du parking de Pemberley, mais ni la voiture ni mes sœurs ne sont là. Qu'importe, je décide d'aller chez Darcy à pied. Je marche vite, très vite, mes pas résonnant sur le pavé comme les battements affolés de mon cœur. L'air frais de la fin de journée me fouette le visage, mais je le remarque à peine. Je suis engloutie dans un brouillard où se mêlent inquiétude, culpabilité et espoir. Darcy, blessé à cause de moi. Cette pensée tourne en boucle au rythme de mes pas, qui se sont transformés en foulée. À cause de mes préjugés stupides, je n'ai pas vu qui il était vraiment.

Je m'arrête, le souffle court, et pas seulement à cause de ma course. Non. C'est comme si, d'un coup, le brouillard s'était dissipé pour de bon, et laissait la place à un ciel d'une clarté aveuglante.

William Darcy.

Je le vois enfin tel qu'il est. Pas le snob arrogant que j'avais imaginé, mais un garçon d'une intégrité rare, d'une loyauté sans faille. Un garçon qui cache sa sensibilité derrière une façade de fierté. Un garçon qui m'aime assez pour se battre pour moi, malgré mon rejet cruel.

Et moi ? Moi qui me croyais si perspicace, si intelligente... Je n'ai été qu'une imbécile aveugle. J'ai laissé mes premières impressions, mes préjugés, dicter mes sentiments.

La vérité me frappe avec la force d'un raz-de-marée : je l'aime.

Je l'aime d'un amour si profond, si intense qu'il en est presque douloureux. Chaque battement de mon cœur semble appeler son nom. Darcy. Darcy. Darcy.

C'est comme si toutes les pièces du puzzle s'assemblaient enfin. On a peut-être commencé notre histoire par le mauvais bout, mais il n'est pas trop tard pour la réécrire. Et cette fois, je compte bien participer à la rédaction de notre *happy end*.

Je ris dans la nuit, un rire mêlé de larmes (dues au cardio). Quelle ironie ! Moi qui doutais de l'existence de l'amour, me voilà en plein milieu d'une épiphanie digne d'un soap de maman.

De ma vie, je n'ai jamais été aussi déterminée. Chaque mètre parcouru m'éloigne de la personne que j'étais et me rapproche de celle que je deviens. Une Lizzie qui voit enfin clair. Une Lizzie qui a le courage d'aller affronter ses erreurs et de faire amende honorable.

Arrivée devant la maison déjà familière, presque à l'agonie, je m'autorise à nouveau quelques minutes pour reprendre mon souffle. Ma main s'approche de la sonnette, tremble, puis se retire. Je n'ose pas appuyer, soudain paralysée par l'angoisse. Comment pourrais-je le regarder en face après tout ce qu'il s'est passé ? Mes yeux s'arrêtent sur la lueur chaleureuse qui filtre à travers les voilages du salon. J'essaie de deviner ce qu'il se passe à l'intérieur. Est-ce que sa sœur est là ? Ou pire, sa tante ? Je me penche sur la rambarde du perron pour voir si la voie est libre, et mon cœur se brise.

Caroline est là, dans une attitude gracieuse et douce que je ne lui ai jamais vue. Elle est penchée sur le canapé où Darcy est endormi, son corps formant comme un bouclier protecteur autour de lui. Sa main manucurée, d'habitude si prompte aux gestes maniérés, lui caresse doucement les cheveux, et son visage, habituellement figé comme celui d'une influenceuse de Dubaï, est métamorphosé. Ses yeux reflètent une émotion si pure et vraie. Elle l'observe comme si elle voulait absorber sa douleur, comme si elle pouvait le guérir par la seule force de son toucher. Une vague de jalousie me submerge. Elle s'insinue en moi, brûlante et acide. Mais elle est immédiatement suivie par une honte tout aussi brûlante. De quel droit suis-je jalouse ? C'est ma faute s'il est là, allongé, blessé. Et c'est Caroline qui est à ses côtés, pas moi. C'est elle qui le soigne, qui le réconforte, pas moi. Moi, je ne suis qu'une spectatrice, une ombre à la fenêtre.

Alors que je m'éloigne, une voix rauque et familière me fait sursauter.

— Je peux savoir ce que vous fabriquez ?

Aïe... Même sans sa blouse blanche, la Dre De Bourgh n'a pas l'air plus sympathique. J'aperçois une tête blonde plus amicale derrière elle. Georgiana porte un sac de pharmacie. Mince, ça ne pouvait pas plus mal tomber. Je ne suis définitivement pas à ma place. Quelle idée d'être venue...

— Allô ? Vous m'entendez ? Qu'est-ce que vous faites i...

— C'est Lizzie Bennet, tatie, c'est une camarade de classe de Will, me sauve Georgiana. Elle a dû entendre ce qu'il s'était passé et venir aux nouvelles, n'est-ce pas Lizzie ?

— Euh... oui. Oui, je suis désolée, je ne voulais pas déranger.

— Oh, mais tu ne nous déranges pas, tu veux voir Wi...

— Je vous reconnais. Vous étiez au cabinet l'autre week-end... Mais oui, Bennet. (Son air se renferme encore plus.) Je vois. Merci d'être passée, mais William ne reçoit pas de visiteurs.

— Mais, tatie...

— J'ai dit non, Georgiana. On rentre.

Georgiana ouvre de grands yeux, je vois ses joues se teinter de rouge, une bouffée de colère monte en elle, mais au moment où sa tante tourne son regard terrifiant dans sa direction, elle baisse les yeux. Catherine de Bourgh passe devant moi, le menton levé, et pénètre dans la maison.

— Merci d'être passée, Lizzie, me dit doucement Georgiana, honteuse. Tu veux que je transmette un message à Will ? me demande-t-elle sur le pas de la porte.

— Oh non, pas la peine, vraiment, je n'aurais pas dû venir. Je suis navrée de vous avoir dérangés dans un moment aussi compliqué.

— Je t'en prie, je dirai à Will que tu es passée, m'assure-t-elle.

— Non, non, vraiment, ça n'est pas la peine. S'il te plaît, ne dis rien, je ne veux pas poser de problèmes. J'ai vu que Caroline était à son chevet. Tout est dans l'ordre, crois-moi.

Cette dernière affirmation me déchire le cœur ; j'espère que le masque que je m'efforce de porter donne le change. Je mise sur le vent glacial pour m'aider à figer mes joues dans un sourire sincère. Georgiana me lance un regard interrogateur où je discerne une pointe de peine. Je lui réponds par un hochement de tête et file aussi vite que possible, j'entends à peine la porte se refermer avant de tomber le masque et de laisser mes larmes réchauffer mes joues glacées.

La nuit m'enveloppe, mais elle ne m'apporte aucun réconfort. Je suis seule avec ma culpabilité et mes regrets.

Quand j'arrive enfin à la maison, les lumières du salon sont allumées. Jane m'attend, lovée dans le canapé avec un magazine. Dès qu'elle me voit entrer, elle se lève d'un bond, son visage passant de la surprise à l'inquiétude en une fraction de seconde.

— Lizzie ? Mon Dieu, que s'est-il passé ?

Je m'effondre dans ses bras. Elle me guide doucement vers le canapé, et me berce comme lorsque nous étions enfants. Je ne peux retenir mes sanglots.

— Chut, Lizzie. Je suis là. Raconte-moi.

Entre deux hoquets, je lui relate les événements : la bagarre entre Darcy et Wickham, le départ de Wickham, le poignet de Darcy et ma visite chez lui. Enfin, devant sa porte.

— Je n'ai même pas pu frapper, je lui avoue entre deux sanglots. Le voir comme ça... sachant que c'était à cause de moi... je n'ai pas pu le supporter. Et puis de toute façon, sa tante m'a bien fait comprendre que je n'étais pas la bienvenue.

Jane me caresse les cheveux, sa voix douce et apaisante.

— Ce n'est pas ta faute, Lizzie. C'est Darcy qui a décidé d'aller affronter Wickham.

Je secoue la tête.

— Mais s'il n'avait pas voulu nous protéger, Lydia et moi, il...

Ma voix se brise sur le dernier mot.

— Alors il ne serait pas le garçon dont tu es tombée amoureuse, termine doucement Jane.

Surprise par sa perspicacité, je lève les yeux vers elle.

— Je ne sais pas quoi faire maintenant, Jane. Comment pourrais-je le regarder en face après ça ?

— Écoute, avant que tu arrives, j'ai eu Charles au téléphone. Il était chez Darcy avec Caroline. J'étais peut-être en ligne avec lui quand tu es passée. Je sais qu'il s'est isolé pour me parler. Il m'a expliqué ce qui était arrivé entre Darcy et Wickham. Darcy est allé le trouver dans le café où il traîne tout le temps. Au passage, il était déjà avec une autre fille. Darcy lui a demandé de lui passer son portable pour effacer des potentielles photos de Lydia. Évidemment, Wickham a refusé et l'a même provoqué en lui disant un truc débile genre : « Pendant que tu joues les chevaliers pour ces demoiselles en détresse, moi je me les tape. D'ailleurs, comment va Georgie ? » Enfin, ce n'est peut-être pas exactement la formulation, mais tu vois l'idée ?

— Wickham me dégoûte, c'est vraiment un porc.

— Ça..., confirme Jane d'un air entendu. Tu imagines bien comment Darcy l'a pris. Ils se sont battus. Donc je te le répète, ce n'est pas ta faute. Et pour son poignet, je dois te dire quelque chose. Ce n'est pas grave, mais l'état de sa main nécessite qu'il subisse une petite intervention demain matin. C'est Charles qui me l'a dit. Ils n'ont pas pu le faire aujourd'hui parce que le chirurgien spécialisé n'était pas disponible.

— Oh, mon Dieu.

Cette nouvelle finit de m'anéantir. Voyant mes larmes repartir de plus belle, Jane me serre un peu plus fort.

— Arrête de te torturer comme ça, tu verras, tout ira bien. Les médecins n'étaient pas inquiets du tout, d'après Charles, c'est la procédure habituelle pour ce type de blessure. Tu devrais essayer d'aller te reposer un peu. Tu y verras plus clair demain.

Je hoche la tête, épuisée émotionnellement. Tandis que Jane m'aide à me lever pour aller dans notre chambre, je ne peux m'empêcher de jeter un dernier coup d'œil à mon téléphone – en vain.

Alors que je m'enfonce dans un sommeil agité, j'entends la porte de la chambre s'ouvrir doucement. À travers mes paupières mi-closes, je vois Jane se glisser hors de la pièce, refermant derrière elle avec précaution.

Quelques minutes plus tard, des chuchotements me parviennent à travers le mur. Malgré mon épuisement, je tends l'oreille.

— J'ai entendu que George a été renvoyé ?

La voix de Lydia, d'habitude si assurée, semble triste.

— Pas tout à fait, murmure Jane. Mais oui, il change de lycée. Il y a eu un incident avec Darcy. C'est assez sérieux.

— Est-ce que c'est à cause de moi ? chuchote Lydia.

Le cœur serré, j'entends Jane soupirer.

— Non, Lydia. Ce n'est pas du tout ta faute. Mais Wickham n'est vraiment pas quelqu'un de bien.

Il y a un moment de silence, puis Lydia reprend, inhabituellement sérieuse :

— Je suis dég, qu'il parte. Mais il ne m'a toujours pas répondu. Je pense que je me suis définitivement faite ghoster… Qu'est-ce que j'ai pu être idiote de penser qu'il tenait réellement à moi.

— Oh, Lydia, compatit Jane. Je te jure que tu mérites mieux que lui.

J'entends un reniflement étouffé, comme si Lydia pleurait silencieusement.

Malgré la tristesse et la colère qui m'envahissent, une vague de fierté et d'amour pour mes sœurs me submerge. Nous sommes là les unes pour les autres, prêtes à affronter n'importe quelle tempête ensemble.

À cette pensée, je me laisse finalement glisser dans un sommeil agité.

Chapitre 22

Jane Bennet

13 décembre – midi

Oh mon Dieu, quelle semaine. Je suis complètement K.-O.

Voir Lizzie si triste me brise le cœur. Elle est beaucoup plus sensible qu'elle ne veut l'admettre. Elle veut jouer l'héroïne de la famille, celle qui peut tout encaisser sans broncher et que rien n'atteint. Mais elle se ment à elle-même. Pourtant, elle devrait aller mieux. On sait que l'opération de Darcy s'est bien passée et que même s'il gardera son plâtre plusieurs semaines et devra faire un peu de kiné, il n'aura pas de séquelle et retrouvera à 100 % l'usage de sa main. Ça ira peut-être mieux quand il reviendra en cours la semaine prochaine. Peut-être que le voir dédramatisera un peu la situation ? Et puis son discours de ce soir au bal sera derrière elle. Je sais que ça l'a beaucoup stressée. Elle a passé la semaine à me le répéter encore et encore. Je parie que je le connais par cœur moi aussi, à force.

J'ai réussi à la traîner hier soir à la galerie marchande pour nous trouver des robes, et la sienne est vraiment somptueuse. Elle a un peu rechigné au début, mais a fini par céder. Elle sait malgré tout que c'est un jour important pour elle et qu'il y aura des personnes influentes qui vont l'écouter.

Concernant Lydia, je suis impressionnée par son recul concernant son histoire avec Wickham et son départ. Elle ne semble pas plus affectée que cela. Bien sûr, elle m'a avoué qu'elle avait été blessée, mais elle ne regrette rien. Mercredi, elle m'a dit quelque chose de presque philosophique. Un truc du genre : « J'ai le seum de m'être fait ghoster, mais au moins j'ai vécu ce moment, et la vie est faite de moments. » Si ça trouve, contre toute attente, c'est elle la sage des sœurs Bennet.

Je me demande si j'ai bien fait de raconter à Charles que Lizzie était passée chez Darcy, mais il voyait que quelque chose n'allait pas. En tout cas, il m'a confirmé qu'il n'y avait absolument rien entre sa sœur et lui, et qu'il est certain qu'il n'y aura jamais rien. Ça lui fait de la peine pour Caroline. Il aimerait qu'elle passe à autre chose, mais elle s'obstine à espérer. Et je sais qu'après tout ce qu'elle m'a fait, ça devrait m'être égal aussi, mais en vrai, je ne peux pas m'empêcher de ressentir de la compassion pour elle.

J'ai hâte que Charles me voie dans ma robe ce soir. J'ai bien l'intention de l'éblouir.

Une heure avant le début du bal, notre chambre ressemble à une zone de guerre. Des vêtements jonchent le sol et tout notre maquillage est éparpillé sur la coiffeuse

— Jane, je gémis, affalée sur mon lit, je crois que je vais être malade.

Ma sœur aînée, déjà parfaitement coiffée et maquillée (comment fait-elle ?), me lance un regard plein de compassion.

— Allez, Lizzie. Tu es capable de le faire. Tu connais ce discours sur le bout des doigts et n'oublie pas qu'il y...

À ce moment-là, la porte s'ouvre en grand, laissant apparaître Lydia et Kitty dans un tourbillon de gloussements.

— Oh mon Dieu, Lizzie ! s'exclame Lydia, ses yeux s'écarquillant devant le chaos de la chambre. T'es toujours pas prête ? Bouge !

Kitty, sur ses talons, ajoute :

— Faut que tu te dépêches, on part dans une heure ! Je te passe le message de maman.

Je gémis de plus belle, enfonçant mon visage dans mon oreiller.

— Merci de me le rappeler, comme si je n'étais pas déjà assez stressée de devoir parler devant toute l'école.

Jane s'assied à côté de moi et pose une main réconfortante sur mon bras, tandis que Lydia et Kitty commencent à fouiller frénétiquement à la recherche d'un collier assorti à ma robe.

— Respire, Lizzie, me dit Jane. Tout va bien se passer.

— Oui, enfin, surtout si on arrive à te décider à enfiler ta robe. Franchement, c'est du gâchis d'avoir une si belle tenue pour ne pas la porter, commente Lydia.

Je lui jette mon oreiller à la figure, puis attrape toutes les peluches qui sont à ma portée.

— La ferme, toutes les trois ! Vous ne m'aidez pas.

Elles éclatent de rire, esquivant mes projectiles improvisés.

— Allez, déclare Jane. On a une transformation à opérer.

L'heure qui suit est un festival de mascara, de fard à paupières, de blush, de fer à lisser et de débats houleux sur le choix de la coiffure parfaite.

— Une queue-de-cheval, insiste Jane pour la énième fois.

— Oui, je suis d'accord, ça dégage ton visage ! acquiesce Lydia avec un clin d'œil encourageant.

Je fixe mon reflet dans le miroir, dubitative. Ma robe de bal est magnifique, c'est vrai. Mais elle est aussi... voyante. Osée. C'est tellement pas moi.

— Et si je mettais plutôt la verte ? je propose faiblement. Elle est plus... moi.

Mes trois sœurs lèvent les yeux au ciel en même temps.

— Lizzie, tu ne vas pas remettre la même robe qu'à la soirée d'intégration, enfin, c'était il n'y a même pas trois mois, objecte Lydia.

Je jette un coup d'œil suppliant à Jane et Kitty, mais elles se rangent du côté de Lydia.

Elles ont raison, je le sais, et avec un soupir résigné j'enfile la robe en satin.

Je n'ai vraiment aucune envie d'y aller. Si seulement je m'étais moins donnée sur ce fichu concours, on aurait peut-être perdu et je ne me retrouverais pas dans cette situation. Le faire sans Darcy me déprime tellement. En plus, je suis quasiment sûre qu'il ne viendra pas. Il n'est pas revenu en cours depuis l'opération, et je ne lui ai pas écrit de la semaine. Je ne savais pas quoi lui dire. J'ai essayé plusieurs fois, mais aucun mot ne me paraissait satisfaisant. Il n'a pas écrit non plus, mais à sa décharge, il n'a qu'une main valide, et aucune raison de le faire.

— Parfait, déclare Jane avec satisfaction, une fois ma robe enfilée.

— OMG Lizzie, tu es *ICONIC* ! s'exclame Lydia.

— Oui, vraiment, renchérit Kitty.

— Maintenant, les chaussures, décrètent-elles à l'unisson.

Je jette un coup d'œil à l'heure et sens mon cœur s'accélérer. Plus que trente minutes avant le début du bal.

— Les filles, je murmure, alors qu'elles s'affairent autour de moi, et si je n'y arrive pas ?

Elles s'arrêtent toutes les trois, me scrutant avec une intensité qui me surprend.

— Elizabeth Bennet, commence Jane, tu es la personne la plus forte et la plus courageuse que je connaisse.

— Tu vas monter sur cette estrade, faire ton discours, et tu vas *SLAY*, continue Lydia avec une conviction inattendue.

Leurs mots me réchauffent le cœur, chassant momentanément mes doutes. Je les serre toutes les trois dans mes bras, reconnaissante.

— Merci, je ne sais pas ce que je ferais sans vous.

— Probablement porter la robe verte, répondent-elles en chœur, provoquant un éclat de rire général.

Quand nous descendons enfin l'escalier, j'aperçois mes parents qui trépignent en bas des marches. Papa semble étonnamment ému, et maman – sans surprise – est déjà en larmes. Tandis que papa me dit à demi-mot qu'il est vraiment fier de moi, j'entends entre deux sanglots ma mère pester de ne pas être chaperon ce soir. *J'ai au moins échappé à ça*, je tente de me consoler.

Quinze minutes plus tard, nous sommes en route pour Pemberley, mon discours soigneusement plié dans mon sac et mon cœur battant la chamade. Lydia et Kitty babillent joyeusement à l'arrière de la voiture, tandis que Jane me jette des regards encourageants. Quoi qu'il arrive ce soir, une chose est sûre : avec mes sœurs à mes côtés, je peux affronter n'importe quoi.

*

Le grand hall de Pemberley n'a jamais été aussi magnifique. Des guirlandes scintillantes pendent du plafond, des sapins décorés trônent dans chaque coin, et l'odeur de cannelle et de pain d'épice flotte dans l'air. C'est parfait. Magique même. Un vrai décor de conte de fées… Mais je me sens la princesse la plus misérable du royaume. Si seulement je pouvais me piquer le doigt sur un fuseau comme la Belle au bois dormant.

Je me réfugie près du buffet, accompagnée de Jane. Charlotte n'est pas là, alors que c'est toujours notre point de ralliement. Je la cherche du regard en tripotant nerveusement le bord de ma robe. Une robe qui, selon Jane, fait ressortir mes yeux. Mais à quoi bon avoir de beaux yeux si la seule personne que vous voulez voir n'est pas là pour y plonger les siens ?

Jane, qui lit en moi comme dans un lit ouvert, me glisse à l'oreille :

— Je suis vraiment désolée que tu doives faire le discours seule.

Son « seule » est lourd de sens.

— Peu importe. De toute façon, j'ai promis à Ms Austen d'assurer, je dis d'une voix faussement déterminée.

— Tu vas être géniale. Tu es prête.

C'est vrai. J'ai répété ce discours tellement de fois que je peux probablement le réciter à l'envers. Mais chaque fois que je l'ai fait, les mots me ramenaient sans cesse à lui.

Oh non, il ne faut pas que je pense à ça, sinon, je risque de perdre mes moyens.

— Et si je me ridiculise ? Et si je trébuche en montant sur l'estrade ? Ou pire, si j'oublie tout ?

— Lizzie, dit Jane en me prenant par les épaules, respire. Tu vas leur en mettre plein la vue.

Je souris faiblement. Jane a toujours su trouver les mots justes. Mais à cet instant, même son optimisme inébranlable ne peut pas combler le vide que je ressens.

— Je vais relire mes notes encore une fois, j'avertis avant de m'éloigner.

Je me fraie un chemin à travers la foule, ignorant les rires et la musique. Dans un coin tranquille, je sors les bouts de papier froissés de mon sac. Les mots dansent devant mes yeux, et je n'arrive pas à me concentrer. Tout ce que je vois, c'est son visage.

Darcy.

— Chers camarades, professeurs, membres du conseil...

Mais mon cœur n'y est pas. La seule chose que je veux, c'est voir Darcy franchir ces portes. Je replie mes notes, vaincue. Dans quelques minutes, je devrai monter sur cette estrade et prononcer notre discours. Avec ou sans Darcy.

Je fixe l'horloge murale, comptant les minutes qui me séparent de mon inévitable destin. Quinze minutes. Quinze petites minutes avant que je doive affronter une mer de visages, dont tous les regards seront fixés sur moi.

— Tiens, j'ai pensé que tu en aurais besoin.

Je sursaute et me retourne pour voir Charlotte me tendre un verre d'eau. Son sourire plein de tendresse me rassure un peu.

— Merci, je murmure, prenant une gorgée.

L'eau est fraîche, mais elle ne parvient pas à apaiser la boule dans ma gorge.

Charlotte s'appuie contre le mur à côté de moi, son épaule frôlant la mienne dans un geste de soutien silencieux.

— Je peux le faire à ta place si tu veux, me taquine-t-elle, mais je sais que 50 % de cette proposition est sérieuse.

Je secoue la tête.

— Non, c'est... c'est important. Je dois le faire.

— Lizzie, reprend Charlotte en posant sa main sur mon bras, c'est normal d'être nerveuse. Et c'est normal d'être déçue qu'il ne soit pas là. Mais tu es plus forte que ça. Tu n'as pas besoin de lui pour briller.

— Je n'attends personne en particulier, je rétorque, sur la défensive.

— Ah non ? Alors pourquoi tu passes ton temps à scruter la porte comme si ta vie en dépendait ?

Je rougis, prise sur le fait.

— Ce n'est pas... Je ne...

Ses mots me frappent de plein fouet. Elle a raison, bien sûr. J'ai passé tellement de temps à me soucier de l'absence de Darcy que j'en ai presque oublié pourquoi je suis là.

Je prends une profonde inspiration, sentant une nouvelle détermination monter en moi.

— Tu as raison, je réponds en redressant les épaules. Je peux le faire. Avec ou sans lui.

Charlotte sourit, fière.

— Voilà la Lizzie que je connais.

À ce moment-là, Ms Austen monte sur l'estrade et tapote le micro pour attirer l'attention de tous. Mon estomac se noue.

— Mesdames et messieurs, annonce-t-elle, j'ai le plaisir de vous présenter notre oratrice de ce soir, Elizabeth Bennet, qui va nous parler de l'égalité des chances dans l'éducation.

Des applaudissements polis résonnent dans la salle. Charlotte me serre brièvement dans ses bras avant de me pousser doucement vers la scène.

— Tu vas les époustoufler, me chuchote-t-elle.

Je hoche la tête, le cœur battant à tout rompre. Chaque pas me demande un effort surhumain. Mes jambes tremblent, et je prie silencieusement pour ne pas trébucher.

Alors que je grimpe les marches, mes yeux balaient une dernière fois la salle. Pas de Darcy. Je sens mon cœur se serrer, mais je repousse cette pensée. Ce n'est pas le moment.

Je me place derrière le micro, clignant des paupières sous les projecteurs. L'assistance est silencieuse, et tous les yeux sont rivés sur moi. Je prends une profonde inspiration, prête à commencer mon discours.

— Bonsoir à tous. Waouh, c'est un peu intimidant d'être ici. Bon, commençons par le commencement.

» Chers camarades, professeurs, membres de l'administration. Un jour, Simone de Beauvoir a dit : « On ne naît pas femme, on le devient. » Cette phrase m'a marquée quand j'étais plus jeune et elle m'influence encore aujourd'hui chaque fois que je doute de moi. Cette phrase ne s'applique pas seulement à la qualité de femme, mais peut se décliner presque à l'infini, comme pour celle-ci : on ne naît pas égaux, on le devient.

Je marque une pause, laissant mes mots s'infuser dans les esprits, plutôt fière de ce premier paragraphe lu à la perfection.

— L'égalité des chances n'est pas encore un état de fait, une chose acquise. Elle demeure un combat collectif de chaque instant. Un combat que nous devons commencer à mener ici, dans notre établissement, dès aujourd'hui. Virginia Woolf disait qu'une femme doit avoir de l'argent et une chambre à elle si elle souhaite écrire. Et il en va de même pour chaque élève de Pemberley. Chacun de nous doit avoir les moyens et l'espace nécessaire pour donner le meilleur de lui-même, et ce quels que soient son origine, son genre ou sa classe sociale.

Je fais un pas en avant, pour me rapprocher de mon auditoire et créer un semblant d'intimité, savamment répété.

— Regardez autour de vous. Regardez-vous les uns les autres. Même si Pemberley peut de prime abord représenter un cocon homogène et privilégié, nous sommes tous différents, et c'est cela, notre force. Notre force réside dans notre individualité. Et en parlant de cocon privilégié, je vais reprendre les mots de Malala Yousafzai qui a justement fait remarquer que : « Un enfant, un professeur, un livre et un stylo peuvent changer le monde. »

» Nous avons la chance d'avoir tout ça ici. Alors je le demande : qu'attendons-nous pour changer notre monde ? Qu'attendons-nous pour faire de ce lieu un modèle d'égalité des chances ? Travaillons pour qu'un jour, chaque élève de Pemberley ait la pleine liberté de penser comme Simone de Beauvoir, et d'affirmer : « Je suis trop intelligente, trop exigeante et trop fidèle à moi-même pour me satisfaire d'une vie à demi. » Bien sûr, cette citation est aussi valable pour les gar…

Et c'est à ce moment-là que je le vois. LE GARÇON !

Darcy, essoufflé et décoiffé, vient de faire irruption, accompagné de Georgiana. Nos regards se croisent, et le monde semble disparaître.

— Je… euh…, je dis, ma voix il y a quelques secondes si assurée s'est muée en un murmure à peine audible. Je… je suis désolée.

Je cligne des paupières et me racle la gorge, essayant de me ressaisir, mais c'est peine perdue. Les mots de mon discours soigneusement préparé se sont envolés, et sont à présent remplacés par une vérité que je ne peux plus ignorer.

Un silence pesant s'abat sur la salle. Je peux sentir tous les yeux braqués sur moi, mais je ne vois que lui.

— La vérité, c'est que… Oui, c'est ça. Moi aussi je veux être trop intelligente pour ne pas me satisfaire d'une vie à demi et…

Je marque une pause et l'observe de nouveau. Sa veste de smoking est à moitié enfilée, une manche pendant nonchalamment sur l'épaule de son bras tenu en écharpe. Il soutient mon regard sans ciller et je n'arrive pas à déchiffrer ses pensées. Mais sa seule présence ici suffit à me donner la détermination qui me manquait.

Je prends une profonde inspiration.

— La vérité, c'est que jusqu'à cette année, je me pensais intelligente, mais je confondais l'intelligence et l'orgueil. Je me pensais maline, mais j'ai jugé quelqu'un…

Je fais une pause, cherchant les mots justes.

— Ce que m'a appris la mixité, c'est surtout à sortir de mes préjugés. C'était facile à Pemberley pour nous avant. Nous nous connaissions quasiment toutes depuis l'école secondaire. Mais pour la classe d'excellence comme pour les lycéennes, il a fallu apprendre à découvrir de nouvelles personnes en septembre, qui plus est de l'autre sexe, et qui avaient un autre mode de fonctionnement. Et plutôt que d'essayer de les comprendre, j'ai préféré les définir, et ce dès le premier jour. Surtout un. Un garçon que j'ai mal jugé, envers qui j'ai été injuste. J'étais tellement enfermée dans mes certitudes que je n'ai pas vu la personne extraordinaire qu'il était réellement.

Les yeux de Darcy s'écarquillent de surprise, mais je ne peux plus m'arrêter maintenant.

— Gentil, attentionné, et bienveillant. J'ai été stupide de ne pas le voir plus tôt.

Je sens des larmes monter, mais je les ignore.

— Ce que j'essaie de dire, c'est que... Je suis désolée. Et je sais que je ne mérite probablement pas son pardon, pas après la façon dont je l'ai traité, mais... Il m'a appris l'autocritique, l'humilité, et il m'a appris à aimer les gens pour ce qu'ils sont, avec leur orgueil, leur maladresse sociale, et leur façon adorable de rougir quand ils sont gênés, comme maintenant, par exemple.

Je marque une nouvelle pause et m'apprête à reprendre lorsque je sens que les visages commencent à se tourner vers lui. Darcy me fixe toujours, l'air absolument confus et gêné d'être devenu le centre de l'attention. Je ris doucement.

J'essaie tant bien que mal de revenir au sujet initial du discours.

— Nous avons toutes gagné quelque chose grâce à cette mixité, n'est-ce pas ? Certaines y ont vu une opportunité pour leur carrière ou la possibilité de développer un cercle social plus épanouissant. D'autres avaient vraiment en tête de trouver leur futur mari. Cette dernière option n'est pas moins valable que les premières, au contraire. Si on se laisse surprendre, l'amour est l'expérience la plus douce que l'on puisse vivre.

Je me hâte de conclure, sentant que je perds pied.

— Qui aurait cru que la mixité à Pemberley mènerait à ça ? Certainement pas moi. Après tout, c'est ça aussi, l'égalité des chances, non ?

Le silence qui suit mon discours dure exactement trois secondes. Trois secondes d'éternité où le temps semble se figer. Mon cœur, lui, bat à tout rompre, comme s'il voulait s'échapper de ma poitrine autant que moi de cette estrade. Puis, telle une déferlante, les applaudissements et les cris explosent dans la salle. C'est incroyable. Je n'en reviens pas, et ouvre de grands yeux. J'aperçois furtivement Jane, Kitty et Lydia qui me font un cœur avec les doigts. À leurs côtés, Emma et Charlotte me sifflent, tandis que Collins, l'air perdu, ne semble pas avoir compris le sous-texte. Mais, en apercevant Ms Austen applaudir malgré la forme finalement peu académique de mon discours, il se joint finalement à l'enthousiasme général. Notre doyenne reprend le micro et la parole pour conclure et ouvrir les festivités.

Je ne peux retenir un sourire satisfait, mais mes yeux reviennent vite sur Darcy. Il est toujours immobile. Son visage passe par toutes les nuances de rouge possibles. Et puis, soudain, quelque chose change dans son regard. Une étincelle s'allume, comme si une décision venait d'être prise, et il fait un mouvement. Mais ce n'est pas un simple mouvement. Non.

C'est une révolution. Il traverse la foule comme un diable, ignorant les coups d'œil stupéfaits et les murmures excités. Chacun de ses pas fait monter la tension dans mon corps. Mon souffle se fait de plus en plus court.

En quelques enjambées, il est au pied de l'estrade. Nos yeux se rencontrent et c'est comme si le reste du monde avait cessé d'exister. Il n'y a plus que nous deux, suspendus dans cet instant.

— Je crois que j'ai quelque chose à ajouter, dit-il, sa voix rauque d'émotion.

Il me tend sa main valide, je l'attrape et il me fait glisser de l'estrade avant de m'embarquer discrètement avec lui hors de la salle. Il m'entraîne dans un recoin du bâtiment à l'abri des regards. Il est là, devant moi, si proche que je peux sentir la chaleur de son corps, voir chaque lueur de ses yeux habituellement insondables.

— Tu sais, Bennet, me murmure-t-il, je crois que tu viens de créer la plus grande sensation que Pemberley ait jamais connue.

Je glousse.

— Moi ? Que veux-tu, il fallait bien que quelqu'un secoue un peu les traditions de cette vieille école, non ? Mais je crois que tu m'as bien aidée sur ce coup-là, Darcy.

— Ah, c'était donc bien de moi que tu parlais ?

— Idiot..., je réponds en rougissant. J'étais tellement déçue quand je ne t'ai pas vu...

— Je sais. Après nos derniers échanges, je n'étais pas sûr de venir. Je pensais que c'était ce que tu désirais toi aussi. Mais... Charles m'a expliqué. Si j'ai bien compris, Jane lui a raconté ce qui s'est passé, quand tu es venue chez moi.

J'ai eu du mal à le croire, mais quand Georgie est rentrée, elle m'a confirmé la version de Jane. Alors je n'ai pas réfléchi, j'ai foncé pour te retrouver... Et me voici.

Le temps semble ralentir. Je vois sa main se lever, hésiter un instant, puis se poser doucement sur ma joue. Sa caresse envoie des frissons dans tout mon corps. Il pose délicatement son front sur le mien. Je retiens mon souffle, hypnotisée par l'intensité de l'instant.

— Je t'aime aussi, Lizzie, murmure-t-il enfin. Je t'aime avec tous tes préjugés, ton adorable façon de rougir quand tu es gênée, et ton incroyable capacité à me rendre fou.

Entendre ces mots me fait comprendre à quel point je les attendais. Tout d'un coup, je me sens légère, libre, avide, et mon envie doit se deviner, car il plaque enfin ses lèvres contre les miennes.

Ce n'est pas un baiser timide ou hésitant. C'est un baiser qui dit tout ce que nous n'avons pas su nous dire pendant des mois. Ses lèvres sur les miennes sont à la fois douces et fermes, tendres et passionnées. Ce sont des excuses pour les malentendus, de la gratitude pour la seconde chance, et une promesse pour l'avenir.

C'est parfait.

Fin.

Épilogue

Emma

OMG, c'était incroyable le discours de Lizzie ! Ça, ça va faire un super article. Quand je lui disais, à Lizzie, qu'il n'y a que ces histoires-là qui intéressent les lecteurs et pas la réfection des sols de Pemberley. Elle me trouvait trop légère et finalement, c'est elle qui nous sort notre *banger* de l'année avec son discours/déclaration devant tout le gratin pemberléen 😄

On aurait dit la fin d'un *teen movie*. Ça fait rêver. Vraiment, Lizzie, c'est la *queen* que j'avais pas vue venir. D'ailleurs, son histoire avec Darcy non plus, je ne l'avais pas vue venir. Je vais devoir me concentrer un peu si je veux garder mon titre (bon, autoproclamé OK) d'entremetteuse ! Mais nous ne sommes qu'en décembre, il me reste encore de longs mois pour jouer les cupidons et former des couples iconiques.

Caroline ne peut pas rester célibataire par exemple, je vais lui trouver quelqu'un, un mec vraiment bien. Je pourrais même chercher un partenaire pour Ms Austen ? J'ai l'impression qu'elle ne vit que pour cette institution. Et elle n'est pas si vieille. Bon, elle a bientôt quarante ans mais elle n'est pas foutue, quoi. Peut-être que je pourrai regarder du côté des nouveaux profs s'il n'y en a pas un qui pourrait lui plaire ? Le prof de stats est divorcé je crois, et il a du charme pour son âge. Je vais demander à Knightley s'il a entendu des trucs dans la salle des profs. Autant profiter de sa présence ici, ha ha ha. Il va encore dire que je suis insupportable 🤷

Tiens, le voilà qui arrive.

Jane Austen et nous

Virginie

J'ai passé ma scolarité en pension, dans un lieu assez similaire au Pemberley de notre roman. Sans télévision, ce sont les livres et particulièrement ceux de Jane Austen qui ont bercé mon adolescence, nourrissant en moi de doux espoirs pour l'avenir. J'ai rêvé de rencontrer un jour un Darcy, scruté mon entourage à la recherche d'un Knightley, et me suis (un peu naïvement) imaginée comme un personnage tout droit sorti des pages de Jane Austen.

Avec le temps, j'ai découvert que les histoires d'amour ne se terminaient pas toujours comme dans ses romans. C'était comme une seconde lecture, plus mature, mais tout aussi savoureuse. J'ai aussi appris à m'amuser des travers de la condition humaine et à poser un regard plus critique sur notre nature. Et plus je prenais de l'âge, plus je prenais conscience que, même au XXIe siècle, l'œuvre d'Austen restait intemporelle : chacun de ses personnages semblait avoir un écho dans la vie quotidienne.

Ces dernières années, en plongeant dans l'univers de la romance, j'ai découvert que les autrices contemporaines continuent de puiser dans l'héritage de Jane Austen, parfois même sans le savoir. Les schémas narratifs, les tensions romantiques, tout y est – du *enemies-to-lovers* au *friends-to-lovers*, en passant par le *slow-burn*. Ce constat m'a poussée à une décision : au lieu de simplement consommer ces variations modernes, pourquoi ne pas faire revivre et interagir toutes mes héroïnes adorées – Lizzie, Emma, Marianne et Elinor – dans notre monde de 2025 ? Leur donner une nouvelle voix, un nouveau souffle, tout en préservant leur essence si particulière et propre à Jane Austen.

Suzon

Au long de mon parcours littéraire, le genre de la romance a toujours été dénigré ou relégué aux livres qu'on ne prend pas au sérieux. Finalement, la trajectoire de cette littérature est similaire à celle des écrivaines, dont peu ont été réellement considérées ou reconnues par leurs pairs. Jane Austen a été une découverte qui m'a permis de décomplexer un peu tout ça. C'est-à-dire que je me suis retrouvée face à 1/ une autrice, 2/ qui écrivait des histoires semblables à celles d'homologues masculins, mais où je me projetais plus, 3/ qui ne faisait pas de l'amour un détail problématique déclenchant une crise existentielle nombriliste, mais bien un fait autour duquel se joue toute une pièce, dont chacun des personnages a un rôle bien précis et pertinent.

Ce fut un nouveau souffle, que je retrouve dans chaque adaptation ou encore dans de nombreux ouvrages plus contemporains et modernes, où les tropes de la *queen* Austen sont reconnaissables et modulables à l'infini. La pluralité des personnages ou encore des affres qui les accablent peuvent nous toucher de nombreuses façons, à chaque époque de notre vie. Il est rare que des autrices ayant réussi une telle prouesse soient reconnues ou aussi mises en avant, et force est de constater que Jane Austen ne cesse de gagner en reconnaissance au fil des décennies.

Quand l'idée de Virginie s'est affinée, c'est simple, nous étions excitées. S'en sont suivies des nuits d'échanges passionnés et tellement amusants « Oh, et si là on fait ça… », « Et imagine, il se passe ça… », « Et si Darcy faisait… », le tout dans une fluidité extraordinaire due à notre amitié, certes, mais aussi au cadre génial que nous offrait les romans. Quand cette aventure s'est faite plus concrète, nous avons gardé deux caps : rester fidèles au matériau originel et prendre un maximum de plaisir (non coupable) dans l'écriture des scènes. Oui, c'est cucul, mais on adore. Oui, c'est un peu exagéré par moment, mais c'est si drôle. Oui, c'est un peu plus *spicy* que l'original, mais on est en 2025.

Nous ne nous réclamons pas d'une descendance littéraire austenienne, nous n'avons pas cette prétention, nous espérons juste rendre un modeste hommage aux romans qui nous ont tant émues, et célébrer de tout notre cœur les 250 ans de cette merveilleuse autrice.

Remerciements

Nous tenons à remercier :

- Jane Austen, sans qui bien entendu, rien n'aurait été possible. Notre *Queen*.
- Gregory Messina qui a été le premier à croire en ce projet, et qui a accepté en moins d'une heure de le représenter.
- La maison d'édition J'ai Lu et notamment Florence et Hélène, qui ont parié sur nous et nous ont offert un accompagnement hors pair.
- Isabelle Cerf, notre *bestie* et partenaire qui nous a laissé l'espace disponible pour mener à bien cette envie.
- Nos proches qui ont supporté sans rechigner nos discussions sans fin et souvent très tardives sur Jane Austen.

Composition
NORD COMPO

Achevé d'imprimer en Italie
par GRAFICA VENETA
le 10 août 2025

Dépôt légal : septembre 2025
EAN 9782290428610
L21EDDN001387-674151

ÉDITIONS J'AI LU
82, rue Saint-Lazare, 75009 Paris

Diffusion France et étranger : Flammarion